명 상 학 교

교과서 시리즈

내가 고치는 자가치유 건강법

평생 함께 하는 내 몸, 내가 주치의가 될 수 있다

수선재

명상학교 교과서 시리즈

내가 고치는 자기치유 건강법

1판 1쇄 | 2006년12월 25일
2판 1쇄 | 2010년11월 25일
2판 2쇄 | 2011년 1월 19일

편집인 | 박은기
편집 | 이미연, 윤양순
마케팅 | 서대완

펴낸곳 | 도서출판 수선재
펴낸이 | 문선미

출판등록 | 1999년 3월 22일 (제 1-2469호)
주소 | 서울시 종로구 가회동 172-1 3층
전화 | 02) 737-9454
팩스 | 02) 737-9456
홈페이지 | www.suseonjaebooks.com
블로그 | http://blog.naver.com/ssj_books
전자우편 | will@suseonjae.org

ISBN 987-89-89150-69-5 04810
ISBN 987-89-89150-49-7 04810(세트)

* 박은기님 블로그 : http://blog.naver.com/leader0113
* 이 책은 『건강하게 사는 법』의 개정. 증보판입니다.

제 환자분 중에는 일 분이 멀다 하고 한숨을 쉬는
중년 여성분이 계십니다.
"내가 젊었을 때는 피곤한 줄을 몰랐어. 인생이 이렇게 무상하네."
숨을 들이마셨다 크게 내쉴 때면
젊었던 지난날을 그리워하는 한탄도 함께 뿜어져 나옵니다.

그 분이 앓고 있는 병은 많습니다.
심한 요통, 무기력증, 거기다 수년간 지속되어 온 불면증.
하루라도 마음 놓고 푹 자봤으면 소원이 없겠다고 하십니다.

저는 의사라면 모든 것을 치료해 드려야 한다고 생각했습니다.
요통, 불면증. 그 까짓것.
내가 조금만 노력하면 그 분의 한숨마저
단숨에 고쳐드릴 수 있다고 생각했습니다.
하지만 그것은 오만이었습니다.
이미 그 자체로 우주인 인간을 고친다는 것은
오만이란 걸 그리 오래 걸리지 않아 깨달을 수 있었습니다.

다만 의사는
같은 인간으로서 그의 손을 맞잡고 그의 말을 듣고 함께 울어주며
스스로 회복할 수 있도록 도와주는 조력자라는 것을 깨달았습니다.

그것을 어렴풋이 깨달을 즈음 그 분의 병이 10여 년 전쯤
아들이 심한 사고를 당한 후부터 생겼다는 것을 알게 되었습니다.
온 몸이 으스러져 일어나지 못하는 아들의 병상을 뜬 눈으로 지새우고
순간순간 고통으로 가슴이 부서져 생긴 병이란 걸 알 수 있었습니다.

그랬더니 그 분의 한숨은 한숨으로 보이지 않았습니다.
10여 년 동안 삶과 싸워오면서 생긴 깊은 상처로 보였습니다.
제가 할 수 있는 것은 위로해드리고 희망을 드리며
조금 가르쳐드리고 침, 뜸과 약으로 도와드리는 것이었습니다.

얼마 전부터 그 분은 한결 잠을 잘 잔다고 기뻐하시더니
하루는 치약과 칫솔을 사오셨습니다.
아주 좋은 것이라고요.
치약과 칫솔을 사용해보기도 전에 제 마음은 맑아졌습니다.

환자분들을 치료하고 이 책을 정리하면서
우리의 몸과 마음은 둘이 아니라 하나이고
그 중에서도 마음이 근본이며
인간은 스스로 치유하고 건강해질 수 있는 존재임을
더욱 절실히 느낄 수 있었습니다.

명상학교 수선재 학생들의
몸과 마음에 대한 공부과정이 담긴 이 책에는
실천할 수 있는 구체적인 건강법 10가지를 실었습니다.

누구나 자신의 몸과 마음을
어떻게 사랑하고 아껴줘야 할지 알게 되어
모두 다 건강하고 행복한 사람이 되기를 기원하며 만들었습니다.
또한 이 책을 정리한 저 역시도 그 과정을 통해
더욱 건강하고 행복해질 수 있었으며
환자, 나아가 인간을 더 깊이 이해할 수 있었던 뜻 깊은 시간이었습니다.

본문은 선생님의 말씀이나 저서를 기본으로
전문적인 의학지식이나 자료를 첨부하는 방식으로 구성했습니다.
말씀을 해석하고 재구성하는 과정에서
혹 오류가 생기지 않을까 각별히 유의하였으나
그럼에도 부족한 부분에 대해서는 깊은 양해를 구합니다.

이 책이 나오기까지 애써주신 모든 분들께 감사드립니다.

세상의 수많은 길 중에서 '가운데 길' 을 열어주신
선생님께 깊이 감사드립니다.

2010년 11월
수선재 박은기

차례

1장. 건강이란 무엇인가?

부록 1

부록 2

부록 4

[편집자 주]

1장.
건강이란 무엇인가?

1. 건강은 무엇에도 우선하는 가치

몸은 자신을 싣고 가는 도구

몸은 이번 생에 자신을 싣고 갈 도구입니다. 컴퓨터에 비유하자면 몸은 하드웨어Hard ware입니다. 이 하드웨어에 마음이란 소프트웨어Soft ware를 싣고 가는 것입니다.

자동차가 좋아야 목적지에 무사히 도착할 수 있듯이, 몸에 이상이 없어야 인생에서 목표한 바를 달성할 수 있습니다. 몸이 없으면 모든 것이 불가능합니다. 몸을 소홀하게 관리하면 이번 생에 목표하는 바를 달성할 수 없습니다.

그러니 '내 몸이 성전聖殿이다' 이렇게 생각하면서 몸을 아끼고 귀하게 여겨 주세요. 학대하고 상처주지 마시고요. 내 몸은 내가 위해줘야 합니다.

자기 몸은 자기 것이라고 생각하지만, 알고 보면 빌려 쓰는 것이지 자기 것이 아닙니다. 죽으면 다 자연에 돌려주는 것이지요. 그러니 내 것이 아니다, 임시로 빌려 쓰는 것이다, 이렇게 생각하면서 몸을 아껴주세요. 부담을 주고 스트레스를 주었다면 미안한 마음을 가지셔야 합니다.

건강보다 우선하는 가치는 없다 •

회원님들 중에서 몸이 시원찮다고 호소하는 분이 많습니다. 자기 몸인데도 어쩔 줄 모르니까 남한테 호소를 합니다. 건강은 사람을 구성하는 기본인데, 기본이 안 된 상태에서 무슨 얘기를 할 수 있을까요? 자기 몸을 자기가 관리하지 못하는 상태라면 더 이상 무슨 얘기를 할 수 있을까요?

건강보다 우선하는 가치는 없습니다. 일을 열심히 하시되 건강을 해칠 정도로는 하지 마세요. 건강을 해칠 바에는 과감하게 그 일을 접는 것이 낫습니다. 사랑도 건강을 해칠 정도로 빠지지는 마세요. 명상도 건강을 해칠 정도로 열심히 하지는 마시고요.

명상을 하면서 자신의 몸 상태를 스스로 관찰하고, 문제점을 찾아내고, 관리하세요. 하다못해 자동차만 가지고 있어도 정기적으로 정비를 하면서 타잖아요? 인간의 몸 역시 살아 있는 동안 관리를 잘해야 합니다.

자신의 몸에 대해 잘 모르겠다면 옆에 계신 분에게 물어보세요.

내가 몸이 어떤 것 같으냐? 마음 상태는 어떤 것 같으냐? 이렇게 물이보면서 관리하세요.

2. 내 몸은 내가 고친다

내 몸의 운전기사는 나

만약 우리 몸이 자동차라고 한다면, 우리는 이미 자동차에 타서 운전수가 되어 자기 몸을 운전해 가는 것입니다. 그런데 자동차의 구조가 어떠한지 기름이 떨어졌는지 전혀 모르고 그냥 가다 보면 대형사고가 날 수도 있겠지요.

자신의 몸에 대해서 운전기사 노릇을 제대로 하는 사람도 드뭅니다. 자신의 몸에 그저 손님으로 타는 경우가 많습니다. 운전대는 의사가 쥐고 있다거나 혹은 옆에 탄 조수의 말만 듣고 운전을 하기도 하는데, 모두 바람직하지 않습니다.

우리 모두 내 몸의 운전기사가 되어 운전해 나가는 것은 어떨까요.

의사도 자기 몸을 모른다 •

『닥터스 씽킹』이란 책이 있습니다. 저자가 의사이자 하버드대 교수인데, 의사의 오진에 대한 이야기들을 담았습니다. 의사들의 생각의 오류가 어디서 기인하는지 실감나는 이야기들을 통해 설명한 책입니다.

또 어느 유명한 의학 박사님은 처음에 다른 사람의 손을 통해서 자신의 병을 고칠 수가 없어서 '그냥 내가 고치자' 해서 연구를 시작하셨다고 해요.

아홉 번째 암이 도진 현역 외과의사 분도 계십니다. 암을 수술해주는 의사인데, 본인이 암에 걸리신 거죠. 하지만 엄청난 고통을 받으면서도 '내가 누워서 투병하면 무엇 하겠는가?' 하며 병원을 그만두지 않습니다. 암환자들의 고통을 스스로 너무나 잘 알기 때문에 굉장히 친절하시고요. 환자들도 굉장히 많다고 합니다.

그런데 결국 의사도 몸에 대해서 정확히 알지 못하기 때문에 정확히 치료할 수 없다는 것이지요. 모두 인간이기에 어쩔 수 없는 일입니다.

자신의 몸은 자신이 돌볼 수 있어야 •

몸이 아프다는 건 내가 내 몸의 주인이 아닌 채 방치해 왔다는 것입니다. 자신의 몸은 자신이 돌볼 수 있어야 합니다.

'정약용' 이라는 드라마를 보니까 정조가 스스로 병을 처방해서 치료하더군요. 정조가 의술에 조예가 깊었다는 기록이 있습니다.

드라마에서 왕이 어의御醫의 처방을 못마땅해 하니까 정약용이 '소인이 직접 처방해서 약을 지어 올릴까요?' 하는 대사도 나옵니다. 조선시대 선비들은 자신의 몸에 대해 스스로 처방할 만한 기본 지식을 갖추고 있었다고 합니다. 자신뿐 아니라 가족이나 친척의 병을 앉은자리에서 처방해서 치료할 수 있을 정도의 능력은 구비해야 선비 자격이 주어졌다고 합니다.

인간으로서 기본적으로 갖추어야 할 것이 이런 게 아닌가 합니다. 자신의 몸을 타인에게 의탁하지 않고 스스로 고칠 수 있어야 하는 것이지요. 그러려면 자신의 영靈을 싣고 가는 몸이 어떻게 구성되어 있는지 알아야 합니다. 몸에 관한 기본적인 지식을 갖추시길 권합니다.

3. 인간은 불균형하게 태어난 존재

우주만큼 복잡한 인체

인체에 대하여 전부 안다는 것은 우주에 대하여 전부 알고 있다고 하는 것과 같습니다. 어느 누구라도 다 안다고 장담할 수 있는 사람은 없다는 것이지요.

인체는 우주의 축소판으로서 어느 인체를 막론하고 동일한 경우는 없습니다. 어디가 달라도 다르며, 어느 기능이든 전부 다른 역할을 하고 있습니다. 따라서 이러한 모든 것을 안다는 것은 불가능하며, 불가능에 도전한다는 것 역시 불가능합니다. 불가능을 가능케 한다고 하는 것은 인간에게나 있을 수 있는 오만이지요.

우주를 통틀어 우주만큼 복잡한 것이 있을 수 없으나 인체 역시 이에 버금가는 복잡성을 가지고 있다고, 아니 이보다 더 복잡하다고 할 수 있습니다. 인체란 그만큼 복잡한 것이며 이러한 복잡함은 각각의 인간들이 가야 할 길이 그렇게 다르다는 것을 이야기해주는 것입니다.

다 같은 사람인데 왜 다를까? •

다 같은 사람인데 왜 이 사람은 이렇고 저 사람은 저럴까요? 사람을 서로 다르게 구분 짓는 것은 무엇일까요? 사람마다 다르게 부여받는 4가지 인자因子가 있습니다.

첫째, 핵核인자입니다. 핵인자는 부모를 누구로 하여 태어날 것인가를 결정짓는 것입니다. 종자, 씨라고도 하죠. 부모로부터 어떤 종자를 받으면 그런 성질이 많이 있는 사람이 됩니다.

둘째, 시간時間인자입니다. 종자가 정해졌으면 몇 년, 몇 월, 몇 날, 몇 시에 태어날지가 결정되는데 시간에는 나 주관하는 오행이 있습니다. 몇 날, 몇 시에 태어났느냐에 따라 오행 중의 어떤 요소를 많이 갖고 어떤 요소는 적게 갖습니다. 흔히 사주팔자라고 부르는 것입니다.

셋째, 기氣인자입니다. 환경인자라고도 하는데 그 사람을 둘러싼 기 속에 어떤 인자가 많이 혹은 적게 포함되어 있는가 하는 것입니다. 같은 날, 같은 시에 태어났다 하더라도 어떤 장소에 태어났느냐에 따라, 예를 들어 대한민국 서울에 태어났느냐 미국에서 태어났느냐에 따라 삶이 판이하게 달라지는 것입니다.

또 어떤 부모를 만났느냐 하는 것도 사람의 환경을 결정짓는 중요한 요소지요. 많이 배운 부모인가, 향상하고자 하는 의지가 강한 부모인가 등에 따라 환경이 180도 달라집니다. 같은 날, 같은 시에 서울에서 태어난 사람도 어떤 부모를 만나느냐에 따라 달라집니다. 그것이 환경인자, 기인자입니다.

넷째, 영성靈性인자입니다. 진보하고자 하는, 향상하고자 하는 의지가 있는가 없는가를 판가름하는 인자입니다. 기도 등의 종교적인 활동이나 명상, 수행을 통해 주어진 상태를 개선할 수 있는 여지를 주는 것입니다.

이 4가지 인자 중에서 핵인자와 시간인자는 이미 타고난 것이므로 변하지 않습니다. 하지만 기인자와 영성인자는 변화시킬 수 있습니다.

기인자의 경우, 좋지 않은 곳에서 태어났다 하더라도 좋은 곳을 찾아가며 살 수 있습니다. 풍수지리라고 많이 얘기하지요? 좋은 장소에서 좋은 기운을 받으면 기적인 요인을 바꿀 수 있는 것입니다.

영성인자 또한 기도나 명상 등 향상하고자 하는 행위를 통해 주어진 것을 개선할 수 있습니다.

결국 인간은 50%는 바꿀 수 없는 타고난 것으로, 50%는 노력 여하에 따라서 바꿀 수 있는 것으로, 반반 창조되었습니다.

사람마다 각각 다른 불균형이 있다 •

오행五行이란 우주의 모든 곳에 존재하는 5가지 기운의 유형을 말합니다. 이 5가지의 완벽한 균형이 상호 조화를 이루어 합일된 것은 우주기宇宙氣입니다. 하지만 그 전 단계에서는 5가지 기운이 별개로 구분이 되어 있으므로 오행이라 불립니다.

완벽한 기운, 즉 우주기는 그 자체가 모든 방향성과 에너지가 갖추어진 상태로서 상하좌우로 360° 보다 훨씬 세밀한 36,000° 의 전방위적 조망이 가능하며 따라서 완전구형으로 뻗칩니다.

이에 비해 오행을 구성하는 목, 화, 토, 금, 수는 불균형적인 기운으로서, 스스로 나가고자 하는 방향으로만 향하는 운동 특성을 가지고 있습니다. 오행이라 불리는 이유는 이렇게 각기 나가고자 하는 방향이 다름에서 연유한 것이지요.

인간은 근본적으로 오행五行으로 구성된 존재입니다. 목화토금수의 오행을 모두 가지고 태어난 존재입니다.

그런데 인간은 출생 시부터 일정 부분 오행상의 불균형을 가지고 있습니다. 오행을 모두 가지고 태어나긴 했으나, 목화토금수의 비율이 각각 다르다는 얘기입니다. 앞서 말씀드린 4가지 인자에 따라 불균형한 비율로 5가지 기운을 부여받았기 때문입니다.

오행의 기운을 불균형하게 타고났기에 몸 안의 오장육부 또한 불균형한 상태일 수밖에 없습니다. 예를 들어 태어날 때부터 목 기운이 약하면 간 · 담이 부실합니다. 화 기운이 약하면 심장 · 소장이 부실합니다.

인간이 그렇게 완전한 건강이 없는 것은 이러한 연유에서입니다. 인간의 몸을 받아 태어난 이상, 일정 부분 불균형은 어쩔 수 없기 때문입니다.

[편집자 주]

오행의 기운이란?

오행五行의 원리가 처음 제시된 곳은 동양 의학 최고最古의 원전인 『황제내경黃帝內經』이나, 이를 학문화하고 개념화하여 설명한 문헌은 사서삼경의 하나인 『서경書經』의 「홍범洪範」편이 그 효시이다.

『서경書經』의 원문을 보면 “수水는 적시어 내려감을 말하고, 불火은 불꽃이 세차게 타오름을 말하며, 목木은 굽음과 곧음을 말하며, 금金은 따름과 혁신함을 말하며, 토土에서는 곡식을 심고 거둔다.水曰潤下 火曰炎上 木曰曲直 金曰從革 土爰稼穡”라고 표현하였는데, 이 원문을 바탕으로 오행을 풀이하면 다음과 같다.

• 木 목 기운 •

목木은 원초적인 나무의 이미지를 끌어다 쓴 것이지만 나무라고 하는 식물 그 자체는 아니며, 봄에 새싹이 용틀임을 하듯 몸을 뒤틀며曲 꽁꽁 얼었다가 풀린 대지를 뚫고 위로 치솟아 올라오는直 왕성한 생기를 표상한 것이다. 이를 『서경書經』에서는 “목은 굽음과 바름을 말한다木曰曲直”라고 표현하였다.

일상에서 사례를 찾는다면, 나팔꽃 등의 덩굴 식물이 나선으로 나무 둥치를 감으며曲 올라가는直 형상, 홈이 패인 전기드릴이 회전하며曲 뚫는直 형상 등이 목왈곡직木曰曲直의 모습이다.

목의 성질은 흔히 ‘완緩’이라고 표현되는데 따뜻하고 부드럽고 양육적이고 문학적인 성질이다. 순환주기 상으로는 ‘생生’이라고 말하는데, 식물이 봄에 대지를 뚫고 싹을 틔우고 무럭무럭 자랄 때, 유아기와 아동기에 몸이 무럭무럭 자라고 호기심을 충족시킬 때, 목 기운이 작용하고 있는 것이다.

• 火 화 기운 •

화火는 원초적인 불의 이미지를 끌어다 쓴 것이지만 불 그 자체는 아니며, 화려하고 정열적으로 타오르며 흩어지는 화기를 표상한 것이다. 이를 『서경書經』에서는 "화는 불꽃이 세차게 타오름을 말한다火日炎上"라고 표현하였다. 일상에서 사례를 찾는다면, 무성하게 우거진 나뭇잎, 불꽃처럼 펼쳐진 새의 날개 등이 화왈염상火日炎上의 모습이다.

화의 성질은 흔히 '산散'이라고 표현되는데 화려하고 아름답고 예술적이고 환상적인 성질이다. 순환주기 상으로는 '장長'이라고 말하는데 식물의 가지와 잎이 무성해지고 전체적인 몸통이 커질 때, 사춘기와 20대에 덩치가 커지고 많은 지식을 받아들여 진로를 탐색하는 데 몰입할 때, 화 기운이 작용하고 있는 것이다.

• 土 토 기운 •

토土는 원초적인 흙의 이미지를 끌어다 쓴 것이지만 흙 그 자체는 아니며, 끈끈하게 뭉치고 화합하는 에너지를 표상한 것이다. 이를 『서경書經』에서는 "토에서는 곡식을 심고 거둔다土爰稼穡"라고 표현하였다.

토의 성질은 흔히 '고固'라고 표현되는데 모든 것을 수용하고 중화하여 화합하게 하는 성질이다. 순환주기 상으로는 '화化'라고 말하는데, 식물이 한여름에 장마와 뜨거운 태양 아래에서 참고 견디며 묵묵히 과실을 키워나갈 때, 인생의

30대와 40대 중반에 선택한 진로에서 강인한 심신을 바탕으로 묵묵히 끈기있게 노력할 때, 토 기운이 작용하고 있는 것이다.

• 金 금 기운 •

금金은 원초적인 쇠의 이미지를 끌어다 쓴 것이지만 쇠 그 자체는 아니며, 일사불란하게 지배하고 긴장시키고 압력을 가하는 에너지를 표상한 것이다. 이를 『서경書經』에서는 "금은 따름과 혁신함을 말한다金曰從革"라고 표현하였다.

금의 성질은 흔히 '긴緊'이라고 표현되는데 싸늘하게 긴장시키고 다스리고 지배하고 위엄 있는 성질이다. 순환주기 상으로는 '수收'라고 말하는데, 식물이 가을에 잎의 영양을 줄여 낙엽지게 하고 과실의 껍질을 단단하게 할 때, 인생의 40대 중반 이후와 50대에 육체적으로는 약해지지만 자신이 노력해서 얻은 결과를 확인하고 누릴 때, 금 기운이 작용하고 있는 것이다.

• 水 수 기운 •

수水는 원초적인 물의 이미지를 끌어다 쓴 것이지만 물 그 자체는 아니며, 부드럽고 말랑말랑하게 하는 에너지를 표상한 것이다. 이를 『서경書經』에서는 "수는 적시어 내려감을 말한다水曰潤下"라고 표현하였다.

수의 성질은 흔히 '연軟'이라고 표현되는데 참고 견디고,

저장하고, 과학적인 성질이다. 순환주기 상으로는 '장藏' 이라고 말하는데, 식물이 겨울에 지상에서의 생명 활동을 쉬고 땅밑에서 정중동靜中動하며 생명력을 비축할 때, 인생의 노년기에 인생의 수확물을 후손에게 물려주고 휴식을 취하며 죽음을 맞이할 준비를 할 때, 수 기운이 작용하고 있는 것이다.

[편집자 주]

오행에 따른 신체 부위

오행의 기운이 각각 관장하는 인체의 부위는 다음과 같다.

오행	해당 장부	해당 신체 부위	기운의 색
토기(土氣)	비장 · 위장	살, 무릎, 허벅지, 입, 복부	황색
금기(金氣)	폐 · 대장	피부, 손목, 하완, 코, 가슴부위	백색
수기(水氣)	신장 · 방광 · 생식기	뼈, 골수, 발목, 정강이, 귀, 체모	흑색
목기(木氣)	간 · 담	근육, 힘줄, 고관절, 손, 발, 손톱, 발톱, 눈, 눈물, 목	청색
화기(火氣)	심장 · 소장	피, 혈관, 팔꿈치, 상완, 혀, 얼굴, 땀	홍색
상화(相火) 기운	심포 · 삼초	신경, 임파선, 견관절, 어깨, 생명력, 저항력, 면역력, 마음	무지개색

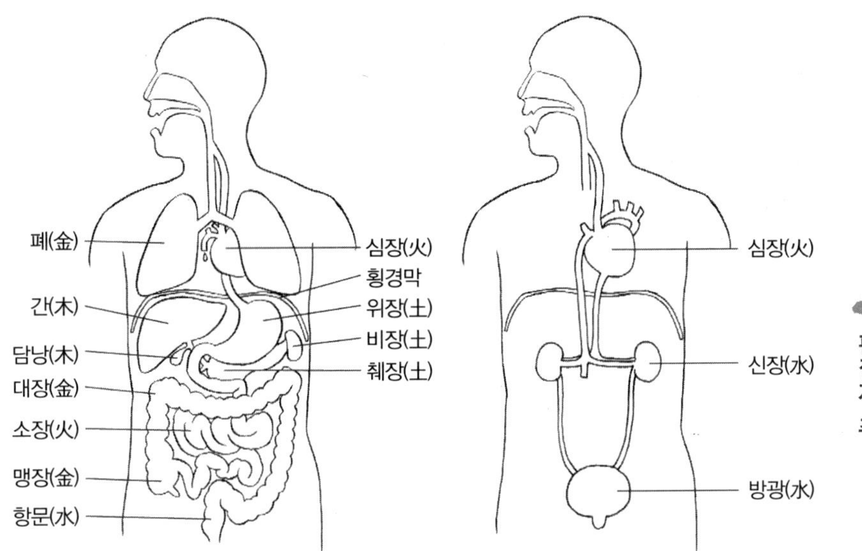

인체의 오행 (내부)

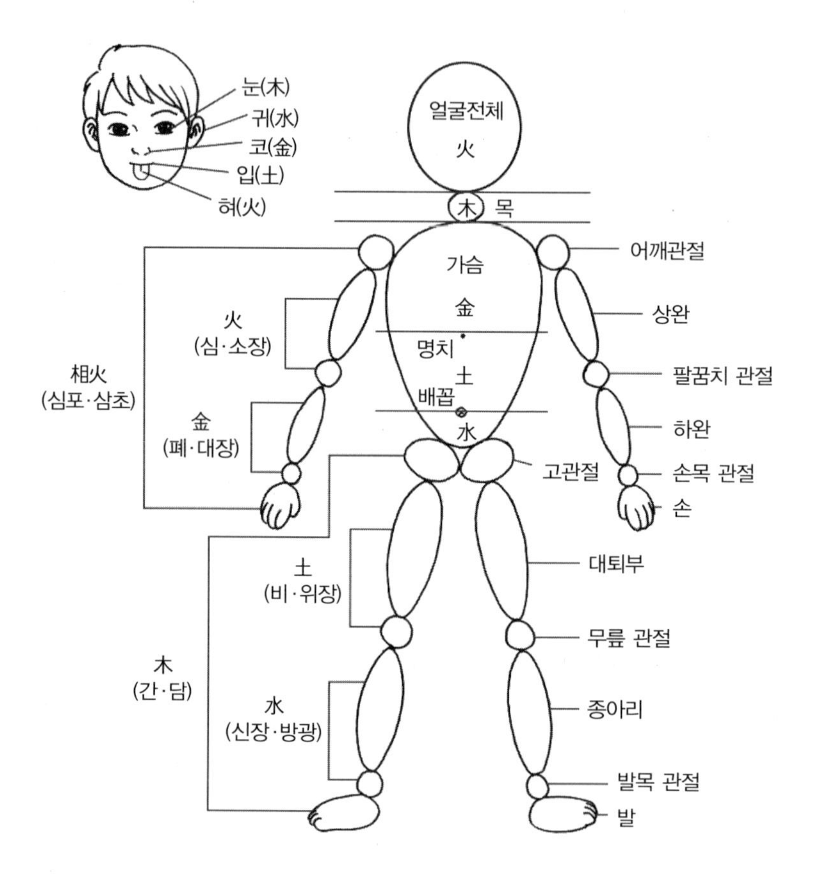
눈(木)
귀(水)
코(金)
입(土)
혀(火)
얼굴전체
火
木
목
가슴
金
명치
土
배꼽
水
어깨관절
상완
팔꿈치 관절
하완
손목 관절
손
고관절
대퇴부
무릎 관절
종아리
발목 관절
발
火
(심·소장)
相火
(심포·삼초)
金
(폐·대장)
土
(비·위장)
木
(간·담)
水
(신장·방광)

인체의 오행 (외부)

[편집자 주]

오행에 따른 불균형 증상

오행	장부	불균형 시 증상
목	간	- 수다스럽게 말이 많아짐 (넘칠 때) - 벌컥벌컥 화를 잘 냄 (넘칠 때) - 기운이 없어서 화도 못 냄 (부족할 때) - 눈이 침침하고 시력이 떨어지고 눈 밑이 파이고 푸르죽죽해짐 - 얼굴 전체가 청동색을 띠면서 눈자위가 푸른빛을 띰 - 발 전체가 후끈거림 - 바람 부는 날씨를 싫어함 (넘칠 때) - 화내는 꿈을 많이 꿈
	담	- 대상이 없이 화가 치밀어 오름 (넘칠 때) - 가만히 앉아 있는데 괜히 부수고 싶음 (넘칠 때)
화	심장	- 열정이 넘치고 짝사랑을 잘 함 (넘칠 때) - 조금만 운동을 해도 심장이 뜀 (넘칠 때) - 열정이 없고 흐느끼고, 징징거리고, 호소하는 목소리가 남 (부족할 때) - 얼굴색이 홍색을 띠면서 양 볼이 빨개짐 - 트림을 많이 함 - 온몸에 땀이 많이 나옴 (넘칠 때) - 땀이 너무 안 나옴 (부족할 때) - 이유 없이 비실비실 잘 웃음 (넘칠 때) - 턱밑샘, 혀밑샘에서 나오는 침에 이상이 생김 - 뜨거운 여름 날씨와 뜨거운 음식을 싫어함 - 불나는 꿈을 많이 꿈 (넘칠 때)
	소장	- 입술이 가늘고 푸르죽죽하고 인중이 짧음 (부족할 때) - 설사를 잘 함 - 음식을 나눠주는 꿈을 자주 꿈 (영양 과다일 때) - 음식을 빌어먹는 꿈을 자주 꿈 (영양 부족일 때)

오행	장부	불균형 시 증상
토	비장	– 생각과 잡념이 많음 (넘칠 때) – 사람과 사람을 이어주는 인화가 부족함 (부족할 때) – 얼굴이 누렇게 뜸 – 입 주위, 입 안이 잘 허는 증상 – 신물이 많이 올라옴 – 혈액순환이 안 되어 손발이 차고, 금방 다리가 저려옴 – 귀밑샘에서 나오는 침에 이상 – 장마 지고 습한 날씨를 싫어함 – 자다가 가위 눌릴 때가 많음
	위장	– 볼이 움푹 패임 (부족할 때) – 딸꾹질을 많이 함 – 상기가 잘 됨
금	폐	– 매사에 슬퍼함 (넘칠 때) – 기운이 딸려서 미적거림 (부족할 때) – 숨이 차고 콧구멍이 점점 커짐 – 얼굴색이 하얗게 됨 – 콧물이 많이 나오거나 마른기침을 함 – 건조한 날씨를 싫어함
	대장	– 설사를 잘 함 – 배출이 잘 안 될 경우 변에 관한 꿈을 많이 꿈
수	신장	– 공포심, 불안감이 많음 (넘칠 때) – 금방 가라앉고 체념이 빠름 (넘칠 때) – 청력이 떨어지고 귀에서 '윙윙' 소리가 남 (부족할 때) – 볼 주위와 이마가 검다가 나중에는 얼굴 전체가 구릿빛을 띰 – 하품과 재채기를 많이 함 – 추운 겨울 날씨를 싫어함 – 몸이 잘려나가는 꿈을 많이 꿈
	방광	– 소변이 시원치가 않고 찔금찔금 봄 – 나이 들면서 콧구멍이 점점 하늘을 향함
상화	심포 삼초	– 불면증, 신경쇠약, 신경증 등에 시달리기 쉬움 (부족할 때) – 환절기에 공연히 기운이 빠지고 피곤하며 신경이 예민해짐 (부족할 때) – 손바닥, 발바닥에 이상이 생김 – 콧잔등이 움푹 파임 (심포에 이상) – 눈썹이 성글고 희미하고 잘 빠짐 (심포에 이상) – 수기水氣가 빠지지 못해 몸에 부종이 생김 (삼초에 이상)

체질, 골격, 좌우 뇌의 불균형

몸의 불균형 중에 가장 기저에 있는 것은 오장육부의 불균형이며, 이것은 곧 오행의 불균형을 의미하기도 합니다. 이로 인해 체질이 구별되는 것이지요. 체질로 인한 불균형은 정도의 차이는 있으나 누구나 가지고 있는 것입니다. 자신의 체질을 정확히 알게 되면 자신의 성격, 몸의 특성과 병의 발생 등 자신에 관한 많은 정보에 접근할 수 있게 됩니다.

반듯하지 못한 자세와 몸의 습관으로 인해 골반 역시 상당수 비뚤어져 있습니다. 이로 인해 양 다리의 길이가 차이 나게 되고, 척추가 비뚤어지게 되며, 전체적인 골격이 틀어지게 됩니다. 현대인들의 경우 골격이 대부분 완전하지 못하다고 보시면 됩니다.

뇌 역시 대부분 불균형합니다. 좌뇌 혹은 우뇌 등 어느 한 쪽 위주로 생활하게 되는데, 어딘가 치우쳐져 있다는 것은 바람직하지 않습니다. 항상 전후, 좌우, 위아래를 입체적으로 볼 수 있어야 하거든요. 오장육부와 골격의 균형을 잡는 것만큼 뇌의 균형을 잡는 것이 중요합니다.

4. 왜 아플까?

일정 부분 불균형은 어쩔 수 없다 •

앞서 말씀드렸듯이, 인간은 태어날 때부터 어느 정도 오행상의 불균형을 타고나게 되므로 일정 부분의 불균형은 어쩔 수 없습니다. 그렇게 완전한 건강은 없다는 것이지요.

그러니 건강에 대해 너무 크게 기대하지 마세요. 누구라도 마음이든 몸이든 한두 가지 통증이나 고통은 있게 마련입니다. 먹고 살아가는 데 큰 지장이 없으면 건강한 것이라 생각하고, 건강에 대해 너무 큰 기대를 하지 않는다면, 마음이 좀 더 편안해질 것입니다.

습관이 병을 부른다 •

병이 생기는 원인은 제일 먼저 습관을 꼽을 수 있습니다. 습관이 바뀌어야 근본적인 건강의 향상을 꾀할 수 있거든요. 단순히 약을 복용하고 처방대로 행하는 것만으로는 근본적인 틀은 쉽게 바뀌지 않습니다. 자신의 습관 중에서 건강에 역행하는 습관이 있는지 살펴보세요. 평소 자신의 몸을 과하게 사용한 적은 없었는지 확인해 보세요.

요즘 암에 걸리는 분들이 많습니다. 어떤 경우이건 모든 암들은 자신의 습관과 행동에 대한 방향 전환을 하게 하는 하늘의 신호라고 받아들이시면 됩니다. 이때는 정말 겸허한 마음으로 걷던 걸음을 멈추고 돌아보며, 자신의 삶의 태도에 근본적인 전환을 해야 되는 때라고 말씀드립니다.

병이 걸리는 데 10년이 걸렸다면, 낫는 데 10년이 걸린다고 보시면 됩니다. 그만큼 병이라는 것은 몸과 마음의 습관에 의해 발생되고 또 낫게 된다는 것이지요.

기운이 정체될 때, 약할 때 •

기운이 정체될 때 병이 옵니다. 우리 몸 속에 기가 흐르는 길을 경락이라고 부르는데, 이 경락 사이사이에 탁기濁氣가 들어가 쌓이면 기운의 순환이 막힙니다. 중풍이나 뇌출혈은 이렇게 기운이 꽉 막혔을 때 일어나는 급체 증상입니다. 장기간 쌓인 탁기는 암이나 당뇨병 등 만성 질환으로 발전하기 쉽습니다.

시기적으로는 병은 자신의 기운보다 운세의 기운이 강할 때 옵니다. 운세가 좋지 않은 달이나 해에 자신의 기운이 약하면 병이 드는 것이지요. 자신의 기운이 강하면 아무리 좋지 않은 운이라도 이겨냅니다. 반대로 기운이 약하면 운세가 좋지 않을 때마다 허약한 장부에 병이 듭니다.

우주기와의 연결 단절

또한 기는 몸 안에서만 흐르는 게 아니라 우주에도 흐르고 있습니다. 내경內經이 몸 안의 기가 흐르는 길이라면, 외경外經은 우주의 기가 흐르는 길입니다.

인간은 이 외경과 연결이 되어야만 완전한 건강을 찾을 수 있습니다. 인간은 본래 우주의 축소판이기에 원래의 기운 즉, 우주기를 찾아 와야만 건강을 회복할 수 있는 것입니다. 병이 오고, 하나를 극복하면 새로운 병이 오고, 또 오고…… 이러는 것은 자체 내의 기운이 한계에 다다랐기 때문입니다.

마음이 아프면 몸이 아프다

인간은 마음이 몸을 지배합니다. 마음 한번 어떻게 쓰느냐에 따라 몸이 왔다 갔다 합니다. 병을 풀려면 마음을 풀어야 합니다. 마음을 풀면 몸의 병은 50~80% 나은 것입니다. 반대로 마음을 풀지 않고 몸의 병을 풀면 곧 재발하거나 상처가 커집니다.

그러니 무작정 고쳐야겠다고 생각하기 이전에 병이 어떻게 나한테 오게 되었는지 꼼꼼히 따져 보세요. 원인을 찾아내서 제거해야 합니다. 편협하고, 폐쇄적이고, 급하고, 생각 많고, 욕심 많고…… 찾아보면 이런저런 원인들이 있기 마련입니다.

전생의 업에 의해서도 아플 수 있다?

들여다보면 병은 금생에 연유하는 것이 아닐 때가 많습니다. 전생의 업 때문에 부실한 몸을 타고나는 경우가 꽤 있더군요. 몸으로 겪어내면서 전생의 업을 갚는 것입니다.

자신의 몸을 하찮게 여기고 돌보지 않은 업보로 병약하게 태어나고, 자연에 폐를 끼친 대가로 특정 부위에 병이 들고, 타인에게 마음의 상처를 준 업보로 정체불명의 병을 앓는 등 다양한 방법으로 갚아나갑니다.

5. 건강은 몸과 마음이 조화된 상태

몸과 마음의 조화

인간은 마음이 몸을 지배합니다. 어느 정도만 공부가 되어도 마음의 힘이 어떻다는 것을 압니다. 인간의 마음이 얼마나 대단한지를 아는 것이지요.

마음 한번 삐끗 잘못 먹으면 몸이 순식간에 나빠집니다. 좋은 상태로 있다가도 강한 스트레스를 받거나 외부의 공격을 받거나 하면 몸의 균형이 깨집니다. 여기저기 이상이 드러나고요. 그렇게 한번 깨지면 원상회복하는 데 시간이 많이 걸립니다. 마음 한번 어떻게 쓰느냐에 따라 몸은 왔다 갔다 합니다.

또 반대로 몸이 건강하지 못하면 마음도 대부분 건강하지 못하게 되고요. 이렇게 몸과 마음은 서로 주고받는 관계입니다.

건강은 몸과 마음이 조화된 상태를 말합니다. 몸과 마음이 조화되기 위해서는 몸도 마음도 균형이 잡혀 있어야 하는 것이지요. 불균형에서 균형으로 가는 것은 몸의 입장에서 보나, 마음의 입장에서 보나 필요하기 때문입니다.

균형을 이루었다는 것

균형 상태를 이루기 위해서는 자신의 내부에 존재하는 기적 상태가 균형을 이루어야 합니다. 균형이란 음양의 균형과 오행의 균형을 말합니다. 음양의 균형이란 남녀 간의 균형을 말하며, 오행의 균형이란 개개인의 내부에 존재하는 오장육부의 균형을 기반으로 하면서 장차 마음의 균형까지 이룩하는 것입니다.

인간의 내적인 균형은 육체적인 균형을 시초로 하되 점차적으로 마음의 균형을 이루어 나가는 것입니다. 이러한 균형 상태를 이룸으로 인하여 정신적으로 깊은 안정 상태를 이루게 되며, 이를 바탕으로 하여 균형을 이룩한 완성된 사람이 될 수 있습니다.

균형이란 한가운데를 의미합니다. 한가운데는 흔들림이 거의 없으며 주변부로 갈수록 바빠지는 것이지요. 균형이란 바로 중심의 다른 표현이며, 따라서 어느 쪽으로도 치우침이 없고 흔들림이 없는 가운데 인간의 마음에 복을 불러들이는 역할을 하고 있는 것입니다. 마음이 평온한 사람의 얼굴을 보면 복이 깃들어 있음을 알 수 있습니다.

마음에 균형이 잡혔다고 함은 바로 모든 사안에 대하여 정상적인 시각을 가지고 바라볼 수 있음을 의미하는 것이며, 정상적인 시각을 가지고 바라볼 수 있음은 오차가 없음을 뜻하는 것입니다. 오차가 없음은 에너지의 낭비가 없어 정확하게 멀리 갈 수 있음을 의미하며, 이러한 균형 상태에서 이루어지는 모든 것들은 완벽에 가까울 수밖에 없는 것입니다.

명상을 통하여 불균형에서 균형으로

지구 인류의 대부분이 불균형한 인간이라 했을 때, 이러한 불균형에는 그것을 통해서 공부를 하라는 뜻이 있습니다. 부족한 면이 장점이 될 수 있고, 넘치는 면이 단점이 될 수도 있는 것이지요. 태어날 때는 불균형하게 받아 나오지만 명상이나 환경 변화 등 다양한 방법을 통해 개선할 수 있습니다.

불균형을 어떻게 해서든지 완화시키고 균형화시킴으로써 자신의 마음을 평정시키고 이것을 건강으로 연결하는 것이 명상의 목적 중 하나입니다.

명상을 한다고 해서 저절로 균형이 찾아지는 것은 아닙니다. 도인체조導引體操와 호흡수련을 하는 과정에서 자신의 몸과 마음이 변화함에 따라 균형이 찾아지는 것이지요. 이러한 균형이 찾아지게 되면서 자신의 육신의 건강을 찾고, 건강한 몸에 건강한 마음이 깃드는 것입니다.

나는 긍정적으로 생각하고 싶은데, 뜻대로 안 되고 자꾸 부정적으로 흐르는 경우가 있습니다. 그렇게 하면 좋은 줄은 알겠는데 몸이 안 따라 주기도 합니다. 마음이 삐딱해지고 하여튼 잘 안 되는 거죠. 개선해 보겠다는 의지가 없어서 그럴 수도 있지만, 대개는 장부의 허실이 원인입니다. 장부가 담당하는 기능을 잘 발휘하지 못해서 자제가 안 되는 것이지요. 그 부분을 고쳐주면 마음도 바로잡힙니다. 마음과 몸은 서로 순환하기 때문입니다.

어느 특정 부위가 약하다 하면 바로 그 면으로 명상을 해야 합니다. 위가 약하면 토土의 기운이 부족하니 명상 중 토의 기운을 의념하여 주로 받아들여야 하고, 간이 약하면 목木의 기운을 떠올려 간의 탁기를 제거하고 정기를 강화해야 하고요. 명상은 오행을 고루 갖춘 중화된 인간이 되고자 하는 것입니다.

나는 이렇게 태어났기 때문에 그냥 이렇게 살다 가겠다 하면 할 말이 없습니다. 물론 사는 데 지장이 없으면 되는 것이지요. 하지만 정말 지장이 없는가 보면 그렇지는 않습니다. 치우친 기운 때문에 판단이 치우치게 되거든요.

명상은 타고난 것을 보완해서 나아지자는 데 뜻이 있습니다. 태어날 때 부여받은 기운을 분석하여 부족한 기운을 채우고 남는 기운을 내보내어 나름의 균형을 이루자는 것이지요. 오장육부의 기능을 고루 찾아 원만하게 조화를 이루자는 것입니다.

그러면 사람 자체가 편안합니다. 편안하고, 무난하고, 모나지 않고, 원만한 사람이 됩니다.

6. 보람 있는 삶을 위한 건강

건강해져야 하는 이유

건강하지 못한 분들보다 건강한 분들이 더 죄를 많이 짓는 경우를 봅니다. 이번에도 나라를 뒤흔든 사건이 있었죠. 권력남용, 성, 사기, 거짓말, 횡령 등 온갖 부패들이 다 들어가 있는 희대의 사건이 발생했습니다.

물론 인간은 죄를 지을 수 있는 소지를 다 가지고 있기 때문에 죄 짓는다는 것을 이해할 수도 있습니다. 하지만 죄를 짓고 나서도 별로 국민들에게 죄송해 하지도 않고, 법적으로 벗어날 방법만 모색하더군요.

그런데 그분들이 건강하지 못했더라면 이런 죄를 지었을까요? 건강하지 못해 병원에 누워 있어서 자기 몸 하나 가누기가 어려운 입장이라면 죄를 지었을까요? 기운이 넘치고 의욕이 넘치다보니 죄를 짓게 된 겁니다.

건강이란 것이 기본적이고 절실한 부분이긴 하지만 전부는 아닙니다. 인간이 태어나서 건강을 목표로만 산다면 건강해지지 않을 이유가 없을 거예요. 하지만 건강은 수단일 뿐이지 목표는 아닙니다. '왜 건강해져야 하는가?', '건강해져서 무엇을 해야 하는가?'에 대한 답이 명확하고, 마음자리가 바로 놓여서 준비가 되어야 건강이 의미있는 것이 아닐까요?

건강은 상대가치 •

여론 조사를 했더니 사람들이 가장 관심을 갖는 부분이 건강이라고 하고, 두 번째로 건강 못지않게 중요하게 생각하는 것이 보람 있는 인생을 사는 것이라고 합니다.

사람은 보람 있는 일을 하고 싶어 합니다. 그런데 보람 있는 일을 하고 싶어 하는 사람들에게는 건강이 안 따라주고, 반면 건강한 사람은 가치 없는 일을 하는 경우가 많습니다. 건강과 보람 있는 일, 이 두 가지가 모두 충족이 되면 너무나 행복해질 텐데요.

명상에서는 아픈 것을 마냥 적대시하지 않고 좋은 교재로 봅니다. 한 번 아프고 나면 사람이 겸손해지고 아픈 사람의 사정을 알게 되어 여러 가지로 느껴지는 바가 많게 되거든요.

명상하시는 분들은 건강을 하나의 교재로 보아야 합니다. 건강은 상대 가치이지 절대 가치가 아니기 때문입니다.

보람 있는 삶을 위하여 •

제가 《환경스페셜》이라는 TV 프로그램을 잘 보는데, 얼마 전에 에베레스트 산에 올라가는 분들의 이야기가 나오더군요. '클린 원정대' 라고 산을 청소하러 올라가는 분들입니다.

그분들은 정상에 올라가지는 않습니다. 베이스캠프 있는 곳까지만 가서 쓰레기를 수거해서 내려옵니다. 배낭에 쓰레기를 잔뜩 담아 내려와서 일정한 지점에 가져다 놓는데, 열 명 가까운 인원이 주워온 쓰레기가 2톤을 넘는다고 해요. 버너니 산소통이니 하는, 등반 과정에서 생긴 쓰레기들을 전부 주워서 내려오는 것이지요.

고생이 이루 말할 수 없습니다. 동상에 걸리기도 하고 해발 5,000미터를 넘으면 고산병에 걸리기도 합니다. 내려올 때도 짐을 잔뜩 지고 내려와야 합니다. 6,000미터쯤 올라갔다가 인근 봉우리에서 조난자가 발생했다는 무전이 오니까 다시 내려가더군요. 산을 청소하는 것도 중요하지만 사람을 구하는 건 더 중요하다면서요.

해마다 그렇게 '클린 원정' 을 한다고 합니다. 가만히 있어도 될 것을 죽음을 무릅쓰고 남이 버려놓은 쓰레기를 청소하는 일을 하는 것입니다. 원정대 대장이 이렇게 말하더군요. "자신이 그동안 산에 오르면서 저질렀던 일들에 대해 조금이라도 갚아서 마음이 가볍다."

산이 너무도 괴로워한다는 겁니다. 산에 두고 온 연료나 텐트 같은 것들이 수천 년이 지나도록 썩지 않고 그 자리에 그냥 있으니까요. 그동안 인간들이 산을 정복하면서 저질렀던 악행에 대해 조금이라도 갚는 것이다, 결국 사람도 자연의 일부일 뿐이다, 자연을 지켜야 한다, 그런 말을 해요. 참으로 감동적이었습니다.

의미 있는 일이지 않습니까? 우리가 해야 할 일이 바로 그런 것이지요.

아무리 건강하고 가정이 화목하고 친구와 돈이 있더라도 그것만으로는 무언가 부족하더군요. 알맹이가 빠지면 의미가 없다는 말씀을 드립니다. 그 알맹이는 바로 보람 있는 삶을 사는 것입니다. 보람 있는 삶이란 자신을 정갈하게 할 뿐 아니라 자신의 주변까지 맑게 하는 삶이겠지요.

자신이 가장 하고 싶고, 보람을 느끼며, 해야 하는 일을 발견하고서 그 일을 하루 한 가지씩 실행해 나가는 삶을 사는 것은 어떨까요? 건강의 목적은 보람 있는 삶을 사는 것에 있지 않을까요?

2장.
내 몸을 위한 10가지 건강지침

1. 몸의 균형을 위해 노력한다.

실천1. 바른 자세로 하는 걷기나 절 명상을 생활화한다

1) 심신을 치유하는 걷기

걷기에는 심신을 치유하는 힘이 있어 •

최근 저는 걷기를 생활화하여 매우 행복해하고 있습니다. 제가 사는 집의 뒷산을 매일 오르고 있으며, 힘들 때는 평지를 한 시간 정도 산책하고 있습니다.

일기가 나쁘거나 겨울 등을 대비하여 줄넘기를 하고 있는데 300번까지는 거뜬히 할 수 있습니다. 다가오는 여름까지는 500번, 겨울까지는 1,000번을 힘들이지 않고 할 수 있도록 체력을 기르려고 합니다. 줄넘기는 가급적 양 팔을 몸에 붙이고 하는 것이 좋더군요.

저는 걷기에 심신을 치유하는 힘이 있음을 체험을 통해 알고 있습니다. 걷기를 통해 발바닥을 자극하면 우리 몸의 심포삼초라는 장부가 강해지면서 신경이 굵어지고 면역력이 강해집니다. 우울증 증세가 있으신 분은 햇볕을 받으며 하루에 만 보씩 걸어 보세요. 안에 있던 우울한 부분이 드러나면서 자기도 모르게 밝아질 것입니다.

몇 년 전만 해도 스페인에 있는 기독교 성지 순례 길인 '산티아고 가는 길' 을 도반(道伴, 길을 같이 가는 벗)들과 함께 걷고 싶어 했습니다. 왜 하필 외국에 있는 길이냐고요? 우리나라에는 순전히 걸을 수 있는 길이 없었거든요.

하지만 요즘은 제주도 올레길을 비롯하여 지리산 둘레길, 언저리길, DMZ길 등 국내에도 걸을 수 있는 길들이 이곳저곳에 만들어져서 직접 걸어보고 있습니다. 하루에 2시간 이상씩 걸으며 걷기의 행복을 직접 체험하는 것이지요. 굳이 외국에 나갈 필요가 없어졌습니다.

우리 명상학교가 위치한 곳에도 차량으로 방해받지 않는 '걷기 명상 길' 을 직접 만들고, 느린 명상여행을 해보면 어떨까 합니다.

걷는 일에만 열중하며 머리를 쉬게 하기 •

머리를 많이 사용하다 보면 하단전에 축기된 기운을 많이 소모하게 되므로, 틈틈이 축기를 생활화하여야 하고 단전강화 명상을 자주 하시는 것이 좋습니다.

머리를 많이 쓰는 직업을 가지신 분들은 특히 걷기를 생활화하여야 합니다. 정기적으로 시간을 내어 걸으면서 생각으로 피로해진 머리를 쉬게 하고, 한쪽으로 몰리기 쉬운 기운의 균형을 잡는 것이 필요한 것이지요. 걸으면서까지 생각을 하는 것은 피로해진 머리를 쉬지 못하게 하므로, 걸을 때는 걷는 일에만 열중하며 마주치는 사물과 교감하시기를 권해드립니다.

핵심 tip

걷기의 효과

이상적인 운동으로는 단연 걷기가 꼽힌다. 특별한 기구나 장소가 필요하지 않고 혼자서도 할 수 있으며 지속하기 쉽다. 마음만 먹는다면 직장을 가는 길이나 퇴근하는 길에 지하철 한 코스 정도 전에 내려 걸을 수 있고, 엘리베이터나 에스컬레이터를 이용하지 않고 계단을 이용해서 걷는 방법도 있다. 걷기를 실천할 수 있는 방법은 주변 곳곳에 널려 있다.

또, 조깅이 착지할 때 발에 체중의 3~4배에 해당하는 압력을 줌으로써 발에 부담을 주는 데 비해, 걷기는 발에 가해지는 압력이 체중의 1.1~1.2배에 불과해서 충격이 적으므로 몸에 부담을 주지 않고 할 수 있는 운동이다.

다리와 허리 강화

스트레스 해소

비만 예방

체력 향상

뇌기능 활성화

혈액순환 촉진

심장기능 향상

걷기의 효과는 매우 다양하다.

- 뇌를 각성시켜 머리를 맑게 하고 창의력을 키운다.
- 몸의 운동을 담당하는 골격근의 80%를 움직이므로 근육을 단련시킨다. 바른 자세로 하는 걷기는 관절염과 요통을 줄여준다.
- 체지방을 줄이고 비만을 예방한다.
- 심장과 폐의 기능을 활성화시킨다.
- 고혈압과 당뇨병을 개선시킨다.
- 뼈의 밀도가 유지 및 향상된다.
- 안정과 휴식을 주어 우울증이나 노이로제, 불면증 등에 탁월한 효과를 보인다.

- 런던국립 심장 포럼에서는 규칙적인 걷기가 심장마비 위험도를 37% 감소시킨다고 발표했고, 하버드대에서는 유방암을 20% 감소시킨다고 발표했으며, 미 외과의사 협회에서는 장암에 걸릴 확률이 반으로 감소한다고 했고, 타임지에서는 우울증과 고혈압을 치료한다고 했으며, 미 국립 노화연구소에서는 걷기가 소식과 함께 노화 예방의 2대 비결이라고 발표했다.

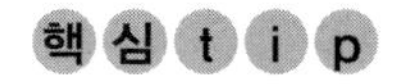

걷기의 방법

걷기의 뛰어난 효과를 느끼기 위한 조건은 다음과 같다.

- 일주일에 5번 이상, 매일 30분 이상 걷기.
  일주일에 3회 이하의 운동은 효과가 떨어진다.
- 운동을 시작하면서 힘이 든다면 매일 20분, 2회 이하에서 시작한다.
- 느낌상으로 '약간 힘들다'는 것이 알맞은 운동량이다.
- "220 - 자신의 나이 = 최대 심장 박동수"이다. 걷기를 할 때 알맞은 심장 박동수는 최대 심장 박동수의 60~80% 정도이며, 제2형 당뇨병 환자라면 40~60%가

알맞다. 과도한 운동은 무리가 되므로 피로하다면 며칠 쉬는 것도 괜찮다. 서서히 몸을 적응시키며 운동량을 늘려가도록 하자.

- 갑작스러운 부상을 방지하기 위해 걷기 전후 5~10분 정도 준비운동과 마무리운동을 하도록 한다.
- 운동하기 가장 적합한 시간은 식후 1~3시간 사이이다.

걸을 때는 바른 자세가 매우 중요하다.

- 무게중심을 뒤꿈치에 두지 않고 발의 앞부분인 발가락에 둔다.
- 팔八자로 걷지 않고 11자로 걷는다.

- 내딛는 앞발의 발목을 많이 꺾어 지면과의 각도가 큰 상태로 땅을 딛는다. 그러면 동맥과 정맥의 순환을 자극한다.
- 뒷발을 구를 때는 다섯 발가락으로 땅을 찬다.
- 머리 위 백회에서 잡아당기고, 땅에서 발을 잡아당긴다는 느낌으로 목과 척추의 긴장을 풀어주고 늘여준다.
- 어깨에 힘을 빼고 펴주며, 허리로 선다는 느낌을 가진다.
- 무게중심은 단전에 둔다.
- 팔은 자연스럽게 흔든다.

의식적으로 위와 같이 해나가되 점차 의식과 습관을 버리고 몸의 흐름에 자연스럽게 따라가며 걷는다.

---

2) 임독맥이 열리는 절 명상

절 명상의 방법과 효과

절 명상을 할 때는 두 발을 일자로 모으고 바른 자세로 서서 두 손을 올려 양손바닥을 마주 붙이고 수공하듯이 천천히 기운을 타며 내리면서 절을 합니다. 두 손바닥을 바닥에 짚으며 이마를 바닥에 살짝 닿도록 엎드립니다. 발은 발등을 완전히 바닥에 붙인 다음 발끝의 힘으로 일어납니다.

절은 믿음과 존경의 표시이며, 절하는 동작 자체가 자신을 낮추는 것이므로, 절 명상을 하면 하심下心을 하게 됩니다. 마음을 모아 정성스럽게 절을 하면 잡념이 없어져 일심을 하게 되며, 임독맥(몸의 앞뒤 정중앙을 흐르는 경락)이 열리고 탁기 제거와 축기가 함께 됩니다.

108배를 하는 것은 불교에서 유래된 것으로서 108가지 번뇌를 여읜다는 의미가 있지만 굳이 108이라는 숫자에 매이지 마시고 느긋한 마음으로 천천히 하시면 됩니다.

108배를 하는 것은 몸이 적어도 108배 정도는 매일 해도 끄떡없을 정도가 되어야 한다는 의미와, 시간상으로도 하루 30분 정도는 절을 할 수 있는 생활의 여유가 있어야 한다는 의미가 있는 것입니다.

절을 하니 자궁암이 나았다 •

다니구찌 마사하루라는 분이 쓴 『생명의 실상』이라는 40권짜리 책을 제가 예전에 읽어 봤습니다. 어떤 남자가 자신의 부인이 자궁암에 걸렸다고 찾아왔대요. 의사는 회생불능이라고 사형선고를 내려서 자기를 찾아왔답니다.

그런데 다니구찌 마사하루라는 분은 '몸은 없다' 라고 말씀하는 분입니다. 물질은 없다, 마음뿐이다, 생명의 실상은 바로 마음이다, 이렇게 극단적으로 얘기합니다. 몸이 없는데 왜 병이 있느냐는 것이지요. 그래서 자궁암은 없다, 없다고 생각하면 없다, 그렇게 강하게 입력함으로써 자기 최면을 걸어서 병을 없애는 방법을 씁니다.

그 분은 제약회사를 아주 싫어합니다. 제약회사 광고를 보면 무슨 병에는 무슨 약 이렇게 선전을 하잖아요? 그걸 보면서 사람들이 그 병이 '있다' 라고 생각을 한다는 것이지요. 그래서 병이 더 도진다고 생각하더군요.

그 분이 그 남편에게 이런 처방을 내렸답니다. '부인에게 절을 하십시오, 하루에 100번씩 절을 하십시오' 남자는 죽으면 죽었지 그 짓은 못하겠다고 했답니다. '그러면 아내가 죽습니다' 라고 했더니 '아, 죽일 수는 없지요' 라며 한번 노력은 해 보겠다며 집으로 돌아갔답니다.

차마 그 부인이 앉아 있는 앞에서 절을 할 수는 없었대요. 그래서 문을 닫고 옆방에서 절을 했답니다. 그런데 한참 절을 하다 보니까 절하는 일이 별로 어렵지 않더래요. 할 수가 있더랍니다. 하물며 지나가는 사람에게 절을 하기도 하는데, 자신을 낮추는 일이 뭐 그리 어렵다고 내가 못했는가 싶고…….

절을 한다는 건 바로 그런 뜻이거든요. 자신을 한없이 낮추어 바닥까지 이르게 하는 자기 수행의 방법입니다. 절이라는 것은 원래 누구한테 절하는 게 아니라 스스로에게 절을 하는 것이지요.

이렇게 마음을 바꾸었더니 부인 앞에서도 절을 할 수 있더랍니다. 날마다 100번씩 절을 하고 나서 몇 달 후에 검사를 받아보니까 완쾌되었다고 합니다.

여자들의 자궁암과 유방암, 남자들의 생식기 병은 많은 경우 부부 관계 불화에서 옵니다. 남녀 사이에 원한 맺힌 게 많을 때 생식기 병에 걸립니다.

그러니까 남편이 스스로를 낮추는 그런 수행을 함으로써 스스로 겸손해지고, 관계도 좋아진 것이지요. 아내는 아무것도 아닌 자신에게 그 대단한 남편이 절하는 모습을 보면서 감동을 받고 자신 또한 겸손해졌고요. 결국 불화가 없어지고 평안해지니까 병이 나은 것입니다.

부부 사이가 원활하지 못한 분들은 이런 방법을 실천해 보세요. 면전에서 못하겠다면 사진을 앞에 놓고 절을 해보세요. 결국 자기 자신에게 하는 절임을 깨닫게 될 겁니다.

실천2. 체질 식사를 하려고 노력하되,
어떤 음식이든 감사한 마음으로
먹는다.

1) 기초 건강법 3가지

앞으로 기초 건강법으로 다음의 세 가지를 기본으로 하려고 합니다.

첫째, 골반, 척추 교정을 통하여 몸의 프레임을 바로잡고,
둘째, 체질 건강법을 통하여 몸의 내용물을 새롭게 하고,
셋째, 뇌파를 통하여 자율 신경으로 통제를 받지 않는 부분까지 바로잡아 정신을 바로잡는 것입니다.

인체를 자동차로 보았을 때 골반은 차체에 해당됩니다. 차체가

비뚤어지거나 고장이 나있으면 아무리 비싼 차도 오래가지 못하는 것이지요. 그 차체를 바로잡는 일이 골반과 척추를 바로잡는 일입니다.

그렇게 뼈대가 제대로 서면 그 다음 체질 건강법으로 내용물을 바꾸는 거죠. 음식물과 침針으로써 에너지를 최소한으로 소비하게 하여 최대한 면역력을 기를 수 있게 하는 것입니다.

이후 그 두 가지로도 안 되는 부분은 뇌파훈련으로 바로잡아야 합니다.

2) 체질이란?

체질이 다르게 태어난 것이 인간창조의 법칙 •

인간창조의 법칙상 인간은 체질이 서로 다르게 태어났습니다. 인간이 사주팔자가 서로 다르게 태어났듯이 체질도 다 다르게 태어난 거죠. 백인, 황인, 흑인이 태어날 때부터 서로 다르게 태어난 것과 마찬가지입니다. 흑인이 황인이 될 수 없는 것처럼 체질 역시 아무리 중화가 된다 하더라도 타고난 그 체질이 변하지 않고 지속되는 것이지요.

체질은 인간의 몸이 본래부터 불균형하게 태어났으며, 그로 인해 다양한 개성이나 특성을 가지게 되었음을 알려줍니다. 체질로 인한 불균형은 정도의 차이는 있으나 누구나 가지고 있고, 이것을 중화시켜 나가는 길이 건강에 가까이 다가가는 길이라고 할 수 있습니다. 타고난 장점을 살리면 건강한 상태가 되고, 단점을 살리면 건강하지 못한 상태가 되는 것이지요. 그것이 법칙입니다.

체질의 종류 •

인체는 우주의 축소판이므로 근본적으로는 두 가지, 음 체질과 양 체질이 있고, 다시 오행과 더불어 10종의 체질이 나오게 됩니다. 이에 기본적으로 체질은 10가지로 볼 수 있지만, 10이 다양한 변화를 일으키며 약 36,000가지의 체질로 변화하게 됩니다. 한 가지를 주主로 하여 여러 가지 체질이 다양한 비율로 섞여지게 되는 것이지요.

이로 인해 명의가 된다는 것도 이 36,000가지 체질 중에서 어느 체질에 가장 가까운가 하는 것을 알아내는 것에서 시작한다고 볼 수 있습니다. 진단이 정확히 되었음은 이미 절반은 성공하였음을 말해주는 것으로서 곧 치료가 거의 정확히 될 수 있음을 나타내기 때문입니다.

체질을 통해서 자신을 알라 •

체질 건강법은 하나의 교재이기도 합니다. '체질을 통해서 자신을 알라' 는 공부입니다. 혈액형이 각자 다르고 얼굴의 피부색이 각자 다르게 태어난 것처럼 체질도 다르게 받아 나오는 것입니다. '체질을 알면 하늘이 부여한 자신의 사명을 안다' 는 말이 있는데, 체질에 따른 각자의 역할이 있다는 것입니다.

팔문원[1]의 각 방향에 체질을 대입해보면 이렇습니다. 팔문원의 북쪽은 인간이 나아가야 할 방향으로서 수水체질에 해당됩니다. 동쪽은 인간이 다듬어야할 부분으로서 목木체질에 해당되고, 남쪽은 자신을 강화하는 방법으로서 화火, 토土체질에 해당됩니다. 그리고 서쪽은 자신을 강화하는 방법을 알려주는 것이므로 금金체질에 해당됩니다. 그렇게 체질에 따라 역할이 다 있는 것이지요.

구체적으로 보면, 수체질은 사업을 해서 선을 확장하겠다는 등의 자신의 진로가 정해지면 흔들리지 않는 분들입니다. 방향을 정할 때까지는 굉장히 돌다리를 많이 두드려보는데, 일단 정해지면 일사천리로 가시는 분들입니다.

목체질은 인간이 다듬어야 할 부분에 해당되니까 예의라든가 충과 효, 인간의 근본적인 부분에 관심을 가지고 있고, 이런 것들을 중요하게 여기는 분들입니다. 또 과묵하신 분들이죠.

토체질은 실천하는 분들입니다.

---

1) 팔문원은 우주의 본체를 형상화한 것으로서 8방에 8개의 문을 가지고 있습니다. 8개의 문들은 우주의 기운이 내외부로 이동하는 통로를 나타냅니다. 이 통로를 통하여 우주의 기운이 드나들며, 이 우주의 기운은 모든 것을 변화시킵니다. 팔문원 중 동서남북의 문은 각각 의미가 있습니다. 즉 북쪽은 의(義)요, 동은 예(禮)이며, 남은 인(仁)이고, 서는 지(知)입니다. 그리고 나머지 네 방향은 이 정(正)방향을 지지하기 위한 보조적 역할을 합니다.

그리고 금체질은 독창적이고 창의적인 구체적 방법, 이론적 방법을 내놓는 분들이라고 볼 수 있습니다.

앞으로 체질에 대한 연구를 많이 해야 되고 또 공부해야 됩니다. 이제 체질 건강법을 통하여 건강을 돌보고 자신을 알고 또 사명을 아시고요.

체질에 영향을 주는 다양한 요소 •

핵인자, 시간인자, 기인자, 영성인자 이 네 가지는 인간의 일생을 결정하는 구성요소라고 말씀드렸습니다. 하지만 실제로는 이 네 가지로 정확히 구분하여 나눌 수 없고, 서로 연관성을 가지고 있다고 보아야 합니다. 예를 들어, 시간인자를 분석해 보면 부모에 대한 것이나 건강에 대한 것이 나오고, 영성인자에 속하는 의지나 정신적인 힘도 부모에게서 받은 핵인자나 기인자, 시간인자로부터 영향을 받습니다.

이처럼 네 가지 인자는 필요상 네 가지로 구분하여 놓은 것이며, 실제로는 딱 부러지게 구분하기가 어려운 것이지요. 네 가지 인자가 체질에 영향력을 미치는 것 역시 이러한 연장선상 위에서 이해할 수 있습니다.

핵인자는 기본적으로 부모님에게서 유전되는 것이며, 체질은 이러한 핵인자에 바탕을 두고 있습니다. 그러나 체질은 기인자, 시간인자, 영성인자 등의 다양한 요소에 의하여 변할 수 있는 가능성을 가지고 있는 바, 이 때문에 인간에게는 여러 가지 체질이 섞여 있는 것이지요.

원칙적으로 체질은 핵인자에 기반을 둔 것이며, 세부적으로는 다양한 요소에 영향을 받는 것입니다.

핵심 tip

체질이란

한의학에서 체질이라고 하면 먼저 사상체질이 유명하다. 인간을 네 유형으로 나누어서 설명한 사상체질은 19세기 말 동무 이제마 선생이 동의수세보원에 기록한 의학으로 바로 태양인, 소양인, 소음인, 태음인 이렇게 인간을 장부의 대소에 따라 네 부류로 나누고 체질에 따라서 인간의 성격, 체형, 생리 병리적 특성, 식성 등이 달라진다는 이론이다.

고대에 서양에서는 히포크라테스가 4체액설을 주장했고, 동양에서는 황제내경에 25태인態人이 나오지만 사상체질처럼 체질에 따른 건강법을 구체적으로 내놓은 바는 없었다. 그래서 사상체질의학은 우리나라만의 고유한 의학으로 주목받는다.

사상체질의학에 이어 나온 걸출한 체질의학으로는 8체질

의학이 있다. 이 8체질의학은 동호 권도원 박사가 창안한 체질의학으로 권도원 박사는 90세에 가까운 연세로 현재도 진료와 연구에 매진하고 있다. 이 8체질의학은 인간을 8가지 체질로 나누었고, 사상체질이 주로 약치료에 비중을 크게 두고 있는 것에 반해 8체질의학은 침 치료에 비중을 크게 두고 있다. 8체질의학은 각종 성인병이나 지금껏 접근하기 힘들었던 난치병들의 새로운 대안으로 주목받고 있다.

이 8체질의학 역시 장부의 대소에 따라 체질을 8가지로 나누었다. 8체질의학에서는 인간은 누구나 장부의 불균형을 가지고 있으므로 체질이 나뉘고, 성격이 다르며, 몸에 맞는 음식이 다르다고 본다. 이 불균형이 정도 이상으로 심해지면 병이 발생하게 된다. 그리고 이 불균형을 심화시키는 가장 큰 주범은 음식이다. 그래서 체질에 따른 체질 식사는 건강을 유지하는 가장 중요한 요소 중 하나인 것이다.

이 책에서 내놓은 10체질은 8체질을 기반으로 빠졌던 화체질을 위주로 보완한 것이다. 본래 인간은 수많은 체질이 있다. 약 36,000가지의 체질이다. 이 36,000체질의 기본이 되는 것이 바로 10체질이다. 오행의 '5'와 음양의 '2'가 서로 작용해서 10가지가 나오는 것이 10체질이고 10체질이 서로 섞여 수많은 체질이 되어 인간 개개인의 체질이 나누어지는 것이다. 다음에 나오는 체질에 관한 설명을 보면 나에게 꼭 맞는 체질이 없을 수도 있다. 하지만 나의 특성을 많이 갖고 있는 체질이 있다. 한 사람의 체질은 10체질 중 하나의 체질이 50% 이상으로 주를 이루고 있기 때문이다. 예를 들면 금토체질 85%, 토화체질 15% 이런 식으로 말이다. 그러므로 나의 주가 되는 체질을 알아내야 한다.

참고로 전 세계적으로 사람들의 체질을 이루고 있는 평균적인 비율은 목체질 30%, 화체질 10%, 토체질 30%, 금체질 20%, 수체질 10%이며, 국가나 민족, 지역의 특성에 따라 구성 비율은 달라지게 된다.

체질 Check List

1. 육식을 하면 속이 거북하거나 불편하다.

- 금토체질이나 금수체질일 가능성이 높으며 토금체질이나 화토체질일 가능성도 있다. 목수체질이나 목화체질, 화목체질은 배제시킬 수 있다.

2. 밀가루 음식을 먹으면 속이 거북하거나 얼굴에 뭐가 잘 난다.

- 금토체질이나 금수체질일 가능성이 높으며 토금체질이나 토화체질, 화토체질에도 나타난다. 목수체질이나 목화체질, 화목체질은 배제시킬 수 있다.

3. 닭고기를 먹으면 몸이 가렵다.

- 금토체질이나 금수체질일 가능성이 높고 토화체질, 토금체질, 화토체질에도 나타난다. 간혹 목화체질에서도 나타난다.

4. 육식은 거의 다 싫어하나 개고기만은 먹는다.

- 수금체질일 가능성이 높다. 금토체질이나 금수체질에서도 간혹 나타난다. 목수체질이나 목화체질, 화목체질은 배제시킬 수 있다.

5. 돼지고기를 먹으면 속이 불편하다.

- 수금체질이나 수목체질일 가능성이 높으며 금토체질이나 금수체질일 가능성도 있다. 목수체질이나 목화체질, 화목체질은 배제시킬 수 있다.

6. 생선회를 먹으면 설사하거나 탈이 난다.

- 수금체질이나 수목체질일 가능성이 높으며 목수체질이나 목화체질, 화목체질일 가능성도 있다.

7. 맥주를 마시고 설사하는 경우가 많다.

- 수금체질이나 수목체질일 가능성이 높으며 목수체질이나 목화체질일 가능성도 있다. 간혹 금토체질에서도 나타난다.

8. 참외를 먹으면 설사하는 경우가 많다.

- 수금체질이나 수목체질일 가능성이 높다. 금토체질이나 금수체질에서도 간혹 나타난다.

9. 수박을 먹으면 거북하거나 배탈 나는 경우가 있다.

- 금토체질이나 금수체질, 토금체질일 가능성이 높다. 수금체질이나 수목체질일 가능성도 있다.

10. 찬 음식이나 음료를 많이 먹으면 속이 불편하다.

- 수금체질이나 수목체질일 가능성이 높다.

11. 사과를 먹으면 소화가 안 되거나 속이 불편하다.

- 금토체질일 가능성이 높으며 토화체질이나 토금체질, 화토체질일 가능성도 있다.

12. 오렌지나 귤을 먹으면 속이 쓰리거나 거북하다.

- 토화체질이나 토금체질일 가능성이 가장 높으며 금토체질이나 화토체질일 가능성도 있다.

13. 커피를 마시면 가슴이 두근거리거나 손이 떨린다.

- 금토체질이나 금수체질일 가능성이 높다. 토금체질이나 토화체질, 수금체질일 가능성도 있다.

14. 평소 놀라울 정도로 음식을 적게 먹으며 그래도 기운이 달리지 않는다.

- 수금체질이나 수목체질일 가능성이 높으며 금토체질이나 금수체질일 가능성도 있다.

15. 화학조미료가 든 음식을 먹으면 설사한다.

- 금토체질이나 금수체질일 가능성이 높다. 토화체질이나 토금체질, 화토체질일 가능성도 있다.

16. 소고기는 먹는데 돼지고기는 안 먹는다.

- 금토체질이나 금수체질일 가능성이 높다. 수금체질이나 수목체질일 가능성도 있다.

17. 항생제를 복용하면 과민반응을 일으킨다.

- 토화체질이나 토금체질일 가능성이 높으며 화토체질이나 금토체질, 금수체질일 가능성도 있다.

18. 인삼을 먹으면 눈이 충혈되거나 몸이 불쾌하다.

- 토화체질이나 토금체질일 가능성이 높으며 금토체질이나 화토체질, 목화체질일 가능성도 있다.

19. 아주 매운 음식을 먹어도 땀이 거의 없다.

- 수금체질이나 수목체질일 가능성이 높다. 목화체질이나 목수체질은 배제시킬 수 있다.

20. 대변이 항상 무르게 나온다.

- 목화체질일 가능성이 높다. 금수체질, 금토체질, 수목체질, 화목체질일 가능성도 있다.

21. 변을 며칠씩 못 봐도 그다지 불편하지 않다.

- 수금체질일 가능성이 높다. 금토체질이나 금수체질, 화토체질, 토화체질일 가능성도 있다.

22. 근력 운동을 하면 몇 개월이 안 돼 멋진 근육이 만들어진다.

- 목수체질이나 목화체질일 가능성이 높다. 화목체질이나 수목체질일 가능성도 있다.

23. 햇볕에 오래 서 있다가 식은땀을 흘리며 쓰러진 적이 있다.

- 수금체질이나 수목체질일 가능성이 높다. 금토체질이나 금수체질, 토금체질, 화토체질일 가능성도 있다.

24. 목욕탕에서 땀을 많이 내고 나면 몸 컨디션이 아주 좋아진다.

- 목수체질이나 목화체질일 가능성이 높다. 화목체질이나 화토체질, 토화체질일 가능성도 있다.

25. 금 · 은이 아닌 가짜 귀걸이나 목걸이에 금속 알레르기가 있다.

- 금토체질이나 금수체질일 가능성이 높다. 토금체질이나 토화체질, 화토체질, 수금체질일 가능성도 있다.

참고)

자신의 체질에 해로운 것에 대해서는 알레르기 증상을 비롯한 다양한 병리적인 증상이 나타날 수 있는데, 그것을 감안하여 만든 체크 리스트입니다.

위의 체크 리스트 역시 참고사항일 뿐이며 절대적인 것은 아닙니다.

체크 리스트와 더불어 각 체질별 특성, 이로운 음식, 해로운 음식, Y침의 반응 등을 참고하여 자신의 체질을 찾아보세요.

핵 심 t i p

체질을 찾자

체질을 알아내는 방법은 여러 가지가 있는데 몇 가지를 소개한다.

먼저, 음식으로 판별하는 방법이다. 체질마다 이로운 음식과 해로운 음식이 있다. 예민한 사람들은 자신에게 맞는 음식을 잘 알고 있고 먹자마자 느끼곤 한다. 혹은 유난히 잘 체하거나 알레르기가 생기는 음식이 있다. 이런 음식은 자신의 체질과 맞지 않아서 그런 것이다. 아래의 설명을 보고 자신의 체질이라고 생각되는 체질을 찾아보자.

둘째, 자신의 체질이라 추정되는 체질의 이로운 음식만 먹어보는 것이다. 약 1~2주간 다른 음식은 먹지 않고 자신의 체질이라 생각되는 체질의 이로운 음식만 먹어보면 몸이 가벼워지고 컨디션이 좋아지므로 스스로 판단할 수 있다.

셋째, 성격이나 외모로 판별하는 방법이다. 아래 설명의 체질별 성격이나 외모로 자신의 체질을 추정해 보도록 하자.

넷째, 침을 이용하는 방법이다. 체질에 따른 수지침인 Y침을 맞고 몸의 반응을 보아 자신의 체질을 알아내는 법이다. 자세한 방법은 '157쪽 Y침법' 을 참고한다. 위에서 생각한 자신의 체질에 따른 수지침을 놓고 확인해보자.

마지막으로 맥진이다. 이 방법은 주변의 8체질 한의사에게 받을 수 있는 방법이다. 주변에 팔체질 전문 한의원을 방문해 보자. 하지만 이 역시 오류가 날 가능성이 있고 현재 팔체질의학에서는 화체질을 인정하지 않으므로 참고 바란다.

---

3) 체질 식사법

먹을 것은 가지고 태어나 •

체질 건강법에서는 체질에 따라 맞는 음식이 정해져 있다고 봅니다. 편식을 하는 것이지요. 처음에는 편식을 한다고 해서 체질 건강법에 관심을 가지지 않았어요. 그동안 편식은 나쁘다, 음식은 무조건 골고루 먹는 게 좋다, 우리가 교육을 받지 않았습니까? 그러다보니 편식에 대한 저항감이 있는 거죠.

지금은 체질 진단을 받고, 체질에 따른 음식요법을 하고 있습니다. 불과 일주일밖에 되지 않았는데 기운이 넘칩니다. 대단한 걸 먹는 것도 아니에요. 한두 가지 아주 간단한 걸 먹고 있습니다.

다른 몇 분께도 체질 점검을 하라고 말씀드렸더니 음식을 가려

먹는 게 피곤하다고 모르는 게 좋을 것 같다고 하시더군요. 그런데 사실은 너무 여러 가지 음식을 먹는 게 피곤한 것이지요. 인간이 그렇게 여러 가지를 먹을 필요가 없는데, 너무 많은 음식을 개발해내고 복잡해진 겁니다.

에스키모인과 몽골족은 먹는 것이 다릅니다. 몽골족들은 주로 쇠고기나 양고기, 유제품을 먹죠. 채소 재배를 하기가 어려워 야채도 없고 과일도 없습니다. 에스키모인도 몽골족과 마찬가지로 굉장히 한정된 종류의 음식물을 먹고 삽니다. 그런 것을 보면 태어날 때부터 먹는 것을 가지고 태어난다는 것을 알 수 있습니다.

동식물도 마찬가지입니다. 라마는 목초지의 풀이나 잔디만 먹고, 코알라는 유칼립투스 잎만 먹듯이 각기 먹는 것을 가지고 태어난다고요. 그에 비해 인간은 너무 많은 종류의 음식을 먹고 있습니다. 자기에게 맞는 음식, 좋은 음식을 몇 가지만 먹는 것이 간소하게 사는 방법이 아닌가 합니다.

면역력을 키우는 체질 식사법

면역력을 담당하는 장부인 심포삼초의 역할은 대처하는 일입니다. 덥고, 춥고, 바람 불고, 비 오는 등의 궂은 날씨에 우리 몸이 대처하는 힘도 바로 심포삼초에서 나옵니다. 체질에 따라 자신에게 맞는 날씨가 있어서 환절기에 힘든 분이 있고, 장마철에 힘든 분이 있는데, 자신에게 맞지 않은 날씨에는 방어를 위해 자신의 생명력, 면역력이 총 출동합니다. 그러면 자연히 자기 몸의 생명력이 줄어들 수밖에 없겠지요.

음식도 마찬가지입니다. 매일 먹는 음식 중에는 자기한테 맞는 음식이 있고 맞지 않은 음식이 있는데, 맞지 않은 음식이 들어오면 그걸 소화시키고 분해시키기 위해 에너지가 많이 들어가게 돼요.

결국 암이니 불치병, 정신병 같은 것들이 생기는 이유는 모두 면역력이 떨어지고 기운이 달려서 그런 것이지요. 우울증이라는 것도 기운이 없어서 꼼작하기 싫은 것입니다. 왜 기운이 없느냐 하면 심포삼초가 날씨 방어하고, 탁기 맞아 치우고, 맞지 않는 음식을 분해시키느라 기운을 다 썼기 때문입니다.

그러니까 지금부터는 체질에 따른 식사법을 지키시면서 내 몸의 생명력, 면역력, 기운을 아끼고 키우셨으면 합니다.

체질 식사에는 융통성도 필요해 •

자신의 체질을 알아 그에 걸맞은 체질 식사법으로 스스로를 건강하게 관리해 나가야 합니다. 하지만 그 방법에 있어서 너무 극단적인 방법은 지양하시고요. 그 이유는 우리들의 인체는 신비한 소우주로서 10체질로 똑 떨어지게 체질을 구분할 수는 없기 때문입니다.

자신의 정확한 체질을 알지 못하는 상태에서 극단적인 방법의 체질 식사는 오히려 더 좋지 않은 결과로 이어질 수도 있거든요. 큰 카테고리 안에서 자신의 몸을 살펴 조금씩의 융통성을 부여하는 방법이 효과적입니다.

채식에 관하여 •

채식주의에 대하여 문의드립니다. 극단적인 채식법은 건강에 어떤 영향을 미치는지요? 채식이 건강에 좋은 것은 알고 있으나 극단적인 채식법은 영양의 불균형을 초래하지 않겠는지요? 극단적 채식주의자들은 육식을 하는 것을 동물의 시체를 먹는 것이라고 과격하게 말합니다. 그렇다면 식물의 시체를 먹는 것은 어떤지요? 이것을 기후 등의 이유로 인하여 불가피하게 육식이나 생선을 위주로 하여야 하는 분들에게는 어떻게 설명해야 하는지요?

극단적인 채식법은 영양의 불균형을 초래할 수 있습니다. 채식의 좋은 점은 한정된 지구자원을 두고 보았을 때, 먹이사슬의 중간인 육식을 취할 때 한사람의 육식 식단은 100사람의 채식식단과도 맞바꾸는 것이라, 전체 지구인들의 에너지 효율 부분에서 나누어 함께 공존하자는 의미로 받아들여야지 무조건 극단적으로 채식법을 강조하는 것은 무리가 있습니다.

각 사람마다 체질이 다르고 각 나라마다 기후가 다르기 때문에 추운 지방에 사는 사람들에게 지방의 섭취는 그들의 생존과 직결되는 문제이지요. 우리들의 인체는 처한 환경과 섭생으로 말미암아 진화를 해온 살아있는 생명체로서 주변에 놓여진 먹을거리를 통해 몸을 바꾸어 온 것입니다. 그렇게 서서히 환경변화와 함께 해온 몸이, 산업사회의 속도와 자본주의 사회의 속도에 너무 많은 먹을거리들의 편중과 변이로 말미암은 구조적인 폐해를, 단지 육식과 채식만으로 나누어 이분법적인 논리로 해석해서는 무리가 있다는 것이지요.

육식을 함에 있어 전체적인 시각이 필요할 뿐만 아니라, 식물을 포함한 모든 먹을거리들에 대한 진정한 감사 없이 허겁지겁 때우는 식사는 그야말로 식물들의 시체를 먹는 것과도 같다고 볼 수 있어요. 우주의 생명과 사랑으로 자란 동·식물을 먹고, 살리는 생명 에너지로 전환해서 쓰지 않는다면 그야말로 밥값을 하지 못하는 사람이고 그가 섭취한 것은 동물의 시체이며 또한 식물의 시체에 지나지 않는다는 의미입니다.

기후 등 불가피하게 육식과 생선을 위주로 하는 사람들뿐 아니라 채식주의자들 모두는 모든 먹을거리들에 대한 깊은 감사와 그 먹힌 생명을 다시 살리는 사이클로 계속 살려 나가는 삶이 되도록 노력해야 합니다.

감사히 먹으면 감사의 에너지로 •

체질 건강법을 보완할 수 있는 것은 결국 의식입니다. 모든 음식은 자체 기운과 성질을 가지고 있거든요. 너무 음식을 '이건 이래' 고정시키지는 마시고요. 음식의 분류를 크게는 지켜나가되 먹을 때는 감사한 마음으로 먹는 것이 더 중요합니다.

어떤 분이 밥만 보면 눈물이 나온다고 말씀하시더군요. 왜 그러냐고 물었더니 너무 맛있어서 그렇대요. 그리고 밥을 맛있게 먹기 위해 간식은 일절 안 한다고 얘기하더군요.

밥을 보고 눈물 흘려보신 적 있으십니까? 제가 명상하기 전에는 다른 종교에 다녔습니다. 제가 원해서 다닌 게 아니라 어머니 때문에 효도하는 셈치고 다닌 것이지요.

그곳에서 21일 예정으로 농촌 계몽을 나가면 계속 미숫가루만 먹습니다. 밤에는 야학을 하고 낮에도 강연을 하는데, 현지 주민들에게 신세지지 말라고 해서 쌀 대신 계속 미숫가루만 먹었습니다.

한 일주일쯤 그러고 나면 씹고 싶다는 생각이 간절합니다. 이로 씹고 싶은 것이지요. 음식의 귀함이 새삼 느껴집니다. 집에 와서 밥을 먹는데 눈물이 나오더군요. 그런 과정을 한 번씩 겪으면 새로워집니다. 감사하는 마음이 생기고 밥알이 살아 움직이는 것이 느껴집니다. 실제로 밥알들이 먹어주기를 바라면서 움직이지요.

밥의 최고의 희망은 사람의 입으로 들어가서, 씹혀서, 소화되어 에너지가 되는 것입니다. 모든 음식의 최고 영예는 사람에게 먹히는 것인데, 기왕이면 좋은 사람에게 먹혀서 좋은 에너지로 쓰여지기를 열망합니다. 밥 많이 먹고 힘내서 허튼짓하면 속상해 하지요.

식물도 다 생각이 있습니다. 식물과도 대화할 수 있습니다. 물주면 '고맙습니다' 합니다. 자기를 아껴줘서 고맙다고 합니다.

그러니 음식의 소망에 대해 생각하면서 고마운 마음으로 고루 섭취하세요. 그 에너지로 힘을 얻어서 살아가는 거잖아요? 그것을 바르게 돌려주는 길은 그 에너지를 보람 있게 쓰는 것입니다.

또한 수련생들은 의식을 다루기에 물질에 마음을 담을 수도 있습니다. 감사로 먹으면 감사의 에너지로 작동하게 되는 것이지요.

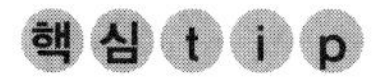

체질별 특성[2)]

• 목수체질 •

풍채가 좋고 체구가 큰 사람이 많다. 눈사람처럼 어깨가 좁고 아래로 내려가면서 굵어져서 허리가 가장 크다. 건강한 사람은 항상 땀이 귀찮도록 많으며 몸이 괴로울 때 땀을 흘리면 몸이 가벼워진다. 건강한 상태에서도 혈압이 높은 편이다.

폐가 약해서 말이 적고 숨이 짧으며 빠른 노래나 높은 노래는 어렵다. 말을 많이 하면 매우 피곤해 한다. 채소와 생선만 많이 먹고 육식을 적게 하면 이유 없이 피곤하고 눈이 아프며 발이 답답하다.

2) 제선 한의원의 체질 섭생표, 빛과 소금 1994년 8월호, 1996년 3월호 참조.

육식과 더운 목욕을 즐기면 살이 희고 채식과 생선을 즐기고 냉수욕을 자주 하면 색이 어둡고 검어진다. 모든 병이 간열로 오는데 땀을 내어 간열을 식혀야 한다. 그래서 사우나나 족욕, 반신욕 등의 더운 목욕을 하면 몸이 가뿐하고 기분이 상쾌해지는 것이다.

마음이 인자하고 남의 잘못을 쉽게 용서한다. 말로 따지는 것을 싫어하며 툭 터진 넓은 곳에서 활동하기를 좋아하고, 계획적이기보다는 투기적이고 창의적이기보다는 되어지는 대로 적응하려는 편이다. 그러므로 이런 성격을 가진 사람 중에는 독자적인 사업을 하는 사람이 많은데 그 중에는 사업을 크게 벌여 성공하는 사람이 많다.

등산이 좋고 말을 적게 하는 것이 좋다.

이로운 것

- 모든 육식
- 민물고기 : 민물장어, 미꾸라지, 메기
- 뿌리채소 : 무, 당근, 도라지, 연근, 토란 등
- 쌀, 밀가루(국내산이 좋다. 외국산은 오염된 경우가 많다), 수수, 메주콩, 버섯류, 마늘, 호박, 모든 견과류(호두, 밤, 잣)
- 커피, 우유, 설탕, 알칼리성 음료
- 배, 사과, 수박
- 녹용, 인삼, 비타민A · B · C · D, 금니, 금주사, 아스피린, 등산

해로운 것

- 모든 바다생선 및 패류
- 날배추(잎채소보다 뿌리채소가 맞다)
- 메밀, 고사리, 감, 모과, 체리, 청포도
- 포도당, 코코아, 초콜릿, 포도당 주사
- 수영, 담배, 아말감, 비타민E

• 목화체질 •

하루에도 몇 번씩 대변을 보는 것이 특징이다. 하지만 건강과 크게 관계가 없다. 몸이 허약해지면 항상 배꼽 주위가 불편하고 몸이 냉하며 다리가 무겁고 잠을 잘 못 잔다. 평소 푸른 잎채소와 생선을 즐기면 아랫배가 편할 날이 없다. 육식을 해주면 좋은 효과를 볼 수 있다. 항상 아랫배에 복대를 하는 것이 건강법이 된다.

활동적이고 봉사적인 반면에 성질이 급하고 감수성이 강하며 알코올 중독에 잘 걸리는 체질이므로 직업선택에 있어서 이런 점을 고려해야 한다. 남과 감정 대립이 잦은 직업, 질투를 당하거나 남의 비판을 받을 만한 직업은 피해야 한다. 조금만 섭섭한 말을 들어도 감정이 거슬려 불면증으로 시작하여 온 몸이 차가워지고 다리가 무거워지면서 설사를 하고 마침내는 건강을 잃게 될 우려가 있기 때문이다.

다음으로는 술과 관계없는 직업이 좋다. 술에 한번 중독되면 빠져나오기 어려우므로 술을 안 마시는 것이 좋고 직업도 될 수 있으면 술과 먼 것을 택해야 한다. 성품은 외향적이면서 적극성도 있고 봉사적이어서 교육계나 기계공학 쪽에서 성공하는 사람이 많다.

이로운 것

- 소고기, 돼지고기
- 민물고기 : 민물장어, 미꾸라지
- 뿌리채소 : 무, 당근, 도라지, 연근, 토란 등
- 쌀, 밀가루(국내산이 좋다. 외국산은 오염된 경우가 많다), 수수, 대두콩, 버섯류, 마늘, 호박, 모든 견과류(호두, 밤, 잣), 율무
- 커피, 우유, 설탕, 알칼리성 음료
- 배, 메론
- 녹용, 비타민A · B · C · D · E, 금니, 금주사

해로운 것

- 모든 바다생선 및 패류
- 날배추(잎채소보다 뿌리채소가 맞다)
- 메밀, 고사리, 감, 모과, 체리, 청포도
- 인삼, 오가피, 포도당, 코코아, 초콜릿, 포도당 주사
- 술, 냉수욕

• 화목체질 •

성질이 예민하고 알아차리는 것이 기민하다. 감수성이 예민하여 예술적인 감성을 지니고 있다. 정열적이다.

체형은 호리호리하고 하체보다 상체가 발달한 경우가 많다. 상체가 길고 얼굴이 붉은 경우가 많다. 시원하게 먹는 것이 대체적으로 좋다.

아름다운 것을 좋아한다. 예술가나 디자이너들이 많다.

이로운 것

- 돼지고기, 소고기
- 민물고기 : 민물장어, 미꾸라지
- 뿌리채소 : 무, 당근, 도라지, 연근, 토란 등
- 쌀, 밀가루(국내산이 좋다. 외국산은 오염된 경우가 많다), 수수, 호박, 대두콩, 버섯류, 마늘, 모든 견과류(호두, 밤, 잣)
- 배, 메론
- 우유, 녹용, 금니, 얼음, 비타민D · E

해로운 것

- 바다생선 및 패류
- 후추, 고추, 파, 생강
- 메밀, 고사리
- 감, 모과, 체리
- 포도당, 코코아, 초콜릿, 오가피, 부자

• 화토체질 •

밝고 꾸밈없는 성격으로 친구들이 많다. 남들을 즐겁게 해주고 싶어 한다.

감정을 담아두는 것을 잘하지 못한다. 좋아하는 사람에게 표현을 잘하며 싫은 내색 역시 잘한다. 표현이 분명하다.

행동이 빠르다. 성격이 불같으며 적극적이다. 물불 안 가리는 지돌적인 돌파력이 있다. 행동가로서 영업 등의 사람 만나는 일에 적합하다. 그러나 상황이 급변하면 불안해지는 면이 있다.

뜨거운 것보다는 차고 신선한 음식이 맞다.

이로운 것

- 대부분의 바다생선, 복요리
- 돼지고기
- 보리, 쌀, 팥
- 모든 채소
- 메론, 수박, 참외, 바나나, 딸기
- 구기자차, 얼음

해로운 것

- 닭고기, 소고기, 염소고기, 개고기
- 현미, 벌꿀, 인삼, 대추
- 파, 생강, 고추

- 귤, 오렌지, 망고, 토마토
- 비타민B군, 참기름, 부자, 소화효소제

• 토화체질 •

성질이 급한 것이 특징이다. 한 자리에 오래 있는 것을 싫어하고 움직여 활동하는 것을 좋아하며 일이 없으면 만든다. 주선력이 강하나 뒤처리가 흐리다.

소화력이 강한 식도락가이기도 하다. 시각이 발달하여 화가가 많다. 머리가 일찍 희어지는 사람이 많다.

피부에 흰 반점이 생기는 백납은 거의 이 체질의 독점병이다. 항생제를 많이 쓰거나 소화제를 장기간 복용하면 위궤양이 올 수 있다. 이때 팥빙수나 보리음료를 먹으면 좋아진다.

정이 많고 헌신적이며 봉사심이 강하다. 매우 외향적이어서 종일 한자리에 앉아 일하는 직업은 맞지 않는다. 능률이 오르지도 않고 그것을 억지로 참는 것은 병을 부르는 것이나 마찬가지인 것이다. 그러므로 직업 선택에 있어서 각별한 주의가 필요하다.

이 체질의 뛰어난 감각과 활동성에는 외교관, 수사관도 적합한 직업인데 실지로 그 분야에 종사하는 비율도 높다.

이로운 것

- 돼지고기, 소고기
- 보리, 쌀, 밀가루(국내산이 좋다. 외국산은 오염된 경우가 많다),

콩, 팥, 계란

- 모든 채소
- 대부분의 바다생선, 복요리, 민물고기
- 해조류, 김, 미역, 다시마
- 배, 참외, 수박, 메론, 딸기, 바나나
- 구기자차, 영지버섯, 두릅
- 얼음, 비타민E, 아말감, 반신욕

해로운 것

- 닭고기, 개고기, 염소고기
- 현미
- 사과, 귤, 오렌지, 망고, 토마토
- 감자, 고추, 파, 생강, 참기름, 대추
- 소화효소제, 벌꿀, 비타민B군, 부자, 인삼, 냉수욕

• 토금체질 •

비교적 잔병이 없고 병원에 가기를 싫어한다. 토금체질은 평상시에는 전혀 급해 보이지 않는 사람이 아주 급한 상황이 벌어지면 정신없는 행동을 하는 수가 많다. 강한 개성을 지니며 여럿이서 함께 있어도 두드러져 보이는 경우가 많다. 투박한 성격을 지니고 툭툭 말을 던지는 경우가 많지만 속은 깊고 정이 많다.

이 체질은 양약의 부작용이 많이 나는 체질이므로 약을 쓸

때 특히 주의해야 한다. 뿐만 아니라 양방에서 페니실린 쇼크가 10만 명당 1명 정도의 확률로 발생하는데 다른 체질에서도 부작용이 날 수는 있으나 대부분 이 체질의 사람이다. 음식은 시원하고 신선한 것을 취하는 것이 유익하다.

이로운 것

- 돼지고기
- 보리, 쌀, 팥, 녹두
- 오이 및 대부분의 푸른 채소
- 대부분의 바다생선 및 패류, 복요리
- 감, 참외, 수박, 파인애플, 딸기, 포도, 바나나
- 얼음, 비타민E, 아말감, 초콜릿

해로운 것

- 닭고기, 소고기, 개고기, 염소고기
- 현미, 찹쌀, 미역, 다시마
- 사과, 귤, 오렌지, 망고, 토마토
- 겨자, 후추, 계피, 고추, 파, 카레, 생강, 대추
- 벌꿀, 비타민A · B · D군, 인삼
- 술, 담배, 페니실린

• 금토체질 •

뒷머리 아랫부분이 윗부분보다 나왔다. 자기를 나타내는 것을 좋아하지 않으며 모방을 싫어하고 창의적인 것을 좋아해서 학구적이고 무엇을 연구하고 창안하는 면이 뛰어나다. 대신에 일을 추진하는 힘이 부족한 경우가 많다.

육식을 하면 알레르기성 질환으로 변하여 편할 날이 없다. 아토피성 피부질환은 이 체질이 육식을 많이 했을 때 생기는 특유병이다. 또, 육식을 하면 항상 속이 더부룩하고 가스가 많이 차고 방귀도 고약한 냄새가 난다. 잎채소나 생선을 먹으면 속이 편하고 가스도 많이 차지 않고 방귀 냄새도 그렇게 나쁘지 않다.

금니가 이 체질에서는 독으로 변한다. 인공섬유를 입으면 유난히 정전기가 일어난다. 또, 간이 약하고 작기 때문에 어떤 약을 쓰든 이익보다는 해가 많으므로 약을 좋아하지 않고 양약이든 한약이든 끝까지 먹는 법이 별로 없다.

비현실적이고 비노출적非露出的이며 비사교적이다. 주위 사람들과 어울리는 것을 싫어하고 혼자 하는 것을 좋아하고 비사교적이며 내성적인 경우가 많고 어학을 잘하는 경우가 많다.

이 체질은 허리를 펴고 서는 시간을 많이 갖는 것이 건강의 비결이다. 그래서 학생들이 공부할 때도 서서 하는 것이 좋다.

이로운 것

- 모든 바다생선, 게, 조개류, 젓갈
- 쌀, 보리, 메밀, 팥, 녹두, 참쑥
- 오이, 가지, 배추, 양배추, 상추, 기타 푸른 채소, 고사리
- 해조류, 감자
- 포도당, 코코아, 초콜릿
- 바나나, 딸기, 복숭아, 체리, 감, 참외, 모과
- 얼음, 산성수, 포도당주사, 물가나 평지 산책, 비타민E

해로운 것

- 모든 육식, 고래고기, 모든 민물고기
- 커피 및 차류, 인공조미료, 가공음료수
- 밀가루, 수수, 메주콩
- 호박, 고추, 마늘, 토란, 연근, 버섯, 율무, 기타 근채류
- 검정포도, 밤, 사과, 배, 메론
- 설탕, 은행, 녹용, 인삼, 모든 약물, 아스피린, 페니실린, 비타민A · B · C · D, 알칼리성 음료
- 금니, 금주사, 아트로핀 주사, 술과 담배, 더운 목욕, 등산, 컴퓨터 과용

• 금수체질 •

화를 잘 낸다. 육식을 많이 하면 소리를 지르거나 난폭해지고 화를 잘 내며 성격이 나빠지는 경우가 많은데 이때 채식을 하면 온순해진다. 금수체질이 화를 참는 것은 문제가 되지 않으나 화를 내고 나면 간이 손상을 받게 된다.

대체로 예민한 사람들이 많고 추위를 많이 타고 손발이 찬 경우가 많다. 건강검진에 저혈압이 많고 아침에 일찍 일어나기가 무척 힘들다. 금토체질과는 달리 상당히 사교적이며 지도력이 있는 경우가 많다.

이 체질은 희귀병이 많은 체질이다. 육식을 많이 하면 파킨슨, 치매, 진행성 근육위축증 같은 병에 잘 걸린다. 또, 육식을 많이 하게 되면 대변이 항상 가늘고 불만스럽다. 모든 약이 효과가 없고 일광욕과 사우나탕도 좋지 않고 오히려 수영은 좋은 운동이 될 수 있다.

세상을 꿰뚫어보는 직관력과 야심, 뛰어난 통치력은 위대한 정치가를 많이 배출하기도 했지만 그들이 육식을 함으로써 폭군이 되기도 한다. 그리고 금수체질은 특별히 '영웅은 여자를 좋아한다'는 말을 경계해야 한다. 창의력이 뛰어나 피카소 같은 위대한 화가도 이 체질이고 쉽게 흥분하지 않는 심장을 가졌으므로 세계적인 마라톤 선수도 이 체질의 사람이 많다. 귀가 아주 밝아 청음력이 뛰어나 음악이나 어학에 재능 있는 사람이 많다.

이로운 것

- 모든 바다생선과 게, 패류, 젓갈
- 메밀, 쌀
- 모든 푸른 채소, 오이, 고사리, 김, 파, 겨자, 생강, 후추, 오가피
- 포도, 복숭아, 감, 앵두, 파인애플, 딸기
- 더덕, 도라지, 장아찌류
- 포도당, 코코아, 초콜릿, 산성수, 수영

해로운 것

- 모든 육식, 고래고기, 민물고기
- 밀가루, 수수, 메주콩
- 마늘, 녹용, 호박, 율무
- 커피, 인공조미료, 우유, 설탕,
- 배, 사과, 메론, 밤, 잣, 은행, 근채류, 버섯류, 토란
- 비타민 A·B·C·D, 아스피린, 알칼리성 음료, 금주사, 아트로핀 주사, 페니실린
- 더운 목욕, 등산, 컴퓨터 과용, 숲속 주거, 반신욕

핵심 tip

• 수금체질 •

변비가 특징이다. 보통은 2일에 한 번 통변하나 3일, 5일, 7일 만에 하는 사람도 있다. 그러나 크게 고통스럽지 않다. 이 체질의 사람들은 음식을 빨리 먹으면 소화가 안 되므로

음식을 천천히 먹는다. 찬 음식은 싫어한다.

손발이 찬 경우가 많고 특히 어지러운 경우가 많다. 일사병으로 잘 넘어지는 아이가 이 체질이다. 건강하면 땀이 없고 약하면 땀이 난다. 사우나나 지나치게 땀이 많이 나는 운동으로 땀을 흘리고 나면 몸이 좋지 않으므로 삼가야 한다. 그러므로 땀이 많은 여름에 몸이 좋지 않다. 봄부터 여름에 약하고 가을에서 겨울이 건강하다. 어깨가 넓고 허리가 가늘며 엉덩이가 나와 몸매가 곱다. 냉수마찰과 수영이 좋다.

성품이 세밀하고 조직적이며 의심이 많아 남의 말을 쉽게 믿지 않는다. 그야말로 '돌다리도 두드려보고 건너는' 성격이다. 모든 것을 숙고한 후에 결정하는 조직적이고 완벽주의적이며 내향적인 성격의 소유자이다. 그러므로 번거로운 것을 좋아하지 않고, 투기성이 있는 사업보다는 사무직과 법률직을 선호하며 대중문학에도 소질이 많고 운동신경이 발달하여 무슨 운동이든지 잘한다.

백화점, 호텔 종사자, 일반 사무직, 공무원들 중에서 맡은 업무를 잘 수행하는 사람들이 수금체질인 경우가 많다. 반면에 이들은 지극히 현실주의적이라 이들 중에서 종교인을 찾아보기가 어려울 정도이다.

이로운 것

- 개고기, 닭고기, 염소고기, 소고기
- 현미, 찹쌀

- 미역, 다시마, 계피, 생강, 파, 겨자, 후추, 고추, 참기름, 감자, 버섯류
- 사과, 망고, 귤, 오렌지, 토마토
- 인삼, 벌꿀, 대추, 비타민 B군, 산성수

해로운 것

- 보리, 팥, 오이
- 돼지고기
- 생굴 및 어패류, 복요리
- 감, 참외, 딸기, 바나나, 파인애플
- 맥주, 얼음, 비타민A · D · E, 구기자차, 아말감, 반신욕

핵심 tip

• 수목체질 •

위무력과 위하수는 이 체질의 독점병이다. 이 체질은 날 때부터 위를 작게 타고 났으므로 폭식이나 과식을 거듭하게 되면 위가 무력하게 되고 밑으로 쳐져 버린다. 음식은 놀랄 정도로 적게 먹어야 건강하고 보통 양으로 먹는 것은 과식이 된다. 변이 항상 무르고, 설사를 하면 힘이 빠진다. 보리와 돼지고기는 이 체질의 독이다. 소식과 더운 음식을 취하는 것이 건강법이다.

수금체질의 회의주의적 성향과 목수체질의 투기성을 함께 지니고 있다. 이 사람들이 직업을 선택할 때 가장 중요하게 고려할 것은 약한 소화력이다. 너무 편하고 조용하거나 지나

치게 과로하는 일도 안 되고 소식을 하되 제 때에 식사는 할 수 있는 식종이면서 동시에 체질적 성품에도 잘 맞는 일을 선택해야 한다.

이로운 것

- 현미, 찹쌀, 감자, 옥수수
- 닭고기, 염소고기, 개고기, 소고기
- 참기름, 미역, 다시마, 후추, 겨자, 계피, 고추, 카레, 파, 생강
- 사과, 귤, 오렌지, 토마토, 망고
- 인삼, 대추, 벌꿀, 버섯류
- 산성 음료수, 누른 밥, 비타민 A · B · C · D

해로운 것

- 보리, 팥, 오이
- 돼지고기, 계란
- 모든 어패류, 복요리
- 감, 참외, 바나나, 딸기, 청포도
- 맥주, 얼음, 초콜릿, 모든 냉한 음료 및 음식
- 비타민E, 아말감, 담배, 반신욕

소극적 건강법에서 적극적 건강법의 시대로

지구의 상태가 더 이상 물러설 수 없는 지점이 되었습니다. 기후가 점점 더 악화되면서 아주 치열하게 더 적극적으로 살아남아야 하는 시점이 된 것이지요.

이제 소극적인 건강법에서 적극적인 건강법으로 바꾸지 않으면 안 되는 시대가 왔기 때문에 체질 건강법을 적극적으로 실천해야 합니다. 지금 이 시점에 체질 건강법을 알게 된 것이 또한 스케줄입니다. 지금이라도 알게 되어서 너무 다행스럽습니다.

실천3. 근육과 골격을 바로잡는 교정운동, 마사지를 실천한다.

1) 골격을 바로잡는 교정운동

골반과 척추를 바로잡는 것이 기본 •

우리 회원분들부터라도 건강을 찾는 것이 절체절명의 과제입니다. 우리 회원들이 건강해야 가족들도 건강한 것이지요. 이미 말씀드렸듯이 인체를 자동차라고 보았을 때 골반은 차체에 해당됩니다. 차체가 비뚤어지고 고장이 나있거나 혹은 바퀴 4개 중 2개가 시원치 않거나 작은 바퀴가 달려있다면 차체가 아무리 좋아도 오래 못가서 금방 고장이 날 것입니다. 그 차체를 바로잡는 일이 골반과 척추를 바로잡는 일입니다.

스스로 자세를 바로잡아야

척추가 있고 엉덩이를 싸는 뼈가 있는데, 척추와 엉덩이뼈를 연결하는 부위가 잘못 놓여서 골반이 비뚤어지게 됩니다. 그래서 골반을 교정하면 골반만 잡혀지는 게 아니라 온 몸의 균형이 다 잡혀지게 되는 것이지요.

교정을 제대로 하는 것이 힘들긴 하지만, 제대로 하면 우두둑 소리가 나면서 척추, 골반, 어깨까지 바로잡히면서 온 몸의 균형이 잡혀집니다.

골반이 비뚤어진 분은 골반 교정운동을 하셔야 되고, 양 다리의 길이가 차이 나는 분은 다리 길이가 같아지도록 굴신운동을 하셔야 됩니다. 또, 척추를 펴주는 운동을 하셔야 됩니다. 골반을 바로잡고, 척추를 바로잡으면, 어깨도 바로잡아지거든요. 항상 자세를 바로 해야 합니다.

호흡명상을 한다고 해서 저절로 몸이 균형을 찾아가는 것이 아니라 우선은 몸의 자세를 바로잡아 주어야 하는 거죠. 명상을 10년씩 해도 골격이 비뚤어져 있으면 효과를 거두기가 어렵습니다.

그리고 남이 교정해 주면 얼마 지나지 않아 또 비뚤어지기 때문에 남이 바로잡아 주는 것이 아니라 자기가 바로잡을 수 있는 방법을 배우고 꾸준히 실천해야 합니다. 각자 스스로 자세를 바로잡아 가야 하는 것이지요.

목과 어깨의 통증 •

목과 어깨에 통증이 있는 분들이 많으신데, 그 원인은 다 스트레스와 자세라고 봐야 됩니다. 어깨가 아플 때 보면 목의 경추가 비뚤어져 있는 경우가 대부분입니다. 혈액순환이 잘 안 되면 모세혈관을 막거나 해서 뼈가 비뚤어집니다. 대개 경추 3,4번이 비뚤어진 경우가 많은데, 목 자세와도 관계가 있고 해당 장부와도 관계가 있습니다. 인체의 구조상 비뚤어지기 쉬운 뼈들이 있어서 탈이 나는 것이지요.

대개 남자들은 왼쪽이 아프다 하고 여자들은 오른쪽이 아프다 하는데, 왼쪽이 아픈 경우는 심소장, 폐대장 소관이고 오른쪽이 아픈 경우에는 신방광, 생식기 소관입니다. 사람마다 다르지만 대체적으로 그렇습니다. 그리고 목은 간담 소관이고, 어깨는 심포삼초 소관입니다. 간담과 심포삼초가 약하다는 얘기지요.

몸 상태가 좋으면 뼈가 이상해도 운동하거나 하면 바로잡힙니다. 헌데 해당 장부에 지속적으로 문제가 있으면 그게 안 됩니다. 기능을 발휘하지 못해서 계속 한쪽으로 눌리는 것이지요.

우선 스트레스를 줄여야 하고, 선천적으로 장부에 이상이 있으면 그것을 치료해야 합니다. '고치기가 참 어렵다', '오래 걸린다' 하면 상응부위로 치료하는 방법이 있습니다. 상응부위에 압봉을 붙이거나 지압을 하는 것이지요.

그리고 도인체조와 자세명상을 많이 하세요. 와공해서 축기를 웬만큼 하고 나면 계속 자세명상을 해서 몸을 바꾸어야 합니다.

의념명상은 그 이후에 해 주시고요.

저는 어느 날 부턴가 뒷골이 막혔는데, 그게 꽤 오랜 시간 계속되고 있습니다. 어떻게 해야 할까요?

뒷골이 막히는 것은 참 오래 갑니다. 수도를 오래하신 분들도 거의 뒷골이 막혀있지요. 풀렸다가 신경 좀 쓰면 다시 막힙니다. 평생 그래야 되는 겁니다. 뒷골이 개운하다 하면 이미 다 된 것이지요.

원인은 수승화강이 잘 안 되어서입니다. 뒷골이 빽빽할 때 인영맥人迎脈을 만져보면 펄럭펄럭 뜁니다. 머리로 피가 많이 올라간다는 얘기이지요. 반면 촌구맥寸口脈은 약하게 뜁니다. 현대인들의 대체적인 특성입니다.

뒷골이 빽빽하면 자꾸 운동을 해야 합니다. 신경 쓰고 생각을 많이 하는 분들은 몸을 움직이는 걸 많이 하세요. 신나게 자전거를 타거나 노래를 부르거나 하는 방법으로요.

핵 심 t i p

뼈와 근육 그리고 신경

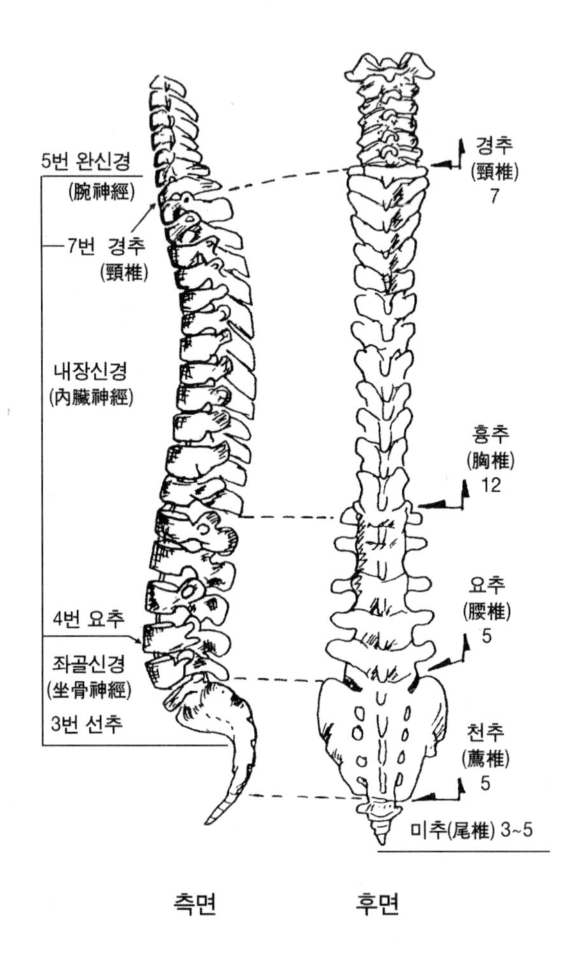

몸에 있는 뼈의 중심축이라고 하면 바로 척추를 들 수 있다. 척추는 모두 34개의 뼈로 구성되어 있는데 경추 7개, 흉

추 12개, 요추 5개, 천추 5개, 미추 5개로 구성되어 있다. 이 척추는 모두 유기적으로 연결되어 있는데 그 유기적인 흐름이 S라인을 형성하고 있다. 그래서 한 쪽에 이상이 생기면 다른 곳에도 영향을 미친다. 그러므로 경추에 이상이 생기는데 요통이 생기기도 하고 요추에 이상이 있는데 두통이 생기기도 한다. 유기적으로 연결되어 있기 때문이다. 치료법 역시 전체적인 관점에서 이루어져야 한다. 적절히 균형 잡힌 라인을 형성할 수 있도록 도와줘야 한다.

그렇다면 척추가 균형 잡힌 라인을 형성할 수 있도록 지탱하는 역할은 어디서 할까. 뼈는 혼자서 자기 모양을 지탱할 수 없다. 뼈를 지탱해 주는 것은 근육이다. 뼈가 움직일 수 있도록 힘을 주고, 뼈 사이를 이어주는 역할을 근육과 인대가 하는 것이다.

그렇다면 근육과 인대가 움직일 수 있도록 제어해 주는 곳은 어디인가. 그것은 신경이다. 우리가 의식적으로 움직일 수 있는 근육을 수의근이라 하고 이는 뇌를 통해 신경으로 명령을 내려 제어를 해주고, 내장근육처럼 의식적으로 움직일 수 없는 근육은 불수의근이라 하는데 이는 자율신경계를 통해 명령을 내려 제어를 해주는 것이다. 수많은 신경들이 근육 사이, 뼈 사이로 흐르면서 다양한 정보를 감지하고 명령을 내리면서 제어하고 있는 것이다.

그러므로 뼈와 근육, 신경은 밀접하게 상호작용하고 있다. 떼래야 뗄 수 없는 관계다.

핵심 tip

골반의 불균형

인체를 지지하는 기둥인 척추와 연결되어 있는 곳이 바로 골반이다. 골반은 생식기, 하부 소화기, 분비기관을 싸고 있으면서, 인체 뼈의 지지대 역할을 하는 매우 중요한 곳이다. 이 골반의 장골과 천추 사이를 잇는 관절을 천장관절이라고 부르는데 서양의 뼈 교정 학문인 카이로프랙틱에서는 천장관절을 모든 척추 이상의 근본이라고 본다.

그리고 골반과 다리와 만나는 부분의 관절을 고관절이라고 부른다. 이 고관절의 이상도 매우 중요하게 여겨지는데 특히 일본의 이소가이 학파에서는 고관절을 모든 뼈 비틀림의 근본이라고 본다. 바로 고관절이 비틀어져서 골반이 비틀어지고 척추까지 비틀어진다는 이론이다.

무엇이 근본인지 따지기보다 골반의 천장관절과 고관절은 상호 유기적으로 관계를 맺고 있기 때문에 둘 다 바로잡아 가야 한다.

골반의 불균형은 크게 전후 불균형과 좌우 불균형, 상하 불균형으로 나눌 수 있다.

골반의 전후 불균형이란 쉽게 말해 오리궁둥이나 일자허리 모양을 말한다.

오리궁둥이는 요추의 과전만으로 생긴다. 주로 서양 사람들에게 많이 나타나는 이것은 입식생활에서 기인한 것으로 보여진다. 오리궁둥이가 되면 다리가 X자형이 되기 쉽다. 또, 아랫배가 잘 나오고 허리통증과 골반통증에도 잘 시달린다.

일자허리는 요추의 과후만으로 생긴다. 주로 동양 사람들에게 많이 나타나는 이것은 좌식생활에서 기인한 것으로 보여진다. 일자허리가 되면 다리가 O자형이 되기 쉽고, 등이 굽고 턱이 앞으로 나오기 쉽다. 극단적인 요추 후만을 생각하면 등이 굽고 지팡이를 짚고 다니시는 할머니를 생각하면 된다. 후만이 심하게 이루어졌기 때문에 다리는 O자형이 되고, 팔자걸음으로 걸으며, 등이 굽고 턱이 앞으로 나왔다.

예전에 심하게 허리가 굽으신 할머니들 중에 머리에 물건을 이게 되실 때는 마술을 부리듯 허리를 꼿꼿이 펴시는 분들이 계셨다. 사람들은 안 그래도 몸이 불편한데 그렇게 하시면 안 된다고 말렸다. 주위의 만류 때문에 머리에 무언가를 이는 일을 멈추면 갑자기 폭삭 늙어버리는 경우가 있었다. 그 이유는 머리에 무언가를 이기 위해 허리를 펴는 일이 매우 건강에 도움이 되는 일이었기 때문이다. 사람들의 걱정으로 머리에 물건을 이는 일이 없어지자 허리를 펴는 일도 없어졌고 자연히 건강은 더 빠르게 나빠지는 것이다.

그렇게 허리를 펴는 일은 중요하다. 허리가 굽으면 오장육부로 통하는 31쌍의 척추신경이 눌리면서 기능이 저하되고 기혈순환에 나쁜 영향을 미치기 때문이다. 나이가 들어가면서 허리가 굽는 일만은 막자. 하루에 조금씩만 교정운동에 시간을 투자한다면 충분히 가능한 일이다. 이미 굽었더라도 운동으로 충분히 좋아질 수 있다.

다음은 O자와 X자형의 다리를 체크해보는 방법이다.

우선 바닥에 편한 자세로 위로 보고 누워서 발목의 복사뼈 부분이 닿도록 한다. 그 상태에서 무릎사이에 손을 넣어 확인한다.

정상인 경우에는 손날을 넣어 무릎사이를 지나가게 했을 때 양 무릎에 약간 닿지만 자연스럽게 지나가는 정도이다. X자형은 손이 지나가지 못하거나 무릎이 심하게 서로 포개어진 경우이다. O자형은 손날이 닿지 않고 자유롭게 지나다닐 수 있을 정도로 벌어진 경우이다. 우리나라 사람들은 좌식생활의 영향으로 주로 O자형 다리와 요추 후만된 골반(일자허리)이 많다.

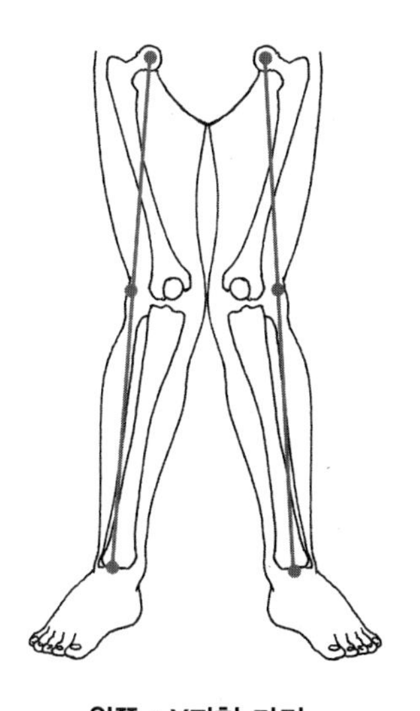

왼쪽 : X자형 다리

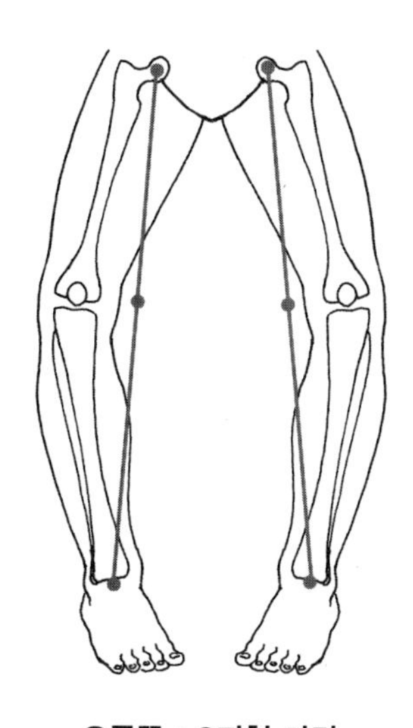

오른쪽 : O자형 다리

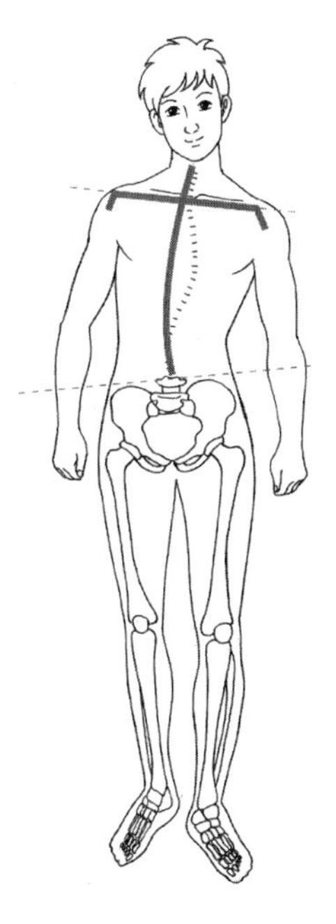

왼쪽 다리 긴 경우

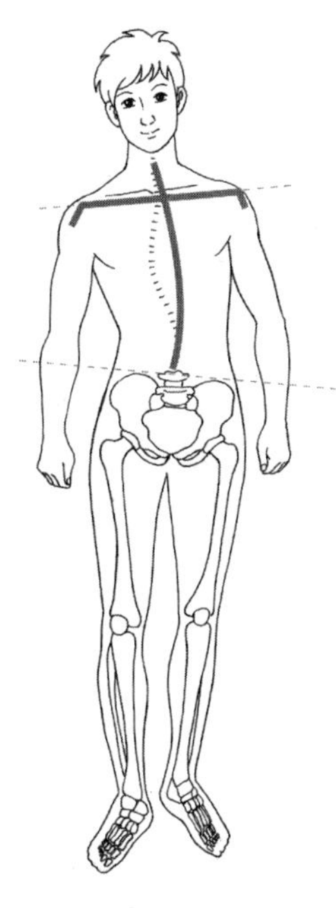

오른쪽 다리 긴 경우

골반의 좌우불균형은 주로 좌우 다리 길이 차이로 나타나는데 한 쪽 다리가 길면 같은 쪽의 골반이 짧은 쪽 다리 골반 높이보다 높아진다. 이를 보상하기 위해서 요추와 흉추에서는 척추가 휘어지는 기능적 측만을 만들게 된다. 척추의 휘어짐으로 나타나는 질병의 경향은 다음과 같다.

왼쪽 다리가 긴 체형에서는 주로 소화기, 비뇨기, 생식기, 부인과 관련 질환이 많이 나타난다고 한다. 대표적인 질병으로는 생리통, 생리불순, 냉대하, 다뇨, 요실금, 물혹, 자궁근종, 만성피로, 소화불량, 변비, 치질, 조루, 전립선 이상 등이 있다.

오른쪽 다리가 긴 체형에서는 주로 호흡기, 순환기, 심장계통의 질환이 많이 나타난다고 한다. 대표적인 질병으로는 수족냉증, 비염, 축농증, 편도선이 잘 붓는 증상, 운동 후 심계(가슴이 뛰는)증상 등이 있다.[3)]

3) 척추변형을 바로잡는 정체운동, 이남진 저, 물병자리 참조.

도인체조

도인체조導引體操는 몸을 털어 주거나, 두드리거나, 문지르거나, 틀어 주거나, 늘이고 당기는 동작을 통해 근육과 인대와 관절을 부드럽게 풀어주고 경혈經穴을 자극하여 전신 기혈氣血 순환을 원활하게 하는 체조이며, '도인법導引法' 이라고도 한다. '도인' 이란 끌어당기고導 늘인다引는 뜻이다. 이런 도인법은 동양에서 수천 년 전부터 전해오는 양생법養生法의 하나로, 전신 기혈의 유통을 원활하게 함으로써 인체의 자연치유력을 극대화하는 심신 단련법이다.

• 도인체조 시 유의사항 •

1) 기본 도인법을 위주로 본인이 상황에 맞게 취사선택하여 하되 인체의 중요 부분인 다리(발), 허리, 목, 어깨, 손과 팔은 골고루 풀어주는 것이 좋다. 기본 도인법은 오행의 기운을 골고루 강화시켜 주는 동작들로 구성되어 있다. 기타 도인법도 몸을 풀어주는 데 도움이 되므로 시간 여유가 되면 하는 것이 좋다. 한편, 서거나 앉거나 눕거나 하는 동작은 주위 상황에 맞추어 적절하게 변경시켜 하는 것도 무방하다.
2) 정확하게 동작을 하는 것이 중요하나, 절대로 무리하게 하

지 말고 자기 몸에 맞게 한다. 스스로 자신의 병이나 취약한 부위를 염두에 두고 하는 것이 좋다. 처음에는 잘 안 되는 동작도 계속 하면 기혈 순환이 원활하게 됨에 따라 점차 정확한 동작을 하게 된다.

3) 호흡은 편안하고 자연스럽게 한다.

4) 체조의 모든 동작은 하기 사항을 유념하여 천천히, 부드럽게 하는 것을 원칙으로 한다.

(1) 동작은 처음에 정향(좌에서 우로)으로 한다. 즉, 좌측부터 시작한다.

(2) 머리를 반듯이 세워야 한다.

(3) 허리를 가능하면 최대한 편편하게 편다.

(4) 상체를 뒤로 젖힐 때도 가능하면 허리를 편 상태로 한다.

(5) 특별한 설명이 없으면, 무릎을 편다.

(6) 무게중심은 발의 앞부분에 둬야 한다.

• 오행 도인체조 •

오행 도인체조五行導引體操란 우리 육체에서 상하좌우의 구조적인 음양 및 오행의 기운을 조절하여 체형의 균형을 이루며, 타고난 체질상의 약한 부위의 운동을 좀 더 많이 함으로써, 기혈의 순환을 원활히 하여 육체를 건강하게 하는 체조이다. 오행체조는 약해진 신체 부위를 오행 요법에 따라 강화시키고 너무 강해진 신체 부위는 완화시키며, 또 몸의 균형을 잡아주어 몸이 이상적으로 편안한 상태를 유지할 수 있도록 도와준다. 상세한 동작은 상기 도인체조 동작을 참조하면 된다.

1) 토土 기운 강화운동 (비장, 위장)

(1) 앉았다 일어나기 (마른 형: 발끝을 바깥으로 향하게, 살찐 형: 안쪽으로)

(2) 얼굴 문지르기 (얼굴 안쪽에서 바깥쪽으로, 아래에서 위로)

2) 금金 기운 강화운동 (폐장, 대장)

(1) 크게 숨쉬기 (잡념 있을 때: 강하게 빨리, 없을 때: 천천히 30초씩)

(2) 좌우로 상체 돌리기

(3) 손목 돌리기

3) 수水 기운 강화운동 (신장, 방광)

(1) 허리 돌리기 (좌, 우 40회)

(2) 발목 운동 (좌, 우 40회 돌리기, 털어내기)

4) 목木 기운 강화운동 (간, 담)

(1) 목 운동 (앞, 뒤, 좌, 우, 젖히기, 돌리기)

(2) 양발 벌려서 상체 굽히기

5) 화火 기운 강화운동 (심장, 소장)

(1) 손바닥(장심) 마주치기 (박수치기)

(2) 팔 운동 (위에서 아래로 40회, 팔굽혀 펴기)

(3) 혀 돌리기

6) 상화相火 기운 강화운동 (심포, 삼초)

(1) 손바닥 쥐었다 펴기 (300회)

(2) 온몸 털기 (10~30분)

(3) 팔 돌리기 (앞, 뒤)

※ 각 운동을 할 때는 정해진 횟수 이상 하는 것이 효과가 있으며, 특히 자신에게 부족한 부분은 더 많이 하도록 한다.

1. 서서 하는 동작

1) 온몸 털기

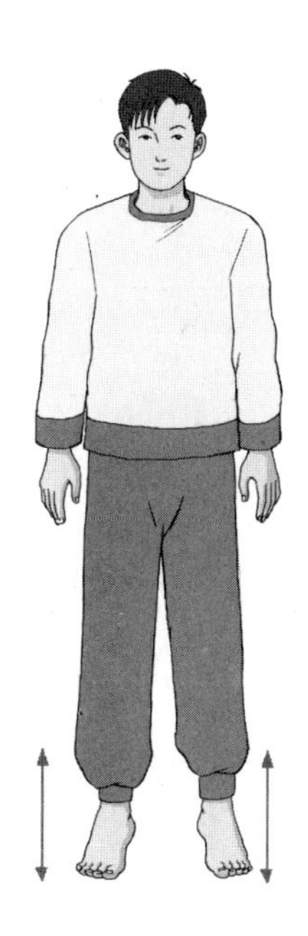

❶ 동작

- 양다리를 어깨넓이로 나란히(11자로) 벌리고 선 자세에서,
- 팔은 자연스럽게 늘어뜨리고 온 몸에 힘을 뺀 다음,
- 용천으로 몸의 탁기를 배출시킨다는 느낌으로 가볍게 발뒤꿈치를 들었다 놓았다 한다.

❷ 주의

- 온 몸에 힘을 뺀다.

❸ **효과**

- 상화相火 기운 강화(심포, 삼초)
- 전신의 기혈 순환을 촉진시키고 인체의 관절을 풀어준다.
- 오장육부가 제자리를 찾아간다.
- 온몸을 이완한 상태에서 탁기를 배출시킨다. (탁기제거)

2) 어깨 뿌리기

❶ **동작**

- 가볍게 양다리를 어깨넓이로 나란히(11자로) 선 자세에서
- 양팔을 수평으로 들었다가 뒤로 힘껏 뿌리면서 50회 정

도 반복한다.

- 손가락 끝까지 의식을 집중하여, 손가락 끝까지 기운이 뻗치도록 한다.

❷ 효과

- 화火 기운 강화 (심장, 소장)
- 어깨의 관절을 풀어준다.
- 탁기를 제거하고 상체를 이완시킨다.

3) 몸통 돌리기

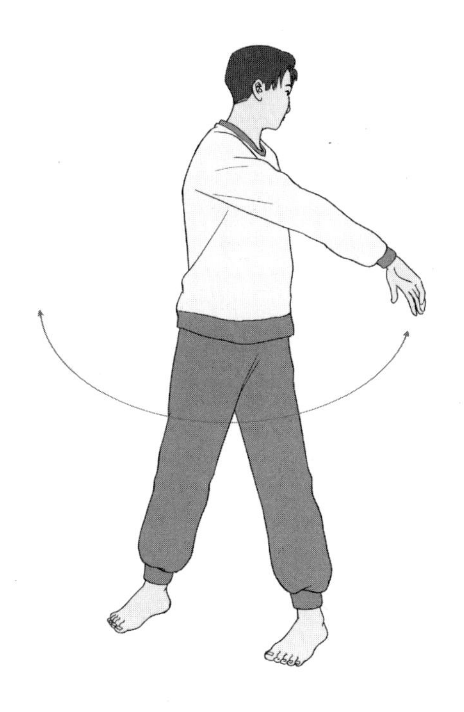

❶ 동작

- 발을 움직이지 않게 고정시키고, 양 팔은 축 늘어뜨려 좌우로 부드럽게 돌리면서(고개도 함께) 긴장을 풀어준다.
- 호흡은 최대한 자연스럽게 한다.

❷ 주의

- 몸의 어느 부분도 힘이 들어가지 않도록 한다.

❸ 효과

- 금金, 수水 기운 강화 (폐장, 대장, 신장, 방광)
- 기혈 순환이 잘 되도록 한다.
- 긴장이 이완된다.

4) 전후좌우 목운동

❶ 동작

- 양 손을 옆구리에 자연스럽게 댄 다음 목을 앞뒤로 숙였다 젖히기를 3회 반복한다.
- 왼쪽, 오른쪽으로 목 틀기를 3~5회 반복한다.

❷ 주의

- 상체와 어깨에서 힘을 뺀다.
- 앞으로 숙일 때는 경추 아래 부분을 당기듯이 한다.
- 뒤로 젖힐 때는 목을 반듯이 하고 경추 아래 부분에 자극이 가도록 한다.

❸ 효과

- 목木, 화火, 수水 기운 강화 (간, 담, 심장, 소장, 신장, 방광)
- 목뼈를 강화하고 목 근육의 뿌리를 풀어 주어 목의 피로와 혈압을 예방한다.
- 만성두통이나 뇌질환에 효과적이다.

5) 목 젖히고 돌리기

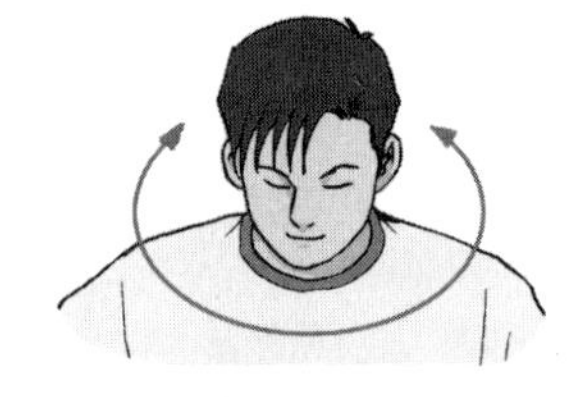

❶ 동작

- 앞뒤 목 운동과 같은 자세에서 목을 꺽지 말고 목을 눕히듯이 왼쪽, 오른쪽으로 목을 젖힌다. 3~5회 반복한다.
- 목을 크게 왼쪽에서 오른쪽으로 3~5회, 오른쪽에서 왼쪽으로 3~5회 돌린다.

❷ 주의

- 눈동자도 목의 방향과 동시에 크게 돌린다.
- 목 뿌리인 경추 아래 부분까지 자극이 가도록 천천히 크게 돌린다.

❸ 효과

- 목木, 화火, 수水 기운 강화 (간, 담, 심장, 소장, 신장, 방광)
- 목과 어깨 근육의 뿌리가 풀린다.
- 안구 근육도 풀린다.

6) 허리 돌리기

핵심 tip

❶ 동작

- 양 손을 옆구리에 대고 처음에는 작게 하다가 점점 크게 원을 그리면서 왼쪽으로 3~5회, 오른쪽으로 3~5회 부드럽게 돌린다. 이때 몸의 중심인 단전을 중심으로 아랫배에 허리띠를 두르듯 돌아가는 기운을 따라 허리를 돌

려준다.

- 무릎을 쭉 편 상태에서 돌려야 한다.
- 단전 깊숙이 숨을 마시고 멈춘 상태에서 하면 더욱 효과적이다.

❷ 주의

- 허리를 돌릴 때 발은 지면에 붙이고 해야 한다.
- 의식을 허리에 둔다. 허리가 최대한 돌려지는지 살핀다.

❸ 효과

- 수水 기운 강화 (신장, 방광)
- 허리부분을 중심으로 경직된 근육을 풀어주고 유연성을 길러준다.
- 몸 전체의 기혈 순환이 잘 되도록 한다.

7) 손가락 쥐었다 펴기

❶ 동작

- 11자로 선 상태에서 중단 앞에 양손을 가볍게 들어서 양 손의 손바닥을 쥐었다 펴기를 빠른 속도로 300회 정도 반복한다.
- 양 손바닥을 하늘로 향하게 하여 팔은 흔들지 않고 주먹만 쥐었다 폈다 반복한다.
- 마치면 양 손바닥을 마주보게 하여 기운을 느껴본다. 가볍게 손목을 털어 준다.
- 하루에 1천 번 이상 하면 좋다.

❷ **주의**

- 몸과 팔은 움직이지 말고 손가락을 완전히 펴야 효과가 있다.
- 의식은 단전에 둔다.

❸ **효과**

- 상화相火 기운 강화 (심포, 삼초)
- 심포삼초가 강화되고 생명력, 면역력이 강화된다.
- 주먹을 쥘 때는 임맥, 펼 때는 독맥이 강화된다.
- 임독맥 유통, 단전축기, 기감 발달, 장심개혈.

8) 단전강화

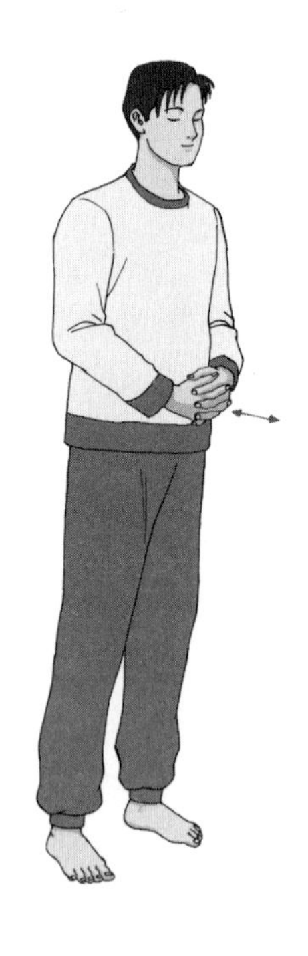

❶ **동작**

- 양다리를 어깨넓이로 벌리고 선 자세에서 양손을 단전 앞에 가볍게 놓고 호흡과 함께 단전 부위를 힘차게 200회 정도 앞뒤로 움직인다. 정향(시계방향)으로 쓸어 준다. 참고로, 장부의 기운 흐름과 역행되는 반향(반시계방향)으로는 쓸어 주지 않는다.

❷ **주의**

- 들숨 때는 내밀고, 날숨 때는 들여 넣고를 호흡과 함께 정확하고 강하게 하여야 한다.

❸ **효과**

- 금金 기운 강화 (폐장, 대장)
- 아랫배에 기운을 모아 단전을 확실히 자리 잡게 하는 데 효과적이다
- 단전이 강화된다.

9) 앉았다 일어서기

❶ 동작

- 양다리를 어깨넓이로 벌리고 선 자세에서 그대로 앉았다 일어서기를 30회 반복한다.

❷ 주의

- 엉덩이가 장딴지에 닿을 정도로 앉는다.
- 뒤꿈치가 바닥에서 떨어지지 않게 한다.

❸ 효과

- 토土 기운 강화 (비장, 위장)
- 다리의 비경과 위경을 자극하여 비장, 위장을 강화한다.

10) 발목 돌리고 털기

❶ 동작

- 왼 발목을 정향으로 3~5회, 반향으로 3~5회 돌려준다. 오른쪽 발목을 정향으로 3~5회, 반향으로 3~5회 돌려준다.
- 숨을 들이쉬면서 다리를 모아 왼쪽 다리를 들고 손을 허리에 얹는다.
- 숨을 내쉬면서 앞으로 턴다. (같은 요령으로 다리를 옆으로, 뒤로 턴다)
- 같은 요령으로 오른쪽 다리를 턴다.

- 발가락 끝까지 의식을 집중하여, 발가락 끝까지 기운이 뻗치도록 한다.

❷ 주의

- 마음을 다리 전체에 두어 고관절, 무릎, 발목, 발가락에 이상이 없는지 살핀다.

❸ 효과

- 수水 기운 강화 (신장, 방광)
- 손목, 발목, 무릎, 고관절의 관절을 푼다.
- 탁기제거, 하체이완

2. 앉아서 하는 동작

1) 발끝 부딪히기

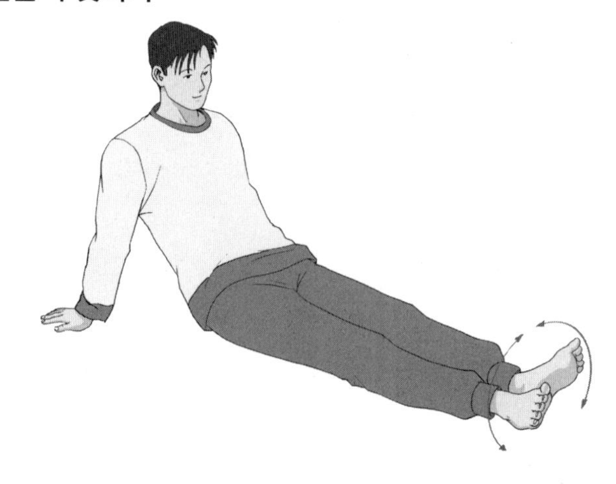

❶ **동작**

- 앉은 자세에서 양 발을 모아 앞으로 쭉 뻗고 양 손은 뒤로 하여 손가락으로 바닥을 짚는다. 발뒤꿈치를 붙이고 다리와 발끝을 움직이며 서로 부딪치게 한다.
- 누워서 단전에 손을 올리고 해도 좋다.

❷ **주의**

- 반드시 무릎을 굽히지 않고 쭉 편 상태에서 해야 한다.

❸ **효과**

- 토土 기운 강화 (비장, 위장)
- 상기된 기운을 내려주고 하체의 기혈 순환을 돕는다.

3. 누워서 하는 동작

1) 항문 조이기

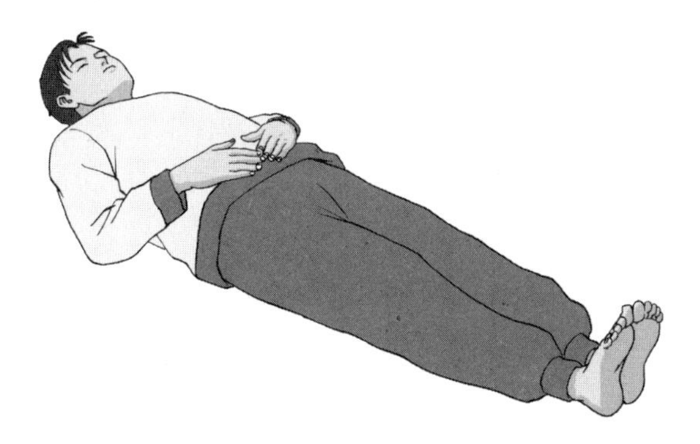

❶ 동작

- 와공 자세(엄지발가락을 붙이고)에서 항문에 힘을 주면서 안으로 당겼다 풀어주기를 천천히 반복한다. 처음에는 50회 정도 하고 횟수를 점점 늘려서 한다.

❷ 주의

- 밖으로 드러나지 않아야 한다. 즉, 겉으로 보아서 몸의 움직임이 없어야 한다.

❸ 효과

- 금金, 수水 기운 강화 (폐장, 대장, 신장, 방광)
- 기운이 새는 것을 방지한다.
- 신장 질환과 직장암을 예방한다.
- 치질을 예방하고 치료한다.

2) 내장 축기

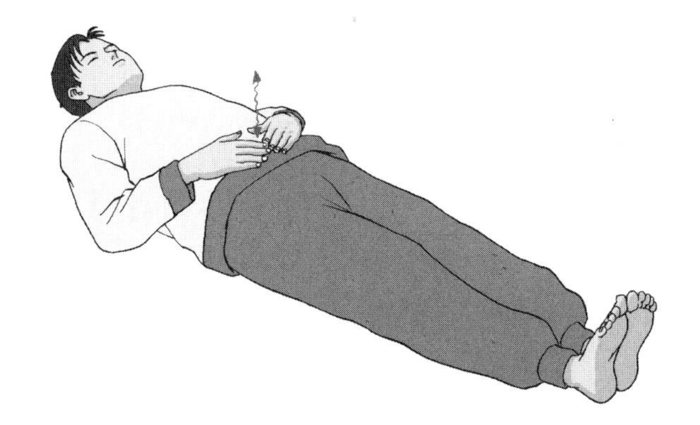

❶ 동작

- 와공 자세에서 숨을 들이쉬면서 배를 최대한 부풀려 멈춘 상태에서 배 전체를 위아래로 떨어준다.(진동) 50회씩 나누어서 3회 정도 실시한다.

❷ 주의

- 아랫배와 윗배가 균일하게 상하로 떨어준다.

❸ 효과

- 금金 기운 강화 (폐장, 대장)
- 장부를 굴려 자극을 줌으로써 장부의 기능을 강화시켜 준다.
- 굳어진 장腸을 풀고, 장의 연동 운동을 촉진시키기 때문에 서서 생활함으로 생기는 장의 기능장애를 해소한다.
- 변비 해소, 숙변 제거, 소화기능 향상 등

3) 온 몸 두드리기

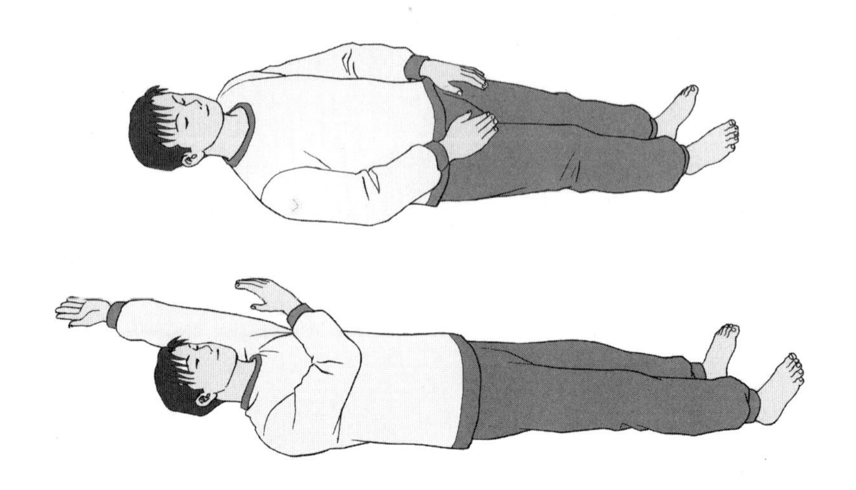

❶ 동작

- 서혜부를 두 손바닥으로 가볍게 두드린다. 100회
- 배 부위(장부)는 배꼽을 중심으로 시계방향으로 두드리면서 내장을 자극한다. 100회
- 오른쪽 손으로 왼쪽 겨드랑이를, 왼쪽 손으로 오른쪽 겨드랑이를 가볍게 두드린다. 100회
- 오른 손으로 왼쪽 가슴, 왼 손으로 오른쪽 가슴을 두드린다. 100회
- 아래로 쓸어내린다.
- 머리를 좌우로 흔든다. 목과 양쪽 어깨를 풀어줌.
- 정면으로 엎드린다. 좌우를 비교하여 불편한 쪽의 방향으로 머리를 놓는다.

- 백회를 두 손끝으로 톡톡 친다. 100회
- 옥침을 두 손끝으로 톡톡 친다. 100회
- 대추를 오른손 중지로 정향으로 문지른다. 100회
- 신장 부위를 손등으로 두드린다. 100회
- 선골을 왼쪽 손바닥으로 두드린다. 100회

❷ 주의

- 두드릴 때의 마음은 사랑스러운 몸을 두드리듯이 너무 세게 하지 말고 시원한 느낌이 들 정도로 두드려 주면 좋다.
- 의식을 두드리는 부분에 둔다.

핵심 tip

❸ 효과

- 상화相火 기운 강화 (심포, 삼초)
- 온몸을 두드려서 막힌 곳을 풀고 정체된 기운과 혈액을 원활하게 유통시키는 효과적인 방법이다.
- 두드려 주는 타법打法을 통해 신경세포를 강화하고 해당 부위의 혈穴을 열어준다.

4) 모관운동

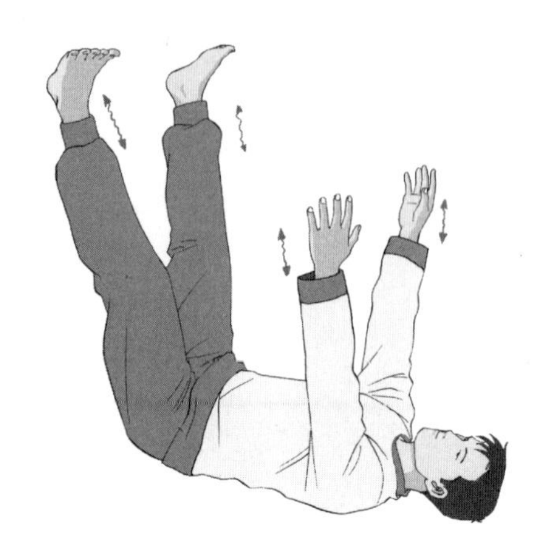

❶ 동작

- 바로 누워 팔과 다리를 곧게 뻗어 되도록 수직으로 올린다.
- 고개는 들고 발바닥은 수평으로 하고 두발은 허리만큼 펼치고 두 손바닥은 서로 맞세워 어깨만큼 펼친다. 엉덩이를 너무 들지 말고 허리가 바닥에 붙도록 한다.
- 이 상태로 팔과 다리를 구부리지 않고 떤다微動. 1분 동안 흔들어 주고 바닥에 떨어뜨린다. 3~5회 정도 반복한다.

❷ 주의

- 몸의 긴장을 위하지 않을 경우에는 힘을 뺀 상태에서 흔들어 준다.
- 1분 이상을 하여야 효과가 있다.

❸ 효과

- 상화相火 기운 강화 (심포, 삼초)
- 몸(특히, 손과 발)에 진동을 주어 혈액순환을 촉진시킨다.
- 발의 부정不正을 고치며 강화하는 최선의 방법이다.
- 고혈압이나 심장병, 관절염에 효과가 있다.

4. 기타 체조

1) 어깨 털기

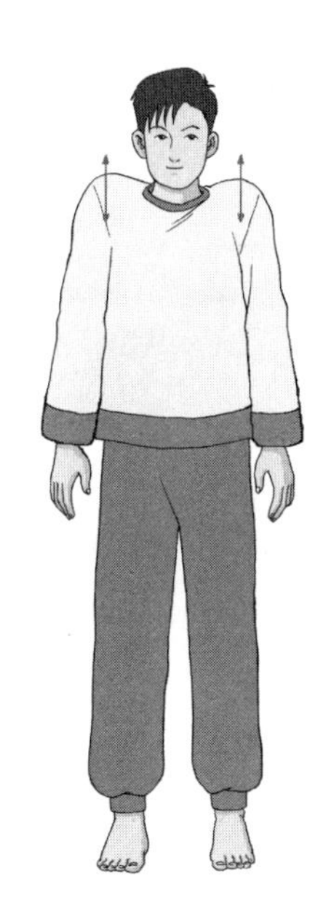

❶ 동작

- 양다리를 어깨넓이로 나란히(11자) 벌리고 선 자세에서,
- 팔은 자연스럽게 늘어뜨리고 온 몸에 힘을 뺀 다음,

- 용천으로 몸의 탁기를 배출시킨다는 느낌으로 가볍게 어깨를 들었다 놓았다 한다.

❷ 주의

- 가능한 힘을 최대한 빼고 하면 근육 긴장이 잘 풀린다.

❸ 효과

- 오십견과 사십견이 풀어진다.
- 어깨 결림과 팔 저림이 없어진다.

2) 장근술 (다리 모아 허리 숙이기)

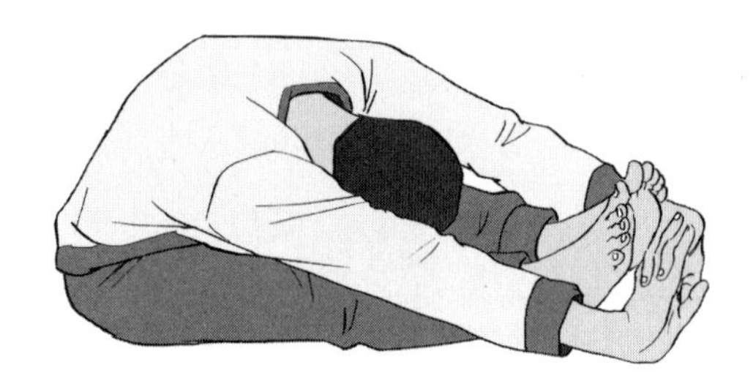

❶ 동작

- 두 다리를 모아 앞으로 편다.
- 숨을 들이 마시면서 팔을 위로 올린다.
- 숨을 내쉬며 손을 발가락에 갖다 대면서 허리를 숙인다.

❷ 주의

- 무릎이 구부러지지 않도록 하며 다리 뒤쪽 근육을 늘려 준다.
- 가슴이 무릎에 닿도록 숙인다.

❸ 효과

- 방광경을 자극하여 활성화시켜준다.
- 허리 및 뒤쪽 근육의 유연성을 기른다.

3) 무릎잡고 뒤로 구르기 (굴렁쇠)

❶ 동작

- 두 손을 깍지 끼어 무릎을 바짝 끌어 앉는다.
- 상체를 뒤로 넘겨 어깨가 바닥에 닿도록 한다.
- 뒤로 넘어간 힘의 반동으로 다시 일어난다. 3~5회 반복

❷ 주의

- 깍지 낀 손으로 무릎을 놓치면 안 된다.
- 허리를 최대한 둥글게 하여 척추 마디마디에 자극이 가

도록 한다.

• 머리가 땅에 부딪치지 않도록 한다.

❸ 효과

• 척추의 자극으로 오장 육부의 모든 기능을 원활하게 해주며, 대추혈 등의 자극으로 신경쇠약, 위장병 및 대장 증후군 등 자율 신경 강화에 효과적이다.

• 몸과 머리를 튼튼하게 해준다.

교정체조

1) 가슴 펴기

❶ 동작

• 두 팔을 가슴 앞으로 들어 올린다.

- 들숨과 함께 두 팔을 좌우로 벌린 상태에서 양 견갑골을 붙여 준다. 이 자세로 10초 간 유지한다.
- 날숨과 함께 두 팔을 가슴 앞으로 한다. (3~5회 반복)

❷ 주의

- 척추를 바로 세우고, 머리는 들고 동작을 한다.
- (정면에서 보는 방향) 두 팔을 좌우로 벌릴 때 높이를 어깨와 수평으로 한다.
- (머리 위에서 보는 방향) 두 팔이 뒤로 넘어가지 않게 일직선이 되도록 한다.
- 가슴을 편 상태에서 1분간 동작을 유지하는 것도 좋다.

❸ 효과

- 가슴 앞쪽과 어깨의 변형(수축)된 근육을 바로잡아 준다.
- 변형된 흉추를 바로잡아 준다.

2) 흉추 바로 세우고 앉았다 일어나기

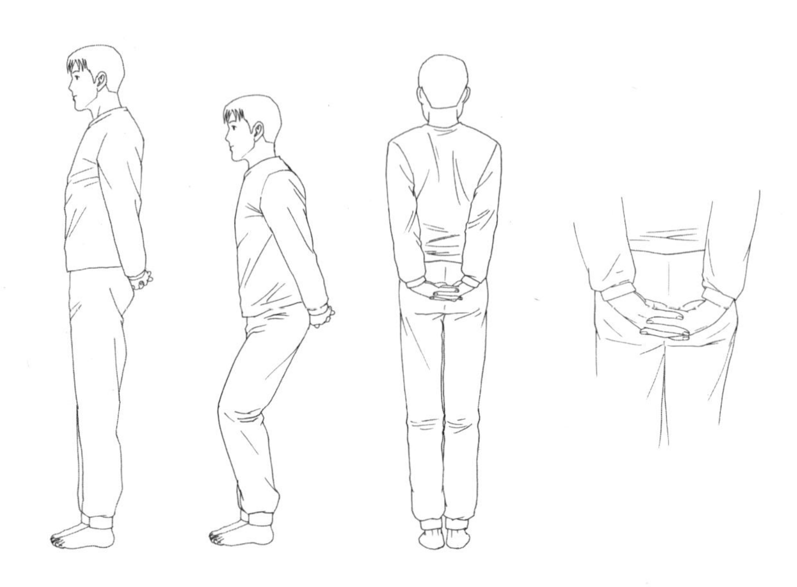

❶ 동작

- 두 다리를 서로 붙이고, 두 팔을 뒤로 하여 깍지 끼여 엉덩이(선골)에 붙인다.
- 팔꿈치를 안에서 밖으로 돌려 가슴을 편다.
- 무릎을 붙인 상태에서 고개를 들고, 앉았다 일어나기를 한다. (100회 이상)

❷ 주의

- 두 발바닥이 바닥에서 떨어지지 않도록 한다.
- 앉을 때 무릎이 발가락보다 앞으로 나가지 않도록 엉덩이를 뒤로 뺀다.

- 무릎을 직각으로 굽히고, 펼 때는 최대한 펴준다.

❸ 효과

- 좌우로 변형된 골반과 척추를 바로잡아 준다.
- 앞뒤로 변형된 골반과 척추를 바로잡아 준다.
- 전신의 골격과 근육을 바로잡아 준다.

3) 골반 교정

❶ 동작

- 자리에 누워서 사지를 앞으로 뻗어 준다.
- 두 발을 어깨너비로 벌리고, 무릎을 직각으로 접어서 세운다.
- 오른쪽 발목을 왼쪽 무릎 위에 걸쳐 놓는다.
- 양 손을 왼쪽 무릎 뒤로 깍지 낀 채 몸 쪽으로 최대한 끌어당긴다.
- 1분간 자세를 유지한 후 역순으로 두 다리를 바닥에 내려놓는다.
- 좌우 교대로 하여 각 3회씩 실시한다.

❷ 주의

- 무릎을 몸 쪽으로 최대한 끌어당긴다.
- 이때 엉덩이가 바닥에서 들리지 않도록 한다.
- 상체와 머리에는 힘을 뺀 상태에서 끌어당기는 팔에만 힘이 들어가도록 한다.
- 처음 할 때 힘들어도 1분씩 할 수 있도록 노력한다.

❸ 효과

- 좌우로 변형된 골반과 대퇴 관절을 바로잡아 준다.
- 골반과 요추 4,5번의 변형을 바로잡아 준다.

4) 다리 묶어 뒤로 눕기

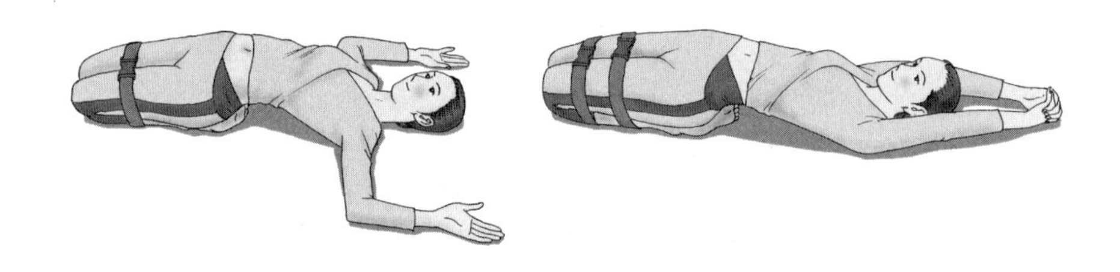

❶ 동작

- 무릎을 꿇고 앉아 천천히 몸을 뒤로 넘기며 등이 바닥에 닿도록 한다.
- 처음에는 팔꿈치를 90도로 굽혀 양 귀 옆에 두도록 하며 익숙해지면 양 손을 모아 쭉 펴서 머리 위로 올린다.

- 일어날 때는 타인의 도움을 받거나 천천히 좌우로 몸을 돌리면서 일어나도록 한다.

❷ 주의

- 다리가 벌어지지 않게 끈으로 묶는다.
- 자세 중에 무릎이 들려 올라가지 않도록 한다.
- 무리되는 경우 도구로 등을 지지한다.
- 10분 정도 자세를 유지할 수 있을 때까지 숙달한다.

❸ 효과

- 앞뒤로 변형된 척추를 바로잡아 준다.
- 경직된 골반 및 고관절 주위의 근육을 바로잡아 준다.
- 혈액순환을 증진시켜 몸을 따뜻하게 해준다.

5) 요추 교정

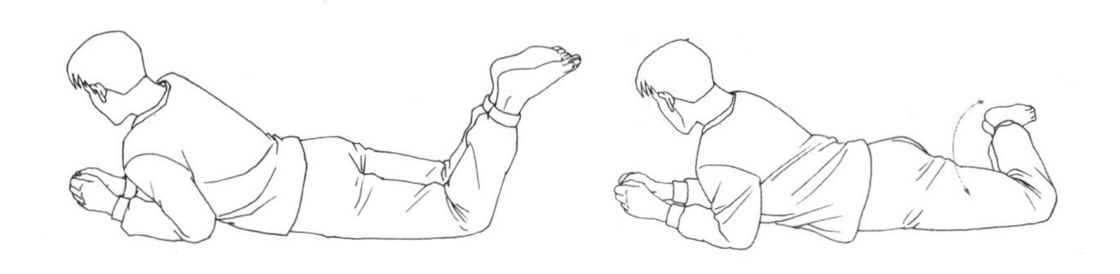

❶ 동작

- 엎드려 누운 상태에서 팔꿈치를 세워 상체를 들어 올린다.

- 무릎을 붙인 상태에서 무릎을 접어 다리를 세운다.
- 무릎과 골반이 움직이도록 하여 좌우로 흔들어 준다.

❷ **주의**

- 상체의 요추 위 부분은 움직이지 않도록 한다.
- 무릎 사이가 벌어지지 않도록 한다.
- 좌우로 흔들 때 양발이 바닥에 닿도록 최대한 움직여 준다.
- 골격이 커서 움직임이 유연하지 못한 사람에게는 추간판이나 신경계에 무리를 줄 수 있다.

❸ **효과**

- 경직된 요추를 유연하게 풀어 준다.
- 변형된 요추를 바로잡아 준다.

6) 경추 교정

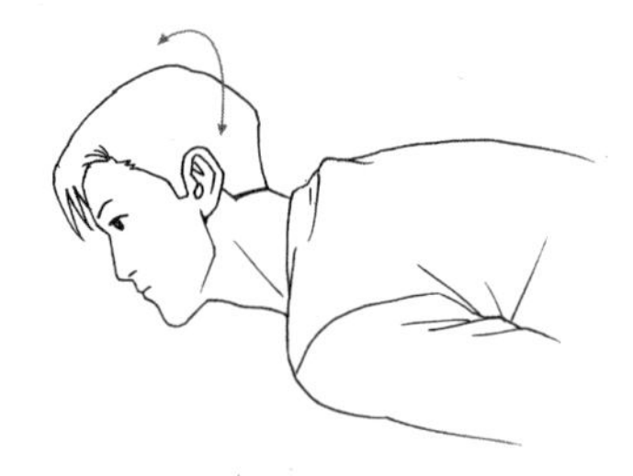

❶ 동작

- 엎드려 누운 상태에서 턱을 바닥으로 하여 머리를 최대한 세워준다.
- 머리를 최대한 좌우로 흔들어 준다.

❷ 주의

- 턱을 최대한 세워서 경추와 머리가 이완될 수 있도록 한다.
- 머리를 좌우로 흔들 때 좌우를 비교하여 안 되는 쪽으로 많이 한다.
- 골격이 커서 움직임이 유연하지 못한 사람에게는 추간판이나 신경계에 무리를 줄 수 있다.

❸ 효과

- 경직된 경추와 머리의 근육을 바로잡아 준다.

7) 경추 교정 (고양이 자세)

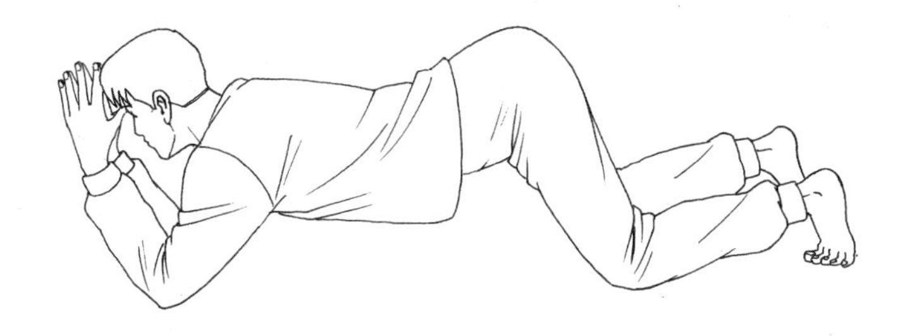

❶ 동작

- 어깨너비로 다리를 벌린 상태에서 무릎과 발끝을 바닥에 붙이고 앉는다.
- 양 팔꿈치를 붙이고, 바닥에 엎드린다.(이때 상체는 들어 준다 -그림 참조)
- 양 손의 엄지손가락이 이마의 인당 부위에 가도록 하여 머리를 최대한 들어 준다.
- 이 자세로 1분간 유지하고, 잠시 휴식을 취한 후 3회 반복한다.

❷ 주의

- 양 팔꿈치가 벌어지지 않도록 한다.
- 좌우 엉덩이의 높이가 같도록 양 다리에 힘의 균형을 맞춘다.

❸ 효과

- 경직된 목의 근육을 바로잡아 준다.
- 변형된 경추를 바로잡아 준다.

2) 타법, 지압법, 마사지

몸을 두드리는 타법 •

타법打法은 몸의 어떤 부위에 이상이 있다 할 때 그 부위를 잘 두드려주는 것입니다. 제가 제일 좋아하는 방법이 타법입니다.

앞부분은 자신의 손바닥으로 두드릴 수 있습니다. 뒷부분은 손이 안 닿으니까 대나무같이 속이 빈 나무를 구해서 두드리세요. 그래야 몸에 충격을 덜 줍니다.

서혜부 두드리기

겨드랑이 두드리기

특히 양쪽 겨드랑이와 서혜부는 우리 몸에서 도랑과 같은 부위입니다. 이 두 부위는 임파선이 있는 부위이기도 합니다.

머리에서 가슴 부위까지 상체의 병은 주로 겨드랑이 부위가 막혔을 때 많이 옵니다. 도랑이 막혀서 소통이 잘 안 될 때와 같은 것이지요. 도랑을 치우면 물이 시원하게 내려가지 않습니까? 치우는 방법은 두드려주는 것입니다.

서혜부 역시 중요해서 하체의 병은 거의 이 서혜부에서 온다고 볼 수 있을 정도입니다. 남녀 모두 이 부분이 많이 막혀 있습니다. 여성의 자궁병, 남성의 전립선, 이런 병들은 대부분 서혜부에 응어리가 져서 오는 병들입니다. 그러니 항상 도랑을 치워주셔야 됩니다.

두드릴 때는 처음부터 세게 두드리면 근육이나 몸이 깜짝깜짝 놀랍니다. 그러니 처음부터 세게 두드리지는 마세요. 약하게 두드렸다가 점점 강하게 두드리고 나중에는 쓸어주세요.

두드리는 순서는 심장에서 먼 쪽부터, 서혜부부터입니다. 원래 몸을 풀어줄 때는 항상 심장에서 먼 부위부터 하는 것입니다. 목부터 한다면 서툰 사람입니다. 다리부터 해야 하는 겁니다. 몸에 갑자기 충격을 주면 안 되니까요.

그러니 서혜부부터 두드리고, 배는 배꼽을 중심으로 두드리고, 그 다음에 겨드랑이, 가슴을 두드리면서 온 몸을 풀어줍니다. 두드리다 보면 아픈 부위를 자기가 압니다. 어디가 이상이 있다 하면 그 부분이 굉장히 아픕니다.

몸을 풀어주는 지압법 •

명상하시는 분들은 기본적으로 자신의 몸은 자신이 관리할 줄 알아야 합니다. 하지만 그렇게 되기 전에는 도반끼리 도움을 주고 받을 수 있는데, 지압법은 상대방의 몸을 풀어주는 방법입니다.

지압을 할 때는 되도록이면 동성끼리 그리고 기운과 마음 면에서 비슷한 분끼리 짝을 지어 하세요. 자신의 기운으로 상대를 풀어준다고 생각하기보다는 기운을 받아서 한다고 생각하시고요.

시작하기 전에 서로에게 인사를 합니다. 그리고 나서 한 분은 눕고, 다른 한 분은 상대방의 몸을 풀어줍니다. 누우신 분은 마음을 편안하게 하고, 온몸을 이완하세요. 풀어주는 사람 역시 힘주어 하지 말고 이완된 상태에서 부드럽게 마사지 하듯이 합니다. 소프트 터치soft touch는 몸을 풀어주지만, 하드 터치hard touch는 몸을 놀라게 하여 근육을 더 경직시키고 피를 굳게 만들기 때문입니다.

지압의 순서는, 몸의 후면부터 풀어주고 그 후에 전면을 풀어줍니다. 양 손을 사용하는 경우를 제외하고는 항상 왼 손은 손바닥을 위로 하여 기운을 받는 자세를 취하세요.

후면 지압은 용천을 밟고, 목, 어깨, 겨드랑이를 가볍게 풀어주고, 다시 대추에서 꼬리뼈까지 지압을 합니다. 몸의 상체에서 하체까지 방광경을 따라 내려가면서 주요 혈자리를 풀어줍니다.

전면 지압을 시작할 때는 왼손은 손바닥을 위로 하여 기운 받는 자세를 취하고, 오른손의 가운데 손가락을 상대방의 인당에 가볍게 대어 서로 감응하는 것이 우선입니다. 그 후 얼굴, 목, 가슴, 겨드랑이, 서혜부, 무릎, 복숭아 뼈 등 몸 전면의 주요 혈을 풀어줍니다.

지압이 끝난 후에는 다시 서로에게 인사를 합니다. 이 때 자신의 몸을 만져주고 풀어준 도반에게 감사하는 마음을 가지세요.

마사지[4]

인간의 육체는 막으로 싸여 있다. 모든 인체 조직과 기능은 막膜에 의해서 보호되며, 체내에서 체외로 배설하거나, 반대로 육체에 필요한 모든 것은 막을 통과하지 않으면 들어갈 수 없다. 인체의 기본인 세포에서부터 골격조직, 근육조직, 신경조직 그리고 이들을 묶는 결합조직에 이르기까지 모두 막으로 싸여 있다. 이렇듯 막은 인체를 보호하는 역할을 하며 신축성이 좋아야 보호막으로의 역할을 할 수 있다. 그런데 막이 굳으면 경직이 되고 쉽게 찢어져 감염이 되기 쉽다. 막에 신축성을 주려면 관절을 역근한 상태에서 파동을 주는 것이 가장 효과적이다. 역근법이란 손목과 발목 등 인체의 중요한 관절을 45~90도로 꺾는 것을 말하는 것으로, 역근을

4) 수암치유요법, 수암 옥유미,world science 참조

하면 막이 이완되며, 이완이 잘 되는 막은 수축할 때도 최대한으로 수축이 가능해진다. 충분히 이완된 막은 기혈소통을 원활하게 한다. 역근 부위는 기운이 모이고 강해진다.

또한 역근 상태는 인체 내의 기가 임맥, 독맥을 비롯한 기경팔맥과 모든 경락을 잘 유통하게 한다. 약한 근육과 뼈 마디마디를 새롭게 개선하고 오장육부를 튼튼하게 하는 기능도 함께 한다. 그러므로 마사지를 시술할 때에 각 부위에 알맞은 역근 자세를 취하는 것은 매우 중요하다.

1) 발 마사지 (엎드린 자세)

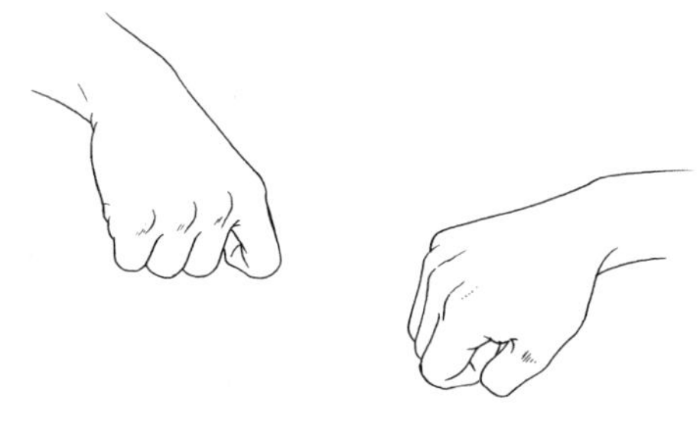

① 먼저 오일이나 로션을 적당히 바르고 주먹이나 괄사[5]로 용천을 지그시 눌러 흔들어 준다.

② 용천에서 발가락 사이사이를 향해 주먹이나 괄사로 파동[6]을 준다.

5) 괄사요법은 도구를 이용해 피부를 자극하는 전통요법으로서 기혈순환, 배독작용, 신경계의 안정, 세포의 활성화, 면역력 강화 등에 탁월한 효과를 보인다. 도구로는 물소뿔, 나무, 옥이 많이 사용된다.

6) 파동을 준다는 의미는 마사지할 부위에 손이나 도구를 이용해 상하나 좌우로 지속적이고 일정한 템포로 자극을 주는 것을 뜻한다. 힘을 빼고 천천히, 힘을 넣고 천천히, 힘을 넣고 빠르게. 시술자의 마음이 가는 대로 한다. 파동을 줄 때 압력은 피부표면, 피하지방, 겉 근육, 속 근육, 골막을 인지하면서 알맞게 시술한다.

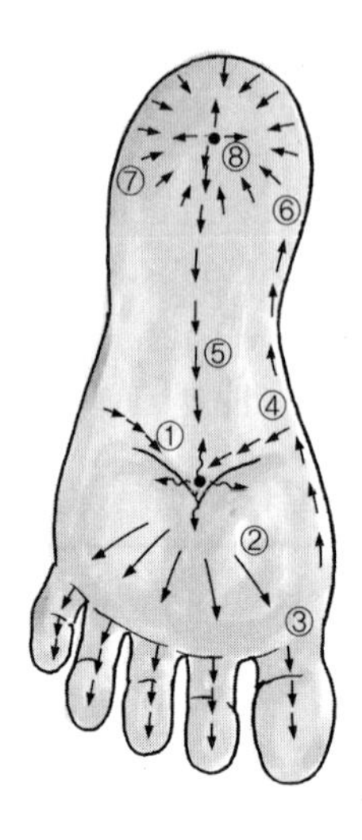

③ 발가락 이음새에서 발가락 끝까지 파동을 준다.
발가락 사이사이를 손가락으로 지그시 잡아 뽑아 준다. 특히 발가락 부분은 탁기가 빠져나가는 통로이므로 정성껏 해준다.

④ 용천을 옆으로 가로지르는 선을 파동을 주며 잘 풀어준다.

⑤ 발뒤꿈치 윗부분부터 용천까지 발바닥 가운데 선을 양손 엄지손가락으로 번갈아가며 죽죽 눌러 올려 준다. 특히, 평발인 상태에서 '④'와 '⑤'가 필요하다.

⑥ 발바닥 내측을 엄지발가락에서 발뒤꿈치를 따라서 파동을 준다.

⑦ 발뒤꿈치를 잡고 있는 부위에 주먹을 끼고 파동을 준다.

⑧ 발뒤꿈치 가운데 부위에 파동을 준다.(불면증에 효과)

2) 발목, 종아리 마사지 (엎드린 자세)

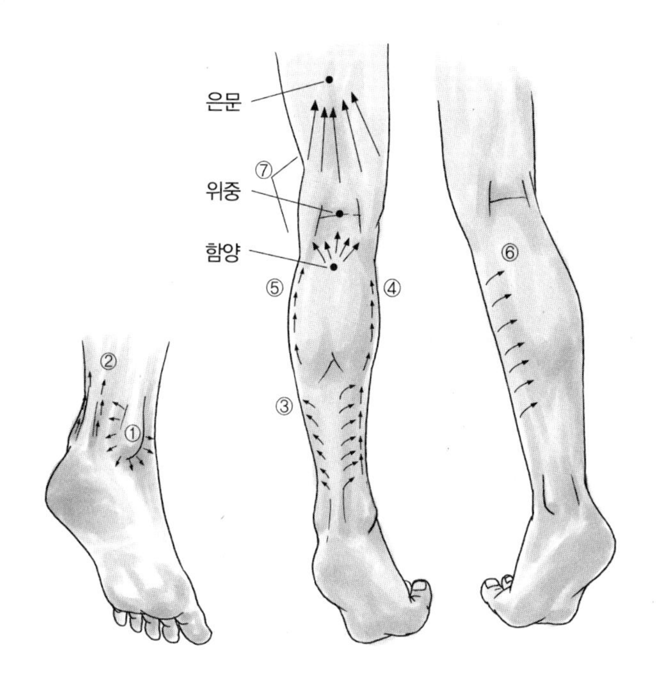

① 안쪽의 복사뼈 주위를 먼저 풀어주고, 바깥의 복사뼈 주위를 파동을 주며 풀어준다.

② 아킬레스건 양 옆을 파동을 주며 올려준다.

③ 아킬레스건 위쪽부터 가자미근 아래까지 양 손 엄지로 쓸어 올려 준다.

④ 안쪽 복사뼈 위의 경골과 근육 사이에 주먹을 끼고 둘을 떼어놓는 느낌으로 파동을 주며 무릎까지 올라간다.

⑤ 바깥 복사뼈 위의 비골과 근육 사이에 주먹을 끼고 둘을 떼어놓는 느낌으로 파동을 주며 무릎까지 올라간다.

⑥ 경골(안쪽의 정강이뼈)로부터 종아리의 방광경 선 쪽으로 근육을 말아 올려준다.

⑦ 오금 부위를 함양혈에서 위중혈 방향으로 파동을 주고 위중혈에서 은문혈 방향으로 파동을 준다. (엎드린 자세에서 바로 누운 자세로 바꾼다.)

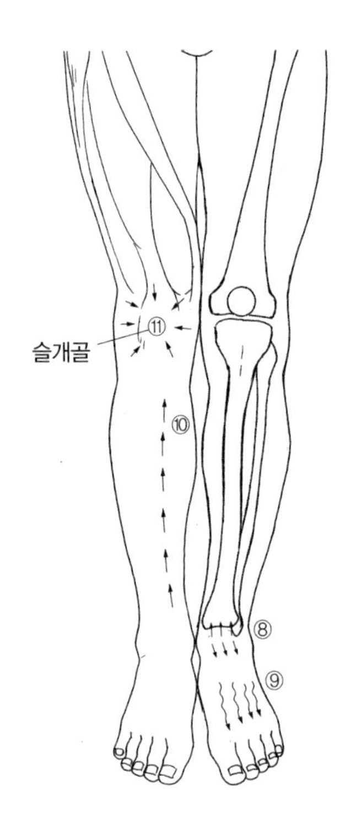

⑧ 발목을 주먹이나 괄사로 풀어준다.

⑨ 발목에서 발가락 방향으로 파동을 주며 내려간다.

⑩ 종아리 안과 밖의 뼈와 근육 사이를 밑에서 위로 파동을 주며 올라간다.

⑪ 슬개골 주변을 세심하게 파동을 주며 모아준다.

3) 복부 마사지

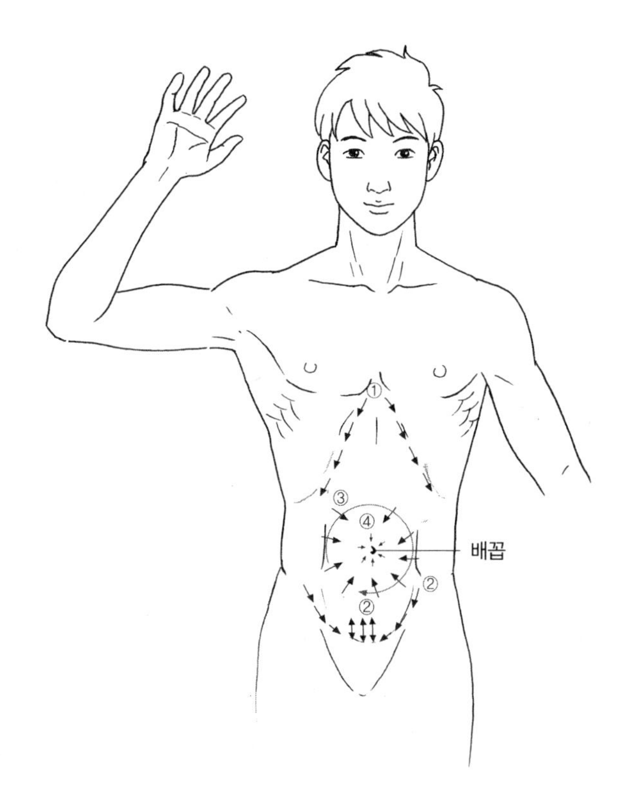

① 명치 부위를 잘 풀고 양쪽 갈비뼈 안쪽으로 손가락을 넣어 지그시 눌러주며 가운데서 좌우 방향으로 내려온다.

② 치골 바로 위쪽을 위아래로 진동을 주며 풀어준다.
서혜부 위쪽에서 뼈 안쪽을 느끼며 위에서 아래로 파동을 주며 내려간다. 이 부분이 트여야 복부의 노폐물과 체액이 다리로 잘 빠져나갈 수 있다.

③ 배꼽을 향해서 복부의 정중앙선과 양 옆선을 파동을 주며 진행한다. 시계방향으로 복부를 파동을 주며 풀어준다.

④ 배꼽 주변을 잘 풀어준다. 배꼽 주변을 풀어주면 허리까지 이완이 된다.

4) 가슴 마사지

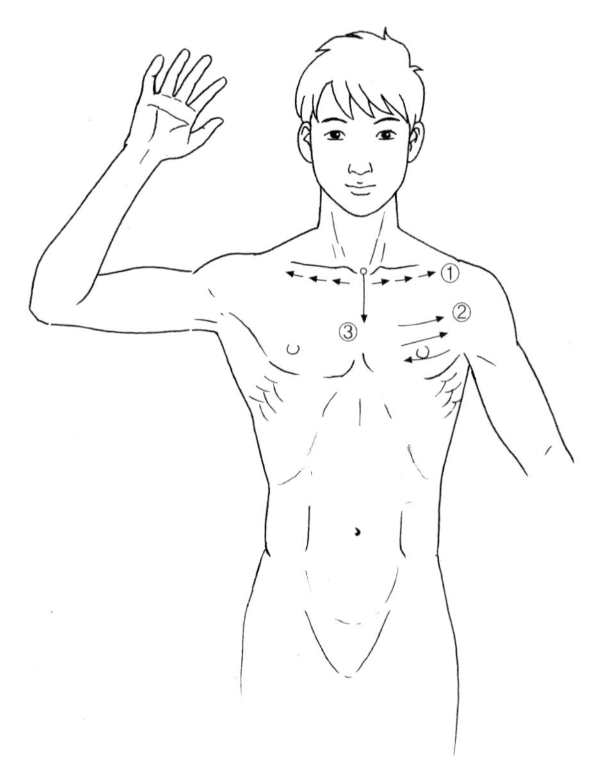

① 쇄골 아래에서 좌우 어깨 방향으로 손가락 끝으로 좌우로 흔들어 주며 올라간다.

② 늑골 사이를 유두 기준으로 위쪽은 몸의 외측 방향으로

아래쪽은 몸의 정중선 방향으로 파동을 주며 풀어준다.

③ 양 쇄골 사이에서 흉골을 따라 명치끝까지 스트레칭 마사지를 하여 풀어준다. 숨을 내쉴 때 흉골을 밑으로 눌러 준다.

5) 얼굴 마사지

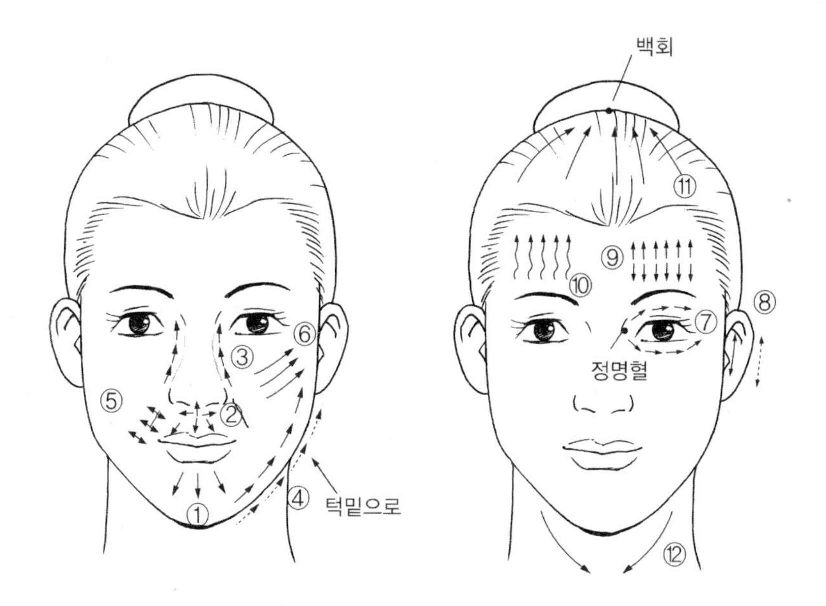

① 턱 아래에서 아랫방향으로 파동을 주며 내려간다.

② 코 바로 밑 선(인중)을 좌우, 상하로 파동을 주며 풀어주고, 코에서 입술 방향으로 파동을 주며 내려간다.

③ 콧등 양 옆선을 이마를 향해 파동을 주며 올라간다.

④ 주먹을 쥐고 턱 선을 끼고 파동을 주며 귀를 향해 올라간다.

⑤ 팔자주름에 주먹을 대고 주름에 직각이 되는 방향으로 파동을 준다.

⑥ 광대뼈 아래쪽에 코와의 연결점부터 시작해 귀가 있는 방향으로 위쪽을 향해 파동을 주며 진행한다.

⑦ 눈 안쪽의 정명혈을 지그시 누르고 눈 주변의 뼈를 손가락으로 끼고 위아래 방향으로 파동을 주며 조심스럽게 옆으로 진행한다. 눈의 위아래를 각각 진행한다.

⑧ 귀의 양 옆을 손가락으로 위아래로 여러 번 문질러 풀어준다. 귀를 손가락으로 주물러 풀어준다.

⑨ 눈썹 위에 주먹을 대고 위아래로 파동을 주어 풀어준다.

⑩ 이마를 밑에서 위로 파동을 주며 골고루 풀어준다.

⑪ 이마 위 모발 부위부터는 백회를 향해 손가락으로 파동을 주며 올라가며 풀어준다.

⑫ 얼굴의 노폐물은 턱 선 아래에서 겨드랑이로 해서 손가락 쪽으로 빠져나가니, 통로가 되는 목을 가운데 방향으로 잘 풀어준다.

⑬ 마지막으로 양 손바닥으로 턱에서부터 머리 위쪽으로 가볍게 쓸어주며 정리해준다.

실천4. 필요시 침, 뜸, 뇌파훈련, 속청, 부비동 청소를 활용한다.

1) 침법

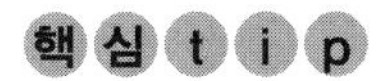

Y 침법(체질별 수지침법)

일반적으로 침은 자가 시술하기 어렵게 여겨지지만 수지침, 즉 손에다 시술하는 작은 침은 널리 알려져 있고 애용되고 있다. 손쉽고 간편하게 시술할 수 있고 특별한 지식이나 이론 없이도 효과를 볼 수 있기 때문이다. 수지침이 아니더

7) 류태우 박사의 이지보사침과 권도원 박사의 체질의학을 결합하여 염근배님이 창안한 체질 침법.

라도 무언가를 먹고 체했을 경우에 손을 따 사혈시켜 치료했던 경험은 누구나 한두 번쯤 있기 마련이다.

이것은 체질에 따른 침이다. 침이라고 해서 어려운 것이 아니라 손에다 놓는 간편한 수지침이다. 체질에 맞게 이지 보사침을 응용하여 개발한 일명 'Y침[7]' 이다.

Y침은 체질에 따른 침 처방으로 기본적인 원리는 예전부터 있었으나 그를 종합하여 이번에 탄생할 수 있었다.

Y침의 기본적인 원리는 12경락이 약지와 소지에 모두 배속되어 있다는 것인데 인체는 귀에도 전체가 있고 발에도 전체가 있듯 부분이 전체를 대표할 수 있기 때문이다.

Y침은 경락의 힘을 강화시키고 흐름을 원활하게 한다. 특히 Y침은 소통의 의미가 강한 편이다. 체질에 맞게 자침한 경우에는 경락이 모든 질병과 관계가 있으므로 Y침 역시 많은 부분에서 도움이 될 수 있다. 그 중에서도 효과를 많이 볼 수 있는 부분은 근육이나 관절 질환, 신경관련 질환이며 감기 등의 잔병이나 피로에도 도움이 된다.

또한 체하거나 몸에 통증이 있거나 하는 다양한 증상에 효능을 볼 수 있는 체질별 통치방이다. 침을 통해 자신의 체질을 알 수 있게 해주는 탐색침으로서의 역할도 한다. 그러면 여기서 Y침의 사용 방법을 알아보자.

침놓는 방법

1.

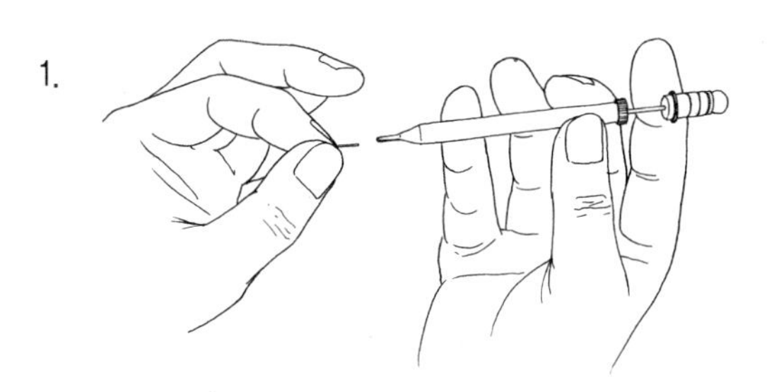

침관 입구로 수지침을 잘 넣은 다음에
침관을 세우고 침 맞는 손가락으로 각도를 조절하여 놓는다.

2.

① 침을 놓기 전에 먼저 빈 침관으로 충분히 연습하고 한다.

② 좌우 약지와 소지의 2~3번째 마디를 이용하여 놓는다.

③ 침의 각도를 45°로 놓는다.

④ 침의 깊이를 2㎜ 이상 놓아 흔들거리지 않게 한다.

⑤ 왼쪽 손가락부터 놓은 후 오른쪽 손가락에 놓는다.

⑥ 수침 시에는 편안히 누워서 가볍게 와공한다.
⑦ 전체침은 최소한 40분 이상 맞아야 한다.
⑧ 체질을 간단히 찾는 방법으로 먼저 위(방광)경락에 한 개의 침을 놓아 허실을 찾은 다음, 도표를 비교해보면 해당되는 체질이 4개 또는 6개로 줄어든다.
⑨ 만일, 침의 반응을 잘 모르겠으면 하루에 한 시간 내외로 한 방향으로 계속해서 며칠간 맞아 반드시 허실을 찾도록 한다.
⑩ 위(방광)경락의 허실을 찾은 다음, 이번에는 같은 방법으로 담경락에 한 개의 침을 놓고 허실을 찾으면 아래의 설명처럼 해당되는 체질이 2~3개로 줄어든다.
⑪ 위, 방광, 담경락은 토화-금수, 금토-수목, 수금-목화, 목수-토금-화토가 같으며 화목은 별개이다.
⑫ 위를 근거로 가능성 있는 체질의 土(위 · 비장), 水(방 · 신장)에 8개의 탐색침을 놓아 반응이 긍정적이면 전체적인 침을 번호 순서대로 놓아 정확한 자신의 체질을 찾도록 한다.
⑬ 토화-금토, 금수-수목, 수금-목수, 목화-토금-화토는 土, 水가 같다.
⑭ 토화(금토)는 수금-목수, 금수(수목)는 목화-토금-화토, 수금(목수)은 토화-금토, 목화(토금, 화토)는 금수-수목과는 土, 水가 정반대이며, 화목은 土, 水가 다르다.
⑮ 전체침 수침 시, 우주의 운행방향에 일치하도록 반드시

폐 · 대장, 위 · 비장, 심장 · 소장, 방광 · 신장, 심포 · 삼초, 담 · 간장의 순으로 그림에 적힌 번호 순서대로 침을 놓고, 번호 순서대로 침을 뽑는다.

⑯ 체질을 찾았으면 자신의 체질이 맞는지 정확한 확인이 필요하므로 반드시 3일 연속 침을 놓는다.

⑰ 자신의 체질을 찾아 꾸준히 침을 맞으면 아침에 일어날 때 가볍고 상쾌하며 그 효과가 말로 다 할 수 없다.

⑱ 3일 정도 맞았는데 아침에 일어날 때 몸이 무겁고 피곤하며 소화가 잘 안 되고 기운이 없는 경우 등은 자신의 체질이 아니므로 해당되는 체질을 다시 잘 찾아 재시행한다.

⑲ 아침에 침을 맞고, 잠자기 전에 제니센을 수직으로 세워 1~2 초간 맞는 것이 효과가 가장 좋다.

⑳ 심장 · 소장 및 심포 · 삼초의 경우, 심장 쇼크 사고의 위험이 있으므로 반드시 보사방향을 같은 방향으로 하여 놓아야 한다.

체질에 따른 장부의 허실

오행 \ 체질	토화(土火)	오행 \ 체질	토금(土金)
土	비實 위虛	土	비實 위實
水	신虛 방實	水	신虛 방虛
火	심實 소虛	金	폐實 대實
金	폐虛 대實	木	간虛 담虛
木	간實 담虛	火	심虛 소虛
相火	심實 삼虛	相火	심虛 삼虛

오행 \ 체질	금토(金土)	오행 \ 체질	금수(金水)
金	폐實 대虛	金	폐實 대實
木	간虛 담實	木	간虛 담虛
土	비實 위虛	水	신實 방實
水	신虛 방實	火	심虛 소虛
火	심實 소虛	土	비虛 위虛
相火	심實 삼虛	相火	심虛 삼虛

오행 \ 체질	수금(水金)	오행 \ 체질	수목(水木)
水	신實 방虛	水	신實 방實
土	비虛 위實	土	비虛 위虛
金	폐實 대虛	木	간實 담實
火	심虛 소實	金	폐虛 대虛
木	간虛 담實	火	심實 소實
相火	심虛 삼實	相火	심實 삼實

체질 / 오행	목수(木水)	체질 / 오행	목화(木火)
木	간實 담虛	木	간實 담實
金	폐虛 대實	金	폐虛 대虛
水	신實 방虛	火	심實 소實
土	비虛 위實	水	신虛 방虛
火	심虛 소實	土	비實 위實
相火	심虛 삼實	相火	심實 삼實

체질 / 오행	화목(火木)	체질 / 오행	화토(火土)
火	심實 소虛	火	심實 소實
水	신虛 방實	水	신虛 방虛
木	간實 담虛	土	비實 위實
金	폐虛 대實	木	간虛 담虛
土	비虛 위實	金	폐虛 대虛
相火	심實 삼虛	相火	심實 삼實

체질별 Y침(보는 검정색, 사는 흰색)

목수체질

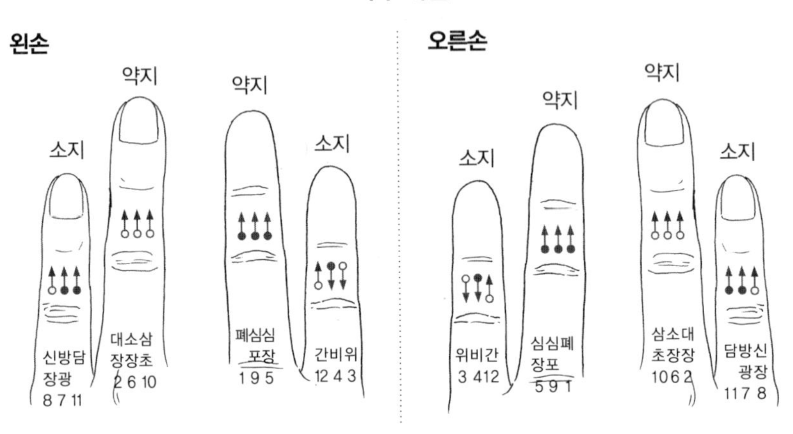

목화체질

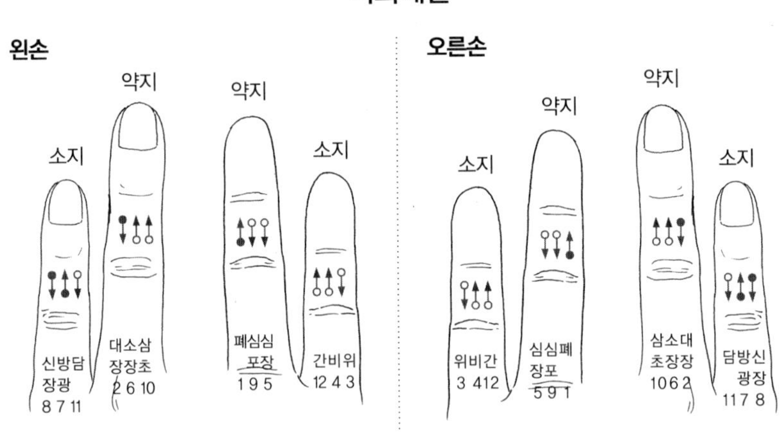

화목체질

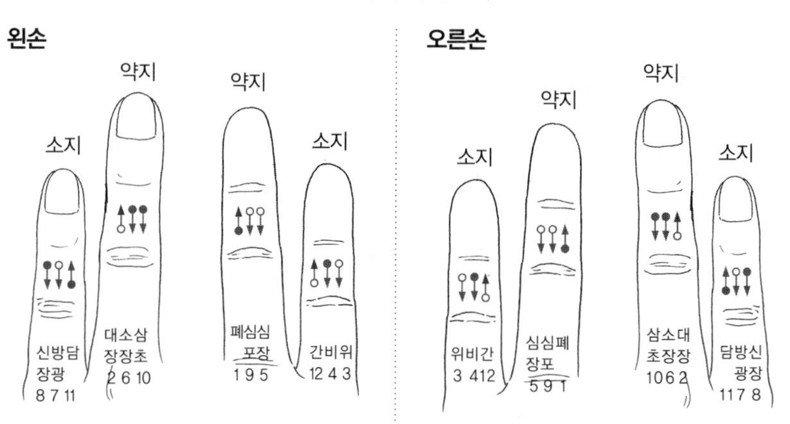

왼손
오른손
소지
약지
약지
소지
소지
약지
약지
소지
신방담
장광
8 7 11
대소삼
장장초
2 6 10
폐심심
포장
1 9 5
간비위
12 4 3
위비간
3 4 12
심심폐
장포
5 9 1
삼소대
초장장
10 6 2
담방신
광장
11 7 8

화토체질

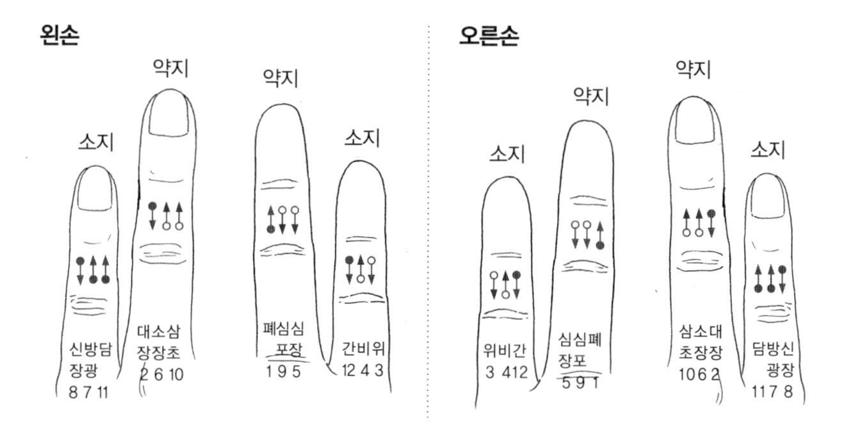

왼손
오른손
소지
약지
약지
소지
소지
약지
약지
소지
신방담
장광
8 7 11
대소삼
장장초
2 6 10
폐심심
포장
1 9 5
간비위
12 4 3
위비간
3 4 12
심심폐
장포
5 9 1
삼소대
초장장
10 6 2
담방신
광장
11 7 8

토화체질

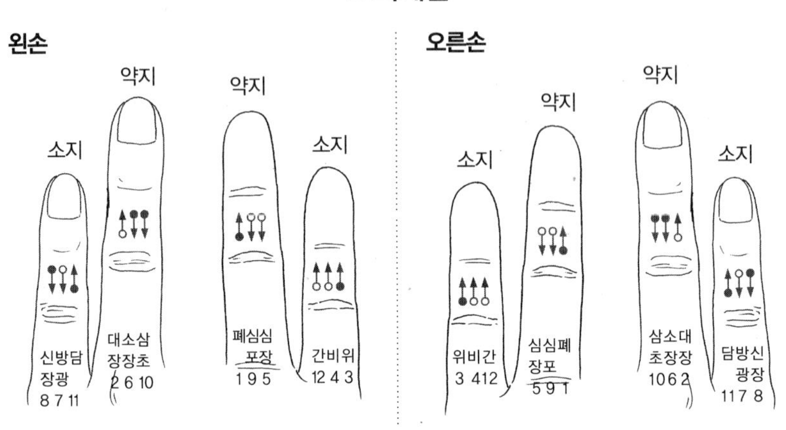

왼손
오른손
약지
소지
신방담
장광
8 7 11
대소삼
장장초
2 6 10
폐심심
포장
1 9 5
간비위
12 4 3
위비간
3 4 12
심심폐
장포
5 9 1
삼소대
초장장
10 6 2
담방신
광장
11 7 8

토금체질

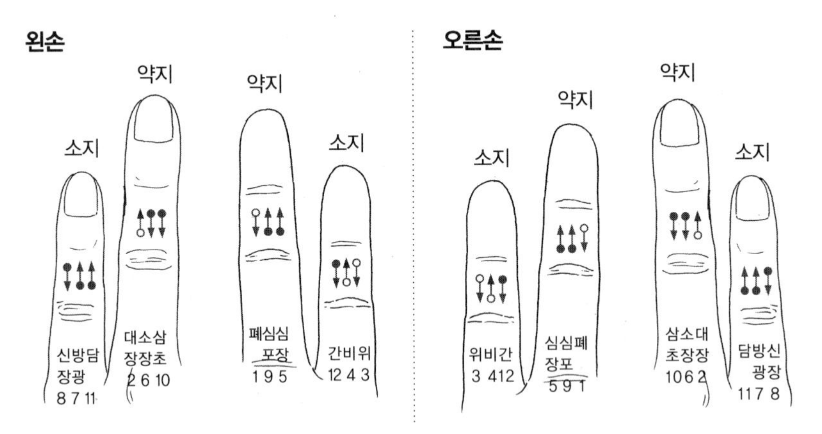

왼손
오른손
약지
소지
신방담
장광
8 7 11
대소삼
장장초
2 6 10
폐심심
포장
1 9 5
간비위
12 4 3
위비간
3 4 12
심심폐
장포
5 9 1
삼소대
초장장
10 6 2
담방신
광장
11 7 8

금토체질

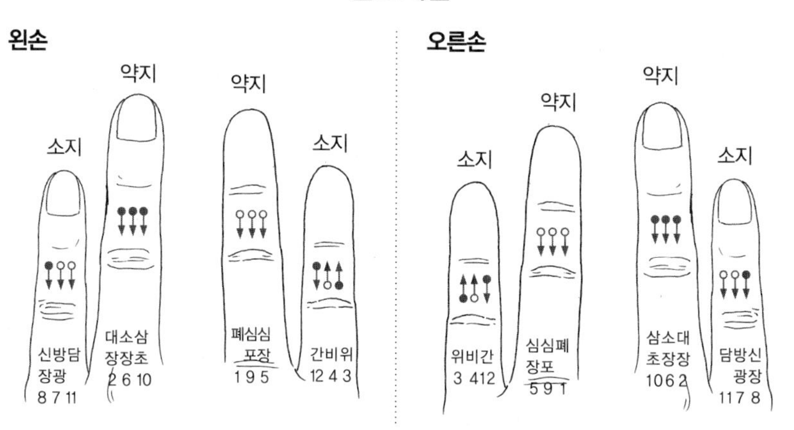
왼손
소지
약지
약지
소지
신방담
장광
8 7 11
대소삼
장장초
2 6 10
폐심심
포장
1 9 5
간비위
12 4 3
오른손
소지
약지
약지
소지
위비간
3 4 12
심심폐
장포
5 9 1
삼소대
초장장
10 6 2
담방신
광장
11 7 8

금수체질

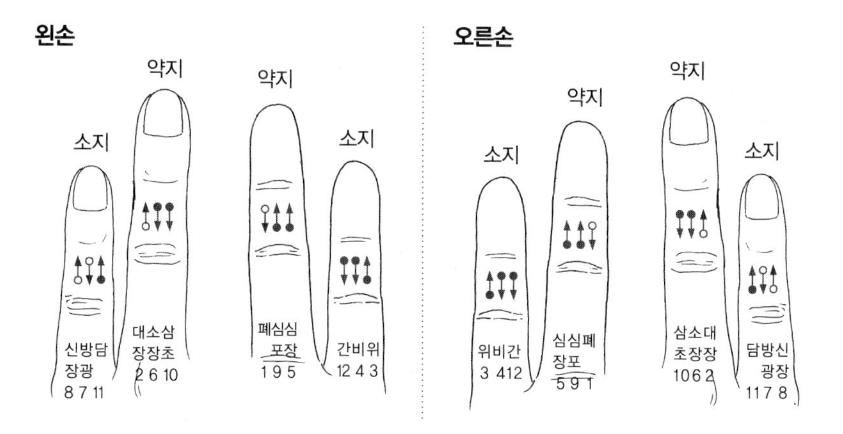
왼손
소지
약지
약지
소지
신방담
장광
8 7 11
대소삼
장장초
2 6 10
폐심심
포장
1 9 5
간비위
12 4 3
오른손
소지
약지
약지
소지
위비간
3 4 12
심심폐
장포
5 9 1
삼소대
초장장
10 6 2
담방신
광장
11 7 8

수금체질

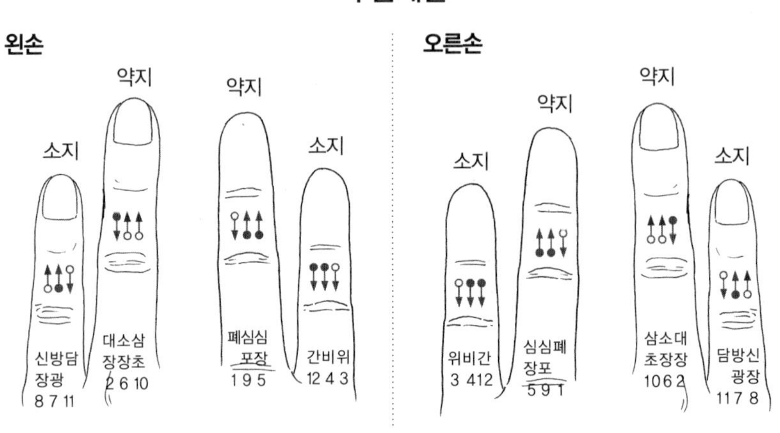
왼손
소지
약지
약지
소지
신방담
장광
8 7 11
대소삼
장장초
2 6 10
폐심심
포장
1 9 5
간비위
12 4 3
오른손
소지
약지
약지
소지
위비간
3 4 12
심심폐
장포
5 9 1
삼소대
초장장
10 6 2
담방신
광장
11 7 8

수목체질

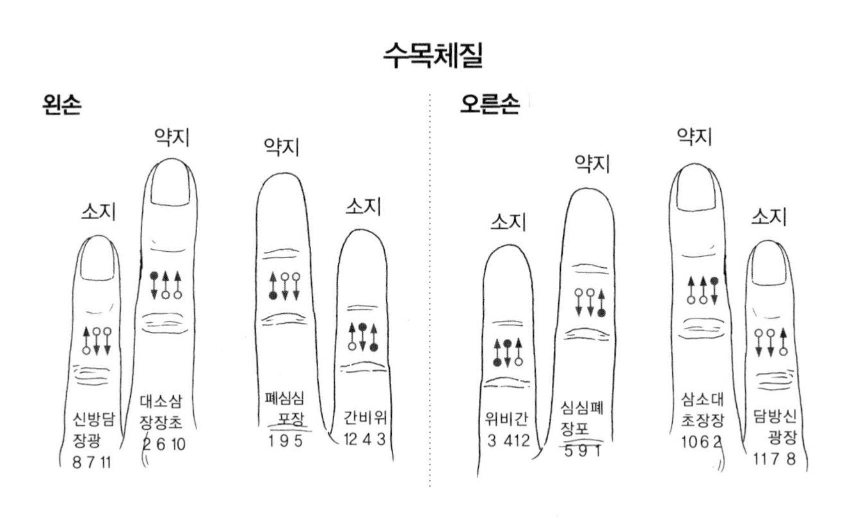
왼손
소지
약지
약지
소지
신방담
장광
8 7 11
대소삼
장장초
2 6 10
폐심심
포장
1 9 5
간비위
12 4 3
오른손
소지
약지
약지
소지
위비간
3 4 12
심심폐
장포
5 9 1
삼소대
초장장
10 6 2
담방신
광장
11 7 8

2) 면역력을 길러주는 뜸

이번에 김남수 옹의 TV 프로그램을 보고 책을 사다 읽고, 한 달 가까이 그 분이 주장하는 기본 뜸자리에 뜸을 뜨고 있습니다. 효과를 보고 있고요. 다른 혈도 제 몸으로 테스트를 하고 있는 중입니다. 좋다고는 느끼고 있는데, 너무 여러 군데 뜰 필요는 없을 것 같습니다. 처음에는 세 군데, 다섯 군데를 세 장씩 뜨고, 효과를 보면서 차차 넓혀가야 하지 않을까 합니다.

많은 부분이 필요한 것도 아니고, 남자 분들은 일곱 개 혈, 여자 분들은 여덟 개 혈이면 충분하다고 생각하고요. 쑥의 크기는 쌀알의 1/4 쪽 크기로만 해도 충분히 기별이 오더군요. 그러니까 너무 두껍게도 안 했으면 좋겠습니다.

명상하는 분들은 혈들이 다 열렸기 때문에 명상에 직접적인 영향을 미치는 혈들은 함부로 손대는 것을 원치 않습니다. 침도 그렇고 뜸도 그렇습니다. 명상을 2년 이상 해서 명상에 필요한 혈들이 2cm 정도 열려 있는 분들은 뜸을 놓아도 괜찮습니다. 하지만 명상을 시작한 지 2년 미만이어서 혈이 덜 열려 있는 상태라면 삼가시는 게 좋을 것 같고요. 혈에 뜸을 떠서 화상을 입히게 되면 영향을 받게 됩니다. 화상이 1cm 정도 되니까요.

뜸을 뜨게 되면 피부에 화상을 입혀서 이종 단백질이 만들어지고 몸에 좋은 작용을 하게 됩니다. 우리 몸에 균을 조금 넣어 병을 예방을 하듯이 백혈구가 작용해서 활성화시키는 것이지요. 면역력과 체력을 길러 주는 데는 뜸이 아주 좋으니 잘 활용하시길 바랍니다.

핵심 tip

뜸

예로부터 일침이구삼약一針二灸三藥이라 하여 침, 약과 함께 뜸을 치료에 있어 중요한 방법으로 보았다. 뜸은 기가 흐르는 경락 위에 다양한 약재들을 올려놓고 태워 열 자극을 주는 치료 방법인데 주로 쑥이 많이 이용되었다. 뜸을 뜨면 쑥의 따뜻한 기운이 경락을 타고 흐르고 이종단백질이 생성되어 인체의 방어체계가 활성화되면서 면역력, 생명력이 강화된다. 최근의 연구결과에서는 뜸 치료가 세포를 활성화시키고 진통 작용을 하고 백혈구 수치를 정상화시키며 신경기능이나 내장기능을 원활하게 조절해 주는 것으로 나타났다.

하지만 일반인 입장에서는 뜸을 접하기가 쉽지 않고, 접한다 해도 다루기 부담스러운 직접구보다는 손쉽게 접근할 수 있는 간접구를 많이 사용했던 것이 사실이다. 그런데 요즘 들어 뜸 유행을 불어오게 하는 분이 계시니 바로 구당 김남수 옹이다. 그가 침사이다 보니 뜸을 사용할 수 있는 법적인 권한이 없어서 여러 가지 논란이 있지만, '무극 보양뜸'이라는 뜸법으로 일반인들도 쉽게 뜸을 접할 수 있고 활용할 수 있게 한 점은 매우 가치 있는 일이다.

그의 무극 보양뜸은 남자는 12개, 여자는 13개의 혈자리로 이루어져 있다. 한의학적 이론으로 보았을 때 체질에 관계없이 보편적으로 잘 적용할 수 있도록 만들어졌다. 즉, 모든 장부의 기능이 골고루 작동되고 배합되어 전체적인 기운을 보해 줄 수 있는 혈자리로 구성되어 있다.

여기서는 무극보양뜸 혈자리 중 남자 8개, 여자 9개 혈을 소개하고자 한다.[8)]

남자는 백회, 족삼리 좌우 2개, 곡지 좌우 2개, 중완, 기해, 관원. 이렇게 8개이다.

여자는 백회, 족삼리 좌우 2개, 곡지 좌우 2개, 중완, 중극, 수도 좌우 2개 이렇게 9개이다.

혈자리는 부록에 그림과 함께 설명되어 있으나 한 번 잡으면 그 자리에 계속 떠야 하므로 처음에 잡을 때가 매우 중요하다. 주변에 전문가가 있다면 도움을 요청하도록 하자. 그리고 뜸을 뜰 때는 쑥을 쌀알 반알 만하게 작게 말아서 뜸자리가 커지지 않도록 해야 한다.

뜸은 몸에 화상을 입히는 것이다. 혈자리 위에다 화상을 입히면 혈에 영향을 주는 수가 있으므로 주의해야 한다. 특히 명상을 하는 사람들에게 중완, 기해, 관원 같은 임맥 위에 있

8) 부록의 '꼭 알아야 할 혈자리'에 혈자리 위치가 정리되어 있다.

는 혈자리는 절대적인 영향을 미치므로 명상을 시작한 지 얼마 안 된 사람은 2년 정도 명상을 해서 혈자리가 충분히 커질 때까지 기다린 후 뜸을 뜨는 것이 현명하다.

뜸뜨는 법

1. 뜸을 매일 반복하여 뜰 수 있으면 좋다.
2. 쑥은 3년 이상 묵은 쑥을 쓴다.
3. 뜸은 쌀 반톨 크기로 하고 뜸 장수는 3장부터 해서 홀수로 늘려 나간다. ('장'은 횟수를 말함.)
4. 뜸의 크기가 크거나 장수가 많으면 기운을 사할 수 있으니 주의한다.
5. 뜸을 뜨면 혈액순환이 원활해지므로, 밤 11시 이후에는 숙면을 위해 삼간다.
6. 5장까지는 타 버린 재 위에 그대로 뜨고, 5장이 넘어가면 뜸자리가 커질 수 있으므로 재를 닦아준다.
7. 뜸 뜬 후 물집이 생기는 것은 불량 쑥을 썼거나 쑥 봉을 힘주어 비볐기 때문이다. 그냥 두거나 침으로 터트려도 되고 그 위에 바로 뜸을 하여도 몸속으로 자연스레 흡수된다.
8. 딱지가 생겨도 그 위에 그대로 계속 뜸을 뜨면 된다.
9. 뜸을 뜬 후 가려운 것은 증상이 호전되는 명현현상이니 그대로 두어도 된다

뜸봉 만드는 방법

1. 왼손 엄지와 검지 사이에 소량의 뜸쑥을 놓고 엄지로 살살 굴려 길게 늘인다.
2. 늘어난 뜸쑥을 오른손 엄지와 검지로 살짝 집어 쌀 반톨 정도 크기로 떼어낸다.
3. 왼손 엄지손톱 위에 침이나 물을 살짝 묻힌다.
4. 오른손으로 떼어낸 뜸봉을 왼손 엄지손톱 위에 살짝 얹어 물기를 묻힌다.
5. 뜸봉을 뜸 자리에 옮겨 붙이고 선향으로 뜸봉 끝에 불을 붙인다.

   뜸은 보통 한 자리에 다섯 장씩 하는데 둘째 장부터는 물 묻히는 과정을 생략하고 타고 남은 재 위에 뜸 봉을 올려붙이면 된다.[9]

9) 나는 침뜸으로 승부한다, 구당 김남수 저, 정통 침뜸 연구소 참조.

핵 심 t i p

체질별 뜸자리

무극보양뜸은 전체적인 원기를 북돋아준다. 전반적으로 신체의 기능에 이상이 생긴 사람들은 체질별 뜸보다는 무극 보양뜸으로 전체적인 원기를 북돋아 주는 것이 효과적이다.

반면에 체질별 뜸은 체질에 따라 약한 장부에만 작용하여 그 곳의 정기를 강화시키는 작용을 한다. 그러므로 특별한 이상이 없는 사람들은 약한 장부만 보하면 되므로 체질별 뜸을 할 때 더욱 개운함과 좋은 느낌을 느끼게 된다. 먼저 자신의 체질을 확실하게 감별한 후 다음의 혈자리에 뜸을 떠보자.[10)]

목수체질 : 태백, 태연, 폐유, 비유, 중부, 장문.
목화체질 : 족통곡, 이간, 대장유, 방광유, 천추, 중극.
화목체질 : 음곡, 척택, 신유, 폐유, 경문, 중부.
화토체질 : 족임읍, 속골, 담유, 방광유, 일월, 중극.
토화체질 : 음곡, 척택, 신유, 폐유, 경문, 중부.
토금체질 : 족임읍, 속골, 담유, 방광유, 일월, 중극.
금토체질 : 음곡, 곡천, 간유, 신유, 기문, 경문.

10) 부록의 '꼭 알아야 할 혈자리'에 자세한 위치 실음.

금수체질 : 양곡, 양보, 담유, 소장유, 일월, 관원.
수금체질 : 태백, 신문, 비유, 심유, 장문, 거궐.
수목체질 : 삼리, 곡지, 위유, 대장유, 중완, 천추.

각 체질마다 6개의 혈이 나와 있는데 앞의 두 개의 혈은 팔다리에 있는 혈, 그 다음 두 개의 혈은 등에 있는 혈, 그 다음 두 개의 혈은 복부에 있는 혈이다.

팔 다리에 있는 혈에만 뜸을 하더라도 효과는 충분히 있으나 6개의 혈 모두 다 하면 더욱 효과가 뛰어나다. 등이나 배에 있는 혈들에 뜸을 뜨게 되면 팔 다리에 있는 혈도 함께 하도록 하고, 팔 다리에 있는 혈은 등이나 배에 하지 않고 그곳에만 해도 좋다.

체질에 따른 뜸자리는 그 체질에 특화되어 훨씬 뛰어난 효과를 보이니 체질을 알았다면 반드시 해보도록 하자.

3) 정신적인 측면은 뇌파훈련으로

교정운동과 체질 건강법에 대해 말씀드렸는데요. 그 두 가지로도 해결이 안 되는 부분은 뇌의 문제로 보아야 합니다.

요즘 신문을 보면 아무 이유 없이 불을 지른다거나 동네 아이들을 데려다 어떻게 한다거나 하는, 상식적이지 않은 행동을 하는 사람들이 많아요. 그런 경우는 정신병적인 측면에서 보아야 합니다. 또 그런 사람들이 앞으로는 점점 더 많아질 것으로 보이고요.

암보다도 더 무섭다고 하는 우울증, 의욕상실증도 전부 정신적인 측면인데, 그건 교정운동이나 체질 건강법만으로 바로잡기에는 오래 걸리는 일입니다. 뇌에 문제가 있는 경우가 많기 때문입니다. 그런 문제는 몸을 바로잡아서 고치기에는 너무 오래 걸리는 일이에요.

뇌종양에 걸려서 항암제 주사를 맞으려고 해도 항암제는 뇌까지 침투가 안 됩니다. 뇌종양이 생겨서 수술로 암을 제거하고 나서도 항암제 치료를 못하는 거죠. 치료약이 들어가지 않습니다.

뇌세포에 전달되는 물질은 두 가지, 포도당과 알코올을 제외하고는 거의 없습니다. 기타 모든 약물은 차단을 해요. 뇌를 보호하기 위해서라고 합니다.

알코올은 괴로울 때 중화시키고 완화시켜서 기분이 좋아지게 하는 환각효과가 있기 때문에 뇌까지 전달되고, 또 포도당은 뇌를 영양하기 때문에 전달이 되는 거예요. 하지만 기타 약물, 항암제 등은 뇌에 전달이 안 되는 겁니다.

뇌는 창조할 때부터 별개의 부분입니다. 모든 신체는 교감신경, 부교감신경으로 구성된 자율신경을 통해 조절되게 되어 있어요. 중단에서 호르몬이라든가 면역력을 조절해서 자율신경을 통해 인체를 조절하는데, 뇌는 거기에서 차단되어 있습니다. 별개의 분야입니다. 뇌는 뇌 마음대로 움직이는 거예요.

뇌에 박힌 것은 생각하고 싶지 않고 기억하고 싶지 않아도 뇌가 스스로 기억을 해냅니다. 슬퍼하고 싶지 않고 기뻐하고 싶은데, 뇌에 입력이 되어 있어서 기억을 해내 자꾸 슬프게 하는 거죠. 이렇게 뇌는 별개의 분야이기 때문에 뇌를 별도로 훈련하지 않으면 안 됩니다.

지금의 여러 가지 상황들이 뇌를 치료하지 않으면 안 되는 상황으로 가고 있습니다. 한방에서는 모든 걸 오장육부의 문제라고 생각해서 정신적인 문제도 오장육부를 통해서 해결할 수 있다고 보는데, 그것은 시간이 너무 오래 걸립니다. 그래서 뇌의 경우 뇌 훈련을 통해서 해결해야 되는 부분이라고 여깁니다.

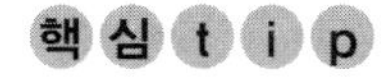

뇌파

• 뇌파 •

뇌는 140억 개에 달하는 뉴런(신경세포)으로 이루어져 있고, 한 개의 뉴런은 평균 약 1만 개의 시냅스를 가지고 있어서 시냅스를 통해 뉴런끼리 연결되어 있다. 즉, 상상할 수 없을 정도로 복잡한 네트워크를 이루고 있는 셈이다. 이 신경 네트워크를 통해 뇌는 복잡한 기능을 처리하게 되는 것이다. 천재의 뇌는 신경 네트워크가 일반인보다 더 복잡하게 되어 있는 것으로 알려져 있다.

신경 네트워크는 전기적인 신호로 전해지게 되는데, 신경세포 간에 정보 교환 시 발생하는 이 전기 신호를 우리는 뇌의 파장, 즉 뇌파라고 부른다. 뇌는 이 뇌파를 통해 우리 몸의 생명 현상, 육체적, 정신적 기능을 주관한다. 뿐만 아니라 뇌파는 신경을 타고 몸 구석구석으로 보내져 온 몸에 영향을 미치게 된다.

사실 우리 몸은 거대한 하나의 전기 시스템이다. 우리 몸에 전기를 흘려보내면 구석구석 흐르게 되고, 심장은 동방결절이라는 신경세포 덩어리의 전기적 자극에 의해 일정하게 운동을 하며, 각각의 세포는 전기적인 진동을 한다. 그러므로 뇌파는 전기적인 자극을 통해 온 몸에 영향을 주고 정보를 수집하기도 하는 것이다.

• 뇌파훈련 •

뇌파를 잘 컨트롤하는 것은 매우 중요하다. 뇌파 컨트롤 방법 중 뇌파의 훈련을 통해 뇌의 활성화 및 균형과 몸의 건강을 이루어내는 방법이 있는데 바로 뉴로피드백 기술이다. 뉴로피드백은 뇌파를 직접 눈으로 보면서 뇌 발달에 필요한 뇌파를 스스로 조절하여 뇌신경 네트워크를 발달시키는 최첨단 뇌 훈련 기술이다. 훈련을 지속적으로 하게 되면 불필요한 뇌파는 억제되고 필요한 뇌파는 정상적으로 발생시켜 뇌의 자기조절 능력을 향상시킨다. 그래서 뇌기능이 정상화되고 몸에 전해져 질병 치료까지 가능해지는 것이다. 또한 뉴런간의 네트워크를 재조직하여 재구성하고 뇌를 스스로 활성화시킨다.

1967년, 미국 NASA에서는 로켓 엔진 연료 냄새를 맡은 우주 항공사들이 간질에 잘 걸린다는 사실을 발견하고, 치료방법을 연구하기 위하여 UCLA의 저명한 생리학자인 B. Sterman 박사에게 연구를 의뢰하였다. B. Sterman 박사는 고양이를 대상으로 뇌파 치료인 뉴로피드백 훈련을 통하여 간질을 치료할 수 있다는 사실을 발견하였다. 이후로 뉴로피드백은 집중력 훈련, 시험 불안 치료 등에 활용되고 있으며 여러 논문을 통해 효과가 입증되었다.

조엘 루바는 학습 장애아, 주의력 결핍증에 뉴로피드백을 적용하여 IQ가 평균 11점 오르는 연구 결과를 내놓았고, 페니스톤은 알코올 중독자를 대상으로 뉴로피드백을 실시하여 80%를 완치시키기도 했다.

이렇게 뉴로피드백 훈련은 학습 장애아들의 학습능력 향상, 자폐증, 우울증, 만성 두통, 만성 피로, 스트레스, 치매, 간질 등의 각종 정신 질환에 큰 효과가 있으며, 알코올 중독, 마약 중독, 약물 중독, 악성 습관 교정에 큰 효과가 있다. 또한 스포츠 선수, 예술가, 경영인 등의 능력 향상에 큰 도움이 되며, 깊은 명상 상태를 유도하기도 한다.[11]

11) http://www.brain21.kr/ 참조

뿐만 아니라 뇌사 판정을 받은 9세의 소년이 자동차 경주 게임과 NASA의 비행사 교육 목적으로 설계한 뇌파 헬멧 기반의 프로그램을 하나로 융합한 뉴로피드백 훈련의 도움을 받아 기적적으로 회복되었고 지금은 학교에 입학해 걷기와 읽기, 말하기 등을 새롭게 배울 정도로 건강이 호전되었다는 사례도 있다.

뇌파훈련은 몸이나 마음에 특별한 이상이 없는 사람에게도 많은 도움이 된다. 뇌파훈련을 통해 좌우 뇌 균형을 맞추는 것은 어떤 사안에 대해 치우침 없이 판단하고 계획하는 능력을 기를 수 있으며, 종합적인 사고와 판단과 계획과 실행을 높이는 전두엽을 활성화시킨다. 뿐만 아니라 힘이 강화된 뉴런은 삶의 태도를 바꾸어 실제 움직임으로 이어지게 하는 가장 영향력 있는 자원이 된다. 그러므로 누구나 할 것 없이 뇌파훈련을 통해 몸과 마음의 건강을 도모하는 것은 많은 도움이 된다.

4) 뇌를 활성화시키는 속청

뇌 훈련은 반드시 해야 됩니다. 인체의 이상이 뇌와 상당히 관련되기 때문에 뇌를 무시할 수 없습니다. 뇌를 먼저 단련하느냐 오장육부를 먼저 다스리느냐 하는 문제는 닭이 먼저냐 달걀이 먼저냐

하는 것과 같은데, 둘 다 다스릴 수 있으면 더 좋은 것이지요.

뇌를 활성화시키는 방법으로 속청이 있습니다. 음성의 속도를 인위적으로 빠르게 하여 듣는 방법입니다. 2배속, 2.5배속, 3배속으로 들으면 좌우 뇌가 굉장히 활성화됩니다.

속청은 주로 우리 뇌의 전두엽 부분을 활성화시킵니다. 전두엽은 사고, 판단, 합리적이고 종합적인 결과를 도출해 내는 기능과 관련된 기관이고요. 속청을 하시면서 전두엽의 기능을 깨워야 합니다. 다른 방법을 통해 저절로 깨어나기를 기다리면 시간이 많이 걸리기 때문입니다. 여러 곳에서 개발해 놓은 속청을 활용하시면 됩니다.

속청은 하루에 30분 정도 꾸준히 전두엽 부분을 자극해 주는 것이 좋은데, 같은 시간대에 자극을 주는 것이 더 효과적입니다. 같은 시간대에 우리 몸에 자극을 주었을 때 최대의 반응을 끌어낼 수 있기 때문입니다. 무엇보다 꾸준히 할 수 있어야 합니다.

속청

뉴로피드백 외에 뇌를 훈련할 수 있는 방법으로 속청이 있다. 속청은 음성 속도를 빠르게 하여 듣는 것인데 고배속의 듣기를 통해 뇌 전체 기능을 향상시키는 두뇌 훈련기법이다.

속청은 특히 사고, 판단, 합리적이고 종합적인 결과를 도출해내는 뇌의 전두엽 부분을 활성화시킨다.

속청은 1953년 미 육군에서 처음으로 시도했고 1980년대 초기에 속청이 두뇌 개발에 효과가 있다는 것이 증명되었다. 일본에서도 국제속청과학연구소를 설치하여 속청이 두뇌에 미치는 영향을 연구하기 시작했다. 특히 다나카 다카아키씨는 일본 SSI 두뇌력 활성 연구소를 설립하여 운영하면서 하루에 30분씩 2.7배속 이상 고속으로 소리를 들으면 두뇌력이 220%이상 향상된다는 연구 결과를 발표했다.

다나카 다카아키씨의 연구 자료에 의하면 우리의 좌뇌는 2.7배속 이하의 정보를 수용하고 처리할 수 있는 능력을 갖고 있다. 즉 2.7배속의 소리를 들으면 좌뇌 부분의 능력을 최대한도로 끌어올리게 되고 두뇌 개발이 이루어지는 것이다.

그런데 만약 2.7배속 이상의 소리를 듣게 된다면 어떻게 될까? 우뇌는 예술적인 기능과 관련이 있으며, 여러 가지 정보들을 이미지화하는 능력을 갖고 있다. 2.7배속 이상의 소리를 듣게 되면 좌뇌는 우뇌의 이미지화 능력을 사용하여 정보들을 이해하고 파악하기 시작하는데, 이러한 현상을 의학 전문용어로는 '우뇌의 공명현상'이라고 한다. 즉 2.7배속 이상의 소리에서는 좌뇌가 최대한도로 가동되면서 우뇌의 이미지화 기능을 이용해 정보들을 수용하게 되는 것이다.

그러므로 속청을 통해 두뇌 개발을 이룰 수 있을 뿐 아니라 좌뇌와 우뇌를 동시에 발달시킬 수 있어 균형적이면서도 효과적인 두뇌 개발을 하는 것이다.

속청을 하는 요령은 여러 가지 자료를 한꺼번에 하는 것보다 한 가지의 자료가 완벽하게 4배속이 들릴 때까지 반복해서 듣는 것이다. 처음에는 두뇌회전 속도가 느려서 2배속도 잘 들리지 않는 경우가 많지만 꾸준히 노력하다 보면 어느 순간 2배속이 완벽하게 들리고, 이어서 3배속, 4배속도 들리게 된다. 중간에 들리지 않는다고 싫증을 느끼고 다른 자료를 처음부터 시작해서는 발전이 느리다.

그렇게 속청을 2.7배속 이상, 하루에 30분씩 꾸준히 하다 보면 자신도 모르는 사이에 속독 능력과 집중력, 이해력, 기억력 등이 크게 발전하게 될 것이다.

요점은 다음과 같다

1. 하나의 자료를 4배속이 들릴 때까지 계속 반복해서 듣는다.
2. 4배속이 들리지 않는다고 다른 자료로 바꾸어서는 안 된다. 음독 속도(소리를 속으로 되뇌이는 속도)는 바로 4배속이 들릴 때 획기적으로 증가하게 되고, 하나의 자료를 4배속까지 듣고 난 후에는 다른 자료를 4배속까지 듣는데 걸리는 시간이 점차적으로 줄게 된다.
3. 4배속까지 들을 수 있는 자료(하나의 책 분량)를 최소 4~5개(책 4~5권) 이상 정복한다.

5) 부비동의 역할과 청소

인체의 머릿속에는 코와 연결되어 있는 8개의 커다란 동굴이 있다고 합니다. 바로 부비동입니다. 코와 눈, 목, 귀, 뇌 등이 서로 연결되어 있지요. 코로 들어오는 산소를 뇌 속 곳곳에 전달하는 역할을 합니다.

이곳이 막혀 있을 경우 뇌 속의 산소공급에 문제가 발생되어 수승화강이 안 되며 건강상의 여러 문제를 발생시키지요. 상단 개발의 핵심인 천목 개발도 부비동이 막혀 있으면 불가합니다.

또한 부비동은 인체의 건강을 책임진다고 볼 수 있는 자율신경을 조절하며, 부비동에 문제가 생길 경우 각종 호르몬 분비를 맡아하는 간뇌에 영향을 미쳐 과열이나 산소 부족으로 인한 문제를 발생케도 합니다. 저도 이번에 알게 된 사실인데 부비동이 대뇌의 온도를 조절하는 역할을 한다고도 하고요.

다른 분들에 비해 부비동의 상태가 양호한 편인 저도 몇 번의 부비동 청소를 통하여 광명을 찾은 듯 머릿속과 온 몸이 시원하더군요. 부비동을 만나 큰 고마움을 느끼고 있습니다. 아마도 모든 현대인들은 공해와 스트레스로 인하여 어느 정도 부비동이 막혀 있을 것으로 생각되고요.

그러나 무엇보다 우선하는 방법은 호흡을 통한 명상입니다. 부비동 청소는 호흡을 통한 명상을 효과적으로 하기 위한 몸 만들기를 위해 부수적인 방법으로 권해드리는 것입니다.

과거에 인구 적고 공해가 없던 시절에는 산속에서 호흡하는 것만으로도 건강이 찾아지고 명상 진도까지 챙겼으나, 현대는 각종 공해와 전자파 등으로 인하여 소모되는 에너지가 너무 많아 호흡만으로는 더딘 감이 있기 때문입니다.

핵심 tip

대뇌 과열방지 장치, 부비동

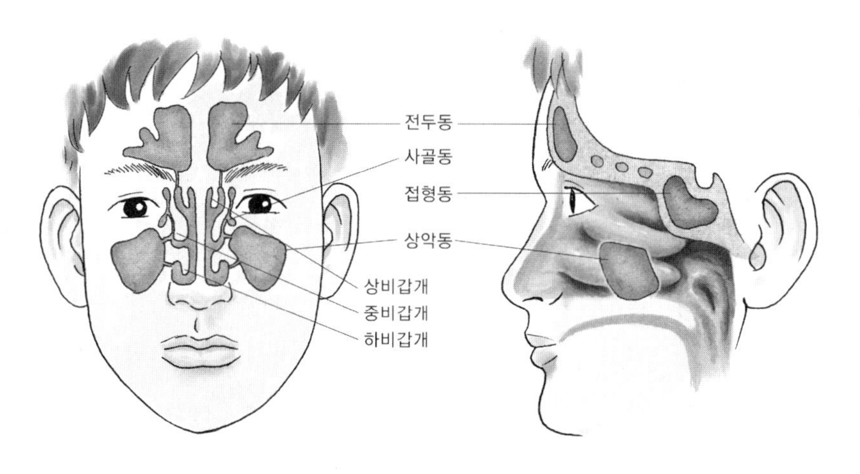

코 주변에는 여덟 개의 동굴이 있다. 바로 부비동이다. 이마 부위에 두 개, 전두동. 뺨 부위에 두 개, 상악동. 코 뒤편에 두개, 사골동. 사골동 뒤편에 두개, 접형동. 이렇게 8개가 존재한다. 부비동은 코와 바늘만 한 구멍으로 이어져 있어 숨을 쉴 때마다 공기가 물결 치듯 이 공간들을 지나게 된다. 물론 잘 뚫려 있을 때 말이다.

이 동굴들은 머리에서 상당한 면적을 차지한다. 머리의 윗부분인 뇌와 뒷부분인 경추, 눈, 코, 입을 제외한 대부분의 부위는 텅 비어 있는데 이 공간들이 부비동이라고 불리는 동굴이다. 일반적으로 잘 알려져 있지 않은데, 그 이유는 아마 부비동이 하는 역할을 잘 아는 사람이 없어서 중요하게 생각하지 않기 때문일 것이다.

기존 의학계에서는 부비동의 기능을 몇 가지로 보고 있는데 두개골의 무게를 줄여준다거나, 눈과 뇌를 보호한다거나, 갑작스런 압력 변화에 대처한다거나, 미각과 후각 기능을 높인다거나 발성을 도와준다거나 하는 것 등이다. 하지만 부비동이 있어야만 하는 가장 중요한 기능을 잘 모르고 있다. 그것은 뇌의 과열방지 장치라는 것이다.

인간의 머리는 항상 뜨거워지기 쉽다. 겨울에도 다른 곳은 옷으로 따뜻하게 보온하지만 머리만은 아무것도 걸치지 않아도 견딜 만하다. 뜨거워지기 쉬운 속성 때문이다. 그래서 옛말에 머리는 항상 차게, 다리는 항상 따뜻하게 하라고 했다. 위쪽이 차고 아래쪽이 따뜻하면 원리상 자연스럽게 순환이 원활해진다. 뜨거운 것은 위로 가려고 하고, 찬 것은 아래로 가려고 하기 때문이다. 그래서 머리가 차고 다리가 따뜻하면 혈액순환이 원활해지고 건강해진다. 수승화강의 원리이다.

그렇다면 머리가 차게 유지될 수 있도록 도와주는 기관은 어디인가. 바로 부비동이다. 사람들이 스트레스를 받으면 '열 받는다' 는 표현을 쓴다. 실제로 열이 위로 오른다. 또 몸에 안 맞는 음식을 먹거나 몸을 무리해서 사용하게 되면 열이 위로 오른다. 열이 위로 오른다는 것은 몸이 이상 상태에 접어들고 있다는 신호이기도 하다. 이럴 때 부비동은 숨 쉴 때마다 동굴 속으로 차가운 바람을 지나가게 해서 올라오는 열을 식혀주어 머리를 차갑게 유지시켜 준다.

부비동은 코와 연결되어 있다. 코와 가느다란 관으로 연결되어 있고, 구불구불한 협곡처럼 이리저리 빈 공간이 많은 것이 부비동의 모습이다. 가느다란 관으로 연결되어 있는 것은 그래야만 관에 음압이 걸려서 부비동 안으로 바람이 형성되기 때문이다. 또 구불구불한 협곡처럼 빈 공간이 많은 것은 그래야만 공기와의 접촉 면적이 커져서 열을 많이 식힐 수 있기 때문이다. 그래서 우리가 코로 숨을 쉬면 그 공기는 부비동 속으로 들어가 얼굴 전체를 훑으며 머리의 열기를 식혀주는 것이다.

헌데 요즘은 부비동이 건강하지 못한 사람이 많다. 우선 공기 오염이 심각하기 때문이다. 숨 쉴 때마다 공기와 함께 콧속으로 들어오는 먼지나 오염 물질들은 부비동이 웬만큼 건강하지 않고서는 걸러내기 힘들다. 또 많은 스트레스를 받는 현대인들은 뜨거운 머리를 식혀야 하기 때문에 부비동이 항상 과부하 상태다. 스트레스로 인한 열을 처리해내지 못하면 부비동이 병든다.

부비동은 항상 많은 점액을 만들어내기 때문에 부비동이 과부하에 걸려 병이 들면 부비동이 막힌다. 코와 부비동 사이는 바늘구멍처럼 가는 관으로 연결되어 있기 때문에 자칫 잘못하면 점액에 의해서 막히기 쉬운 것이다. 막혀서 농이 차면 그것이 바로 축농증이다. 축농증이 아주 심하면 콧물도 안 나온다. 꽉 막혀 있기 때문에 나올 수가 없다. 관이 조금 열려 있어서 부비동에서 생성된 점액들이 밖으로 계속해서 분비되면 그것이 바로 만성 비염이다. 콧물이 시도 때도 없이 흘러나오는 것이다.

부비동은 코와 연결되어 있을 뿐 아니라 눈과 귀와도 연결되어 있다. 그래서 부비동이 막히면 눈에 눈곱이 잘 끼게 되는데 이것은 부비동의 점액 물질이 눈물관을 타고 눈으로 올라간 것이다. 또 안구건조증이나 코골이, 중이염, 메니에르병과도 밀접한 연관을 맺고 있다. 부비동이 머리 부위의 열을 식혀주는 역할을 하므로 제대로 작동하지 않을 때는 머리에 여러 가지 질환이 나타나는 것이다. 그래서 부비동의 관리는 중요하다.[12]

12) 『코골이, 축농증 수술 절대로 하지 마라』, 이우정 저, 지형출판사 참조

2. 좋은 감정 상태를 유지한다.

실천5. 매사에 긍정적인 자세를 갖춘다.

1) 마음을 풀어야 몸이 풀린다

마음을 푸는 것이 우선

병은 대부분 마음에서 비롯되는 것이니만큼, 명상 치유의 첫 번째 조건은 마음을 푸는 것입니다. 마음을 풀면 몸의 병은 50~80% 나은 것입니다. 반대로 마음을 풀지 않고 몸의 병을 풀면 곧 재발하거나 상처가 커집니다.

마음을 고치라고 말씀드리는 게 그래서입니다. 타인이 고쳐주는 것은 잠깐입니다. 병이 생긴 원인을 제거하지 않으면 시간이 지나 다시 발병합니다. 이쪽에 생겼다가 나았는데 다른 쪽에 다시 생깁니다. 위에 생겼다가, 간에 생겼다가, 돌아가면서 취약한 부분을 칩니다. 원인을 제거하려면 마음공부를 해야 합니다.

또 명상하시는 분들은 몸의 반응이 빨라서 마음이 들볶이면 금방 몸으로 나타납니다. 명상을 하면 몸이 마음의 지배를 더 잘 받기 때문에, 마음이 어떻다 하면 금방 몸 어딘가에 나타나는 것이지요.

예를 들어 짝사랑을 했다, 너무 슬프다, 하면 보통 사람들은 그냥 슬픈가보다 하고는 어디가 아픈지도 모릅니다. 반면 명상하는 분들은 어딘가에 이만큼 종양이 생기기도 합니다.

그런데 그게 풀어지는 속도도 빠릅니다. 마음이 풀어지면 순식간에 풀립니다. 마음먹기에 따라 금방 교정될 수 있다는 얘기입니다.

인간은 마음이 몸을 지배한다

마음이 몸을 지배한다는 사실을 손쉽게 증명하는 방법으로 오링 테스트가 있습니다. 자신에게 스트레스를 주는 사람, 생각만 하면 화가 나는 사람을 떠올리면서 오링 테스트를 해보세요. 오링에 힘이 쫙 빠집니다. 스트레스 주는 사람을 떠올리는 것만으로도 힘이 쫙 빠지면서 벌어지는 것이지요.

반대로 생각만 하면 기분 좋은 분, 사랑하는 사람을 떠올리면서 하면 힘이 주어집니다. 마음먹은 바가 몸에 힘을 빼주기도 하고 보해주기도 한다는 사실을 아실 겁니다.

사람이 아니라도 마찬가지입니다. 화나는 일, 분통 터지는 일을 떠올리면서 오링 테스트를 해보면 기운이 쫙 빠집니다. 반대로 상을 받거나 칭찬을 받거나 했던 기분 좋은 일을 떠올리면서 하면 몸이 금방 변합니다. 마음가짐에 따라 그렇게 달라지는 것이지요.

명상이 필요한 이유가 그래서입니다. 명상은 병의 근원으로 들어가서 그 근원을 해소하는 연역법이기 때문입니다. 이에 비해 운동요법 같은 것은 귀납법입니다. 병이 생긴 부분을 직접 풀어주는 방법입니다. 하지만 일시적입니다. 마음에 맺혀있는 그 부분을 근원적으로 해결해주지 않으면 그 증상이 나중에 다시 나타납니다.

그러니 마음을 바꾸어야 합니다. 왜 바꾸어야 하는가 하면 나를 위해서이지요. 그 사람이 보기 싫더라도 내가 그 사람을 미워하면 내가 당장 손해이기 때문입니다. 당장 건강에 지장을 받기 때문에 내 건강을 지키려면 마음을 바꿔야 하는 것입니다.

바꿀 수 없다면 잊어버리거나, 포기하거나, 보류하거나…… 이런 방법을 쓰세요. 잊어버리는 명상, 절벽에서 떨어뜨리는 명상, 태워버리는 명상 등 여러 가지 명상법이 있지 않습니까?

[편집자 주]

오링 테스트

오링 테스트O-ring test는 체질을 감별하는 방법 중의 하나로서 어떤 증상의 확인에도 이용할 수 있다. 오른손(왼손잡이의 경우는 왼손)의 엄지손가락과 검지 즉 둘째손가락으로 둥근 고리를 만들어 기의 파장을 판별하는 방법이다.

이때 판별하고자 하는 대상은 그것이 사람이든 물질이든 간에 반대편 손으로 잡는 것이 원칙이다. 만약 대상으로 삼은 목적물이 플러스(+)의 기氣 에너지를 갖는 것이라면 두 손가락으로 만든 둥근 고리, 즉 O링에 절로 힘이 생긴다. 이것은 제 3자에게 O링을 손가락으로 잡아끊도록 시험해 보면 쉽사리 알 수 있다.

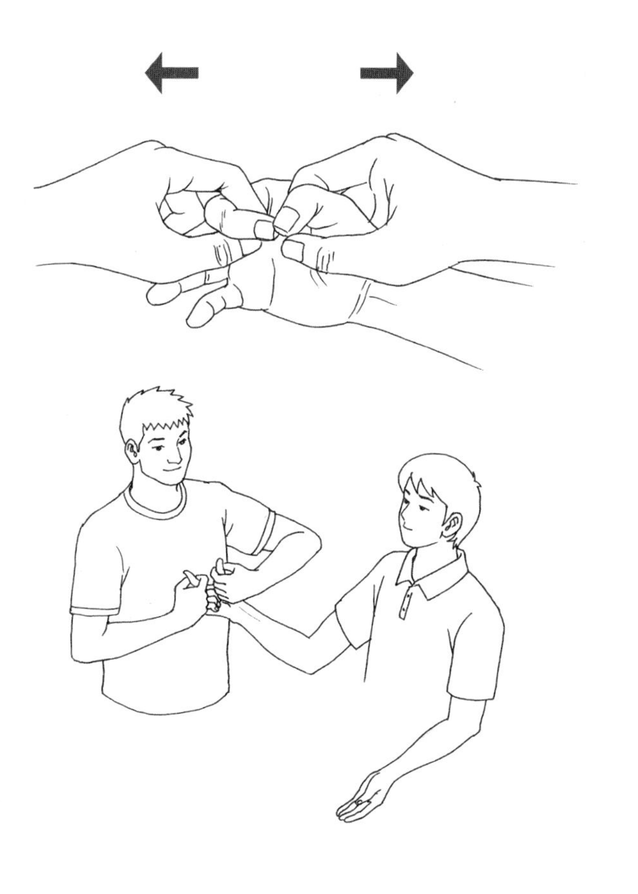

반대로 기 에너지가 당사자에게 마이너스(-)의 파장을 끼치는 것이라면 O링을 이룬 손가락에서 힘이 절로 빠진다. 제3자가 손가락을 살짝 잡아떼어도 두 손가락의 O링이 끊긴다. 아무리 본인이 힘을 주어도 맥을 쓸 수 없게 된다.

이 같은 오링 테스트는 여러 방면으로 활용된다. 젊은 남녀의 경우 애인의 기 에너지가 플러스의 상생관계를 이룬다면 O링을 이룬 두 손가락에 힘이 생긴다. 마이너스의 상극관계에선 힘이 빠진다. 음식이나 약의 효과도 마찬가지로 확인할 수 있다.

마음을 주관하는 장부, 심포삼초 •

심포삼초心包三焦는 면역력, 생명력, 저항력, 힘을 담당하는 장부입니다. 그런데 심포삼초는 눈에 보이는 장부가 아닙니다. 의사들이 우리 몸 어딘가에 있다고 추정은 합니다. 심포는 심장을 싸고 있는 막이라고 추정하는데 엑스레이를 찍어도 안 나옵니다.

삼초도 마찬가지입니다. 소장 밑에 있다고 하지만 정확하게 어디에 있는지 밝혀내지 못했습니다. 사진을 찍어도 안 나오지요. 여자들이 삼초의 병이 많은데 그래서인지 자궁이 삼초라고 애기하는 분도 계시더군요. 그래서 자궁을 떼어 내면 명상을 할 수 없다고 말하는데, 모두 옳지 않은 말입니다. 삼초는 자궁과 방광 사이에 있습니다. 신체의 가운데 부위이지요.

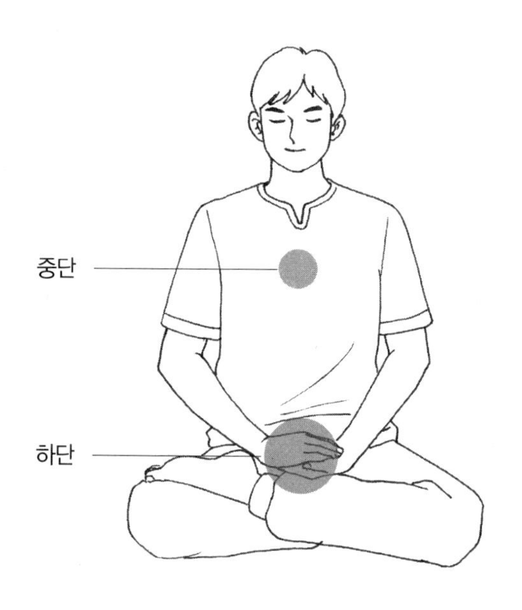

심포는 중단전中丹田을, 삼초는 하단전下丹田을 얘기하는 것입니다. 그런데 눈에 보이지 않는 두 장부인 심포와 삼초가 단련되어야만 마음이 강해집니다. 심포삼초가 관장하는 부위가 바로 마음이기 때문입니다. 하단전, 중단전이 강화되면 심포삼초가 단련되고, 그 결과 마음, 신경, 생명력, 저항력, 면역력이 강해집니다.

심포삼초가 강해지면 우선 의욕이 생깁니다. 어떤 사람을 보면 겉보기엔 잘 생겼고 번지르르한데, 뭔가 빠져 보이는 경우가 있지요? 기가 다 빠져서 송장 걷는 것처럼 보이는데, 생명력을 관장하는 심포삼초가 약해서입니다.

또한 심포삼초의 역할에 의해 우리 몸의 자가 치유 능력이 발휘됩니다. 같은 병균이 들어오더라도 어떤 사람은 앓고 어떤 사람은 그냥 지나가는 것이 다 심포삼초의 영향력입니다. 같은 병에 걸려도 누구는 죽고 누구는 살고, 같은 음식을 먹어도 누구는 식중독에 걸리고 누구는 배설을 잘해서 안 걸리고…… 이러는 것은 해당 장부의 기능이 반, 심포삼초의 기능이 반, 작용하는 것이지요.

심포와 삼초는 가장 중요한 장부입니다. 마음이 바로 심포삼초 소관이기 때문입니다. 마음은 심포삼초를 좌우하는 결정적 열쇠입니다. 마음이 닫히고 열리는 데 달렸습니다. 마음이 닫혀서 네 편 내 편을 가르면 중단이 막히고, 임독맥이 막히고, 기운이 돌지 않고 가라앉습니다. 우선 내 몸이 괴롭습니다.

명상으로 심포삼초를 단련하는 동시에 마음을 열려는 노력을 병행해 주세요.

2) 긍정의 코드

웃음, 암도 몰아낼 수 있다 •

'하하하' 하는 웃음을 아침저녁으로 15분씩 하면, 우리 몸에 있는 암도 몰아낼 수 있다는 연구결과가 나와 있더군요. 그러니까 웃기 싫어도 웃는 연습을 자꾸 하세요. 거울 보고 웃는 얼굴을 만들어 보기도 하며 하하 소리 내어 웃어보세요.

웃을 때는 그냥 배시시, 씨익 웃는 것보다는 소리를 내서 하하하 웃는 웃음이 좋습니다. 확 열립니다. 얼굴 근육은 웃을 때 제일 많이 움직인답니다. 얼굴 근육 스물 몇 개가 동시에 움직인다고 하니까요.

어떨 때 면역력이 가장 증가하는가? 면역력을 좌우하는 호르몬은 뇌의 시상하부에서 배출되는데, 그곳에서 어떤 때 엔도르핀이 가장 많이 생기는가 했더니, 웃을 때 그렇다고 합니다. 마음으로는 감사할 때, 몸으로는 하하하 웃을 때 강력한 엔도르핀이 발생한다고 합니다.

그리고 뇌는 가짜 웃음과 진짜 웃음을 구분하지 못한다고 합니다. 뇌가 심리적인 부분까지는 간섭하지 않는 모양입니다. 근육의 움직임이 신경을 통해 뇌로 전달되는데, 웃을 때 움직이는 근육이 움직이고, 그렇게 신경이 전달하면 '아, 이 사람이 기쁘구나' 하고 인식한답니다. 가짜로 웃어도 그렇게 인식하여 엔도르핀을 발생한다고 합니다. 그러니 가짜로라도 계속 웃으세요.

즐김, 1%의 좋은 면을 확대하여 •

즐김은 상황 반전에 있어 가장 강력한 도구라고 할 수 있습니다. 어떤 상황의 힘겨운 면을 보는 것이 아니라 그 상황에서 즐길 수 있는 요소를 찾는 것이지요. 아무리 안 좋은 상황이더라도 100% 안 좋은 면만 있는 것은 없어요. 아무리 나빠도 1%는 좋은 면이 있습니다.

즐김은 이 좋은 면을 보아야 합니다. 그리고 그것을 확대해야 하고, 확대함이 넘쳐 나머지 좋지 않은 면을 덮을 때까지 확대해야 합니다. 이것이 부정적인 에너지를 긍정적인 에너지로 바꾸는 방법이지요.

이로 인해 우주는 아주 작은 가능성을 증폭해 결국 전체를 정正의 방향으로 나아가도록 만드는 것입니다. 이 원리로 인해 우주가 지금의 비율대로 정이 많아진 것이지, 원래부터 그렇게 있었던 것은 아니었습니다.

즐김은 씨앗입니다. 어둠 속에서 실낱같은 밝음을 찾아내어 이에 집중하다 보면, 밝음의 기운이 어둠의 기운을 변화시키는 것이지요. 창조를 가능케 하는 원리 중의 하나입니다.

중용이되 조금 긍정적인 상태

제가 '마음자리'라는 말씀을 자주 드리는데, 명상하시는 분들의 마음자리는 항상 중용中庸이어야 합니다. 중용이란 가운데 자리를 말합니다.

스트레스를 잘 받는 사람들은 마음자리가 좌측으로 기울어진 사람들입니다. 사물을 비딱하고 치우친 시각으로 보기 때문에 칭찬은 안 하고 부정적인 이야기, 비판적인 이야기만 하는 사람입니다. 그런 사람들은 똑같은 일을 해도 항상 스트레스를 많이 받습니다.

반대로 마음자리가 우측으로 기울어진 사람들은 스트레스가 없기 때문에 개선하고자 하는 욕구가 없습니다. 그런 사람들은 현상

유지를 좋아하고 그냥 만족합니다. 이 사람은 이게 좋고, 저 사람은 저게 좋고, 봄에는 바람이 살랑거려서 좋고, 여름에는 따뜻하고 빙수 먹어서 좋고, 가을에는 낙엽이 떨어져서 좋고, 겨울에는 눈이 와서 좋기 때문에 계속 칭찬만 하는데, 그다지 발전의 여지가 없습니다.

자신의 마음자리를 어디에 두느냐에 따라서 좌로 기울어질 수도 있고 우로 기울어질 수도 있는데, 둘 다 바람직하지 않습니다. 항상 가운데 자리에서 이쪽저쪽을 모두 볼 수 있으면서 갈 수 있어야 합니다.

비판적인 얘기만 하는 것도 아니고, 칭찬만 하는 것도 아니고, 적절하게 섞여 있는 가운데 약간 긍정적인 방향이어야 하는 것입니다. 중용이되 조금 긍정적인 상태이어야 하고 그렇게 되면 스트레스를 안 받습니다. 한쪽으로 눈이 멀어서는 안 되는 것이지요. 다 볼 수 있으면서 매사를 긍정적으로 생각하는 것이 좋습니다.

3) 병이 들었을 때의 마음가짐

병을 받아들이고 친구처럼 지내라 •

지금 여러분의 몸은 어떠십니까? 살 만하신가요, 어디가 안 좋으신가요? 어딘가 아프다면 그것 때문에 어떤 불편을 겪고 계신가요? 무얼 하고 싶은데 몸이 안 따라 주는가요?

그런데 인간은 태어날 때부터 이런저런 이유로 그렇게 완전한 건강은 없습니다. 출생 시부터 일정 부분 불균형을 타고났기 때문이지요. 먹고사는 데 큰 지장이 없고, 왔다 갔다 할 수 있다면 그것만으로도 건강하다고 말씀드릴 수 있습니다.

누구라도 마음이든 몸이든 한두 가지 통증이나 고통은 있게 마련입니다. 그 정도는 그냥 감수하고 나의 일부분으로서 친구처럼 받아들이면 어떨까요? 미음의 고통도 몸의 고통도 물리치려 하지 말고, 남이라고 뿌리치려 하지 말고, 싸워서 이기려 하지 마시고요. 사실 싸워서 이긴다는 것이 엄청 스트레스가 생기는 일이잖아요?

병은 인정하고 받아들이고 친구처럼 지내는 것이 가장 좋은 방법입니다. '암에 걸렸다' 하면 흔히들 적개심에 불타오릅니다. 적군이 내 몸에 침입했다, 물리쳐야겠다, 이렇게 생각합니다. 그런데 알고 보면 암도 내 세포에서 일어난 것이지요. 내 세포이자 내 몸입니다. 자기 것인데 문제를 일으키고 변이가 되어서 암세포가 된 것입니다.

그러니 내 것이다, 나의 일부다, 이렇게 받아들이시면 어떨까 합니다. 쌍수를 들고 환영할 일은 아니지만, 일단 내 몸에 들어왔으니 내 것이라는 것이지요. 내 몸 밖으로 나가면 남의 것이고요. 그렇게 친구처럼 동반자처럼 인정하고 받아들이시면 어떨까 합니다.

건강에 대한 과도한 기대를 버리고, 병을 친구처럼 인정하고 받아들이고, 이렇게 하면 좀 더 마음이 편안해지실 것입니다.

암세포를 품고 사는 스님 이야기

어떤 스님이 위암에 걸려서 위의 반 정도가 암세포인데, 암세포가 있는 채로 사시는 것을 보았습니다. 암세포도 자기니까 괜찮다고 생각하면 그냥 사는 것입니다. 식사도 참 많이 하세요. 식사량이 엄청납니다.

반대로 매일같이 생각나고 신경질 나고 소화도 안 되는 것 같고 불편하다면, 떼버리는 게 낫습니다. 본인이 어떻게 생각하느냐에 달렸습니다.

괜찮다고 생각하는 사람은 굉장히 강한 사람입니다. 사소한 일에 왔다 갔다 하는 사람은 감히 암세포를 품고 살지 못합니다. 명상하시는 분들은 그런 게 가능합니다. 그렇게 강해질 수 있습니다.

저는 인간이 약한 것은 범죄라고까지 생각합니다. '내가 지금 흔들리는 중이니까 건들지 마라' 이렇게 선전포고하고, 주변 사람에게 스트레스 주고, 신경 쓰게 만들고, 같잖은 일에 휘둘리며 왔다 갔다 하는 건 있을 수 없는 일이지요.

감정 정도는 제어할 수 있는 상태가 되어야 합니다. 겉으로 봐선 그 사람이 좋은지 나쁜지 분간이 안 가야 합니다. 그런가 보다, 하고 그저 그런 상태를 유지하는 것이 강한 것입니다.

아플수록 마음관리를 잘해야 •

고故 장영희 교수님을 아시나요? 제가 이 분 글을 인용하면서 참 좋아했는데, 예전에 신문을 보니까 휠체어에 탄 모습으로 환하게 사진을 찍었더군요. 열두 번 예정된 항암 치료를 네다섯 번쯤 받았을 때였던 것 같습니다.

한 살 때 소아마비에 걸려서 그렇다는데 몸이 불구입니다. 그런데 몸만 불구이지 감정 상태는 남들과 똑같습니다. 문학을 했지, 시를 했지, 그러니 감성이 굉장히 풍부합니다. 사랑도 했겠고 그러다 보면 실연도 당하고 그랬겠지요.

그런데 몇 년 전에 유방암이었다가 3년 만에 재발이 되었답니다. 틀림없이 마음속으로 미워했겠지요. 자기도 모르게 자신의 이런 처지를 원망하고 미워하고 그랬겠죠. 그런 것 때문에 또 병이 왔습니다.

그리고 소아마비라서 서지를 못하니까 건강 상태가 그만큼 안 좋습니다. 그때도 척추로 인한 것이라고 하더군요.

자기 몸이 정상이 아니면 마음관리를 더 잘해야 합니다. 그런데 감정은 풍부합니다. 자기는 밋밋한 생활은 견디지 못한대요. 열정적이다 보니 감정처리가 안 되는 것이지요. 뜨겁다 보니 몸이 마음을 감당하지 못합니다. 또 학문에 대한 열정도 엄청납니다. 그 건강을 가지고 박사예요. 그러니 짐작이 되지요. 아마 사랑을 해도 뜨겁게 했을 겁니다.

3년 만에 다시 재발하면서 '내가 그 공부를 또 못했구나' 하고 깨달았답니다. 누굴 미워하고 그랬겠지요. 얼마나 마음 아파하고 그랬겠어요? 그렇게 깨닫고는 모든 것이 축복이라는 것을 알았다고 합니다.

축복으로 받아들이는 마음 •

얼마 전 TV에서 얼굴 없는 아이에 대한 얘기가 나오더군요. 미국에 얼굴 없는 아이가 있답니다. 태어난 지 2년 반쯤 되었는데 얼굴이 없답니다. 성형수술을 스물 몇 번을 해서 얼굴을 만들었다고 해요. 눈을 만들고, 코를 만들고, 입도 만들었는데 정말 사람이라고 볼 수가 없더군요.

찢었습니다. 눈도 찢고, 코도 찢고……. 그 코로 숨을 쉴 수가 없어서 코에다가 기계를 달았습니다. 또 입으로 물도 못 삼켜서 입에도 뭘 잔뜩 달았습니다. 어딘가에 뚫어서 주스 같은 것만 마셔요. 눈은 감지를 못해서 항상 떠있고요. 그래서 잘 때는 눈에 안대를 합니다. 눈이 건조해지지 않도록 닫아 놓아요.

사람이라고 볼 수가 없는데, 부모는 그 아이를 지성으로 돌봅니다. 아버지도 어머니도 지성으로 그 아이를 사랑합니다. 큰 애는 또 그렇게 예뻐요.

그러면서 그 부부가 하는 얘기가, 자신들이 생각할 때 그 아이는 하늘이 주신 축복이라는 겁니다. 아이를 통해서 하느님께서 하고 싶은 말씀이 있으시다는 것이지요. 얼굴만 없지 인간이라는 것, 아주 귀한 사람이라는 것, 그리고 다른 것은 다 똑같다는 것, 그것을 자기네에게 알려주고 싶으셨을 거래요. 그래서 그 아이를 선물로 주셨을 거랍니다.

큰 아이가 유치원에 가는데 그 아이를 함께 데려가서 계속 보여주더군요. 처음에는 아이들이 무서워하고 숨고 그럽니다. 매일 데려가서 보여주니까 나중에는 반기고 그 아이 손도 만집니다.

그리면서 그 애들한테 설명을 해줍니다. 너희들과 다 똑같은데 몸이 어떤 병에 의해서 불구다, 선천성 질병이라서 얼굴이 없는 것이다, 이렇게 설명을 해줍니다. 다른 건 다 똑같다, 말을 못하고 음식을 못 먹고 그런 것은 근본적인 차이가 아니다, 이런 얘기를 해 주니까 애들이 알아듣습니다.

그리고 큰 애한테도 교육을 합니다. 네 동생은 어찌어찌해서 이렇게 됐는데 근본적인 차이는 없다, 다 똑같다, 단지 질병이 있을 뿐이다, 이렇게 설명을 합니다. 그 언니가 동생을 굉장히 사랑하더군요.

그렇게 아름다운 가정을 이루면서 최선을 다해 살더군요. 또 밤에는 간호사를 고용한답니다. 잠시라도 그 아이를 보살피지 않으면 숨이 막혀서 죽을 수가 있답니다. 낮에는 엄마가 돌보는데 그것을 그렇게 축복으로 받아들이더라고요. 그러니 그런 부모한테 그런 아이를 보내신 겁니다. 생명은 다 소중하다는 것을 설명하기 위해…….

그런데 그 아이 성형이 다 끝난 게 아니랍니다. 제대로 되려면 아직 50번 정도 더 남았다고 해요. 어린아이가 그 아픔을 다 감수

해야 하는 거죠. 그렇다고 얼굴이 제대로 찾아지겠습니까? 그래도 부모는 그 아이를 정상으로 만들려고 그렇게 애를 쓰면서 그 아이에 대해 감사한 마음을 갖습니다. 이런 분은 명상할 필요가 없습니다. 우리보다 훨씬 높은 경지입니다.

이유가 있을 거라는 것이지요. 아이를 자기한테 보내신 이유가……. 불구지만 생명은 소중하다는 것, 사람은 다 똑같다는 것, 인간은 귀하다는 것, 그걸 알려주고 싶으셨을 거라는 것이지요. 그 부모가 그걸 알아낸 겁니다. 그 아이에 비하면 여기 아프신 분들은 그 정도면 축복이잖아요?

장영희 교수님 또한 불구라는 것 때문에 50여 년을 살게 되면서 많이 깨달았다고 하시더군요. 특히 '생명은 소중한 것' 이라는 걸 깨달았다고요.

살아 있다는 것은 행복하다, 두발로 디딜 수만 있다면 행복하다, 통증을 느끼지 않고 재채기 한 번만 할 수 있다면 행복하다…… 왜? 살아 있기 때문입니다. 살아 있다는 것은 모든 가능성입니다. 이것도 할 수 있고 저것도 할 수 있는 모든 가능성이 열려 있는 것이잖아요? 죽으면 못하는 것이잖아요?

살아 있다는 것만으로도 너무 고맙다는 것을 절절히 깨달았는데, 암이 재발하면서 더 깨달았다고 하시더군요.

아픔을 통해서 만물에, 부모님께, 주변에 감사하다는 것을 깨달을 수만 있다면 아픔이 선물이 될 수 있다는 것이지요.

실천6. 순화된 방법으로 감정을 표현한다.

1) 마음을 열고 소통하고

애증, 품으면 독이 되는……

명상을 아무리 해도 항상 가슴이 답답하다거나 호흡이 가슴에서 아래로 내려가지 않고 위로 치받아 오르면서 상충되는 것은 가슴 속에 늘 애증이 많기 때문입니다.

애증은 표현하면 그것이 드러나는데, 마음속에 품고 있으면 독이 더욱더 심해집니다. 그런 경우에는 애증을 표현하는 것이 낫습니다. 은근히 마음속에 품고 있으면 그것이 알게 모르게 자신도 죽이고, 상대방도 죽입니다. 그런 분들은 '내가 감정을 많이 지니고 있다', '애증을 많이 지니고 있다' 이 두 가지를 늘 유념하셔야 합니다.

마음을 열어야

요즘 공황장애가 유행하고 있는데 이것은 일종의 우울증입니다. 갑작스럽게 불안이나 공포를 느끼며 심장이 두근거리고 호흡이 가빠지다가 두려운 생각이 드는 증세인데, 현대인들은 거의 그런 증세를 조금씩 가지고 있습니다.

몇 년 전에 베스트셀러에 올랐던 '좀머 씨 이야기' 라는 책이 공황장애에 관한 이야기입니다. 주인공인 좀머 씨는 방안에 있기만 하면 숨이 막히고 갑갑해서 집에서 잠도 잘 못 잡니다. 그래서 눈만 뜨면 집 밖으로 나와서 동네를 미친 듯이 돌아다니지요. 완전히 지쳐서 집으로 들어가면 그 지친 기운으로 잠이 듭니다. 현대인들의 공감을 일으켰는지 1년 내내 베스트셀러에 올라 있더군요.

그런 증세가 나타나는 이유는 마음이 폐쇄적이기 때문입니다. 마음이 폐쇄적이기 때문에 중단이 열리더라도 다시 막히고, 중단이 막히면 임맥이 막히고, 머지않아 독맥 또한 막히게 됩니다. 그러면 꽉 막혀서 기운의 소통이 잘 안 되니까 기운이 가라앉습니다.

마음이 폐쇄적이라는 것은 받아들이고 싶은 것만 받아들인다는 뜻입니다. 취사선택해서 마음에 드는 것은 받아들이고 마음에 안 드는 것은 받아들이지 않는 거예요.

본인이 자가 점검하는 방법이 있습니다. 자신의 마음상태를 돌아보셔서 옴짝달싹하기 싫고 만사가 다 귀찮고 사람도 안 만나고 싶다, 이런 상태면 마음의 폐쇄가 상당히 오래 진행되어서 중증인 상태입니다. 치료를 받든가 상담을 받아야 하는 상태인 것이지요.

또, 아주 급한 일이 있어야만 밖에 나가고, 사람도 마음에 맞는 서너 명만 만나고 다른 사람은 전혀 만나고 싶은 욕구가 없다고 하면, 이것 역시 가만히 방치하면 안 되는 상태라고 볼 수 있습니다.

마음을 연다는 것은 이 사람은 이래서 좋고 저 사람은 저래서 좋다는 상태입니다. 자신이 심리적으로 정상이 아닌 상태에서는 이 사람은 이래서 싫고 저 사람은 저래서 싫게 되고요.

위장이라는 것의 성향이 무엇이든 소화시킨다는 것인데, 소화력이라는 것은 음식의 소화력뿐만 아니라 정신적인 소화력 역시 해당됩니다. 그래서 내 마음이 편협하면, 어떤 음식이 들어오면 소화시키고, 어떤 음식이 들어오면 소화를 안 시킵니다. 뭉쳐서 위장에 탈이 나는 거죠. 그런 분은 자신의 마음을 돌아보면 마음에 들고 안 들고가 분명할 것입니다.

내 마음에 드는 사람을 만나면 얘기가 잘 되어서 좋은데, 내가 좋아하지 않는 사람을 대하면 냉정해지고 마음을 닫게 된다면, 내 마음의 상태가 몸으로 나타나게 되는 것입니다.

마음에 해당하는 중단中丹이 관장하는 장부가 많습니다. 심장, 소장, 심포, 삼초는 중단이 관장하는 장부이고, 비장, 위장, 간, 담은 중단과 관계되는 장부입니다. 마음과 직결되는 장부가 8개나 되는 것이지요.

면역력이나 생명력이 마음과 밀접한 연관을 맺고 있다는 것을 명심하세요. 내 편, 네 편을 가르고 마음을 닫으면 우선 몸이 괴로워집니다. 몸이 편치 않으면 이런 점을 명심해 주시고, 본인이 마음을 열려는 노력을 부단히 해야만 된다는 것을 말씀드립니다.

교류하고 소통하고 •

엊그제 유명 여배우가 우울증 때문에 자살을 했습니다. 너무 충격적이지요. 우울증이라는 게 못 말리는 것입니다. 방치하면 안 되는 병입니다. 우울증이 현대인의 가장 심한 병이라고도 말할 수 있습니다. 실연을 했거나 실패를 했거나 할 때만 오는 것도 아니어서, 한참 잘 나갈 때 우울증이 오기도 합니다.

우울증은 그 증세가 깊은 분들에게는 생존의 문제입니다. 지금 여러 가지로 점점 살기가 힘들어지고 있습니다. 기상이변, 공해는 물론이거니와 먹고 살기도 힘듭니다. 현대는 먹고 사는 일에서 벗어난 사람이 많지 않습니다. 옛날에는 농사짓고 살고, 산과 들에서 열매를 따 먹고 살고, 고기 잡아먹고 살고 했지만, 지금은 생존경쟁이 엄청나기 때문에 먹고 사는 문제를 해결하는 것만으로도 스트레스가 심합니다.

거기에 지구 전체의 온갖 소식이 금방 알려집니다. 스트레스를 주는 요인이 많은 것이지요. 정신 못 차리고 자기 관리를 소홀히 하다 보면 자기도 모르게 휩쓸립니다.

우울증에 걸린 분에게는 분노도 혈액순환에 도움이 됩니다. 화가 나서 침대에서 데굴데굴 구르고, 떨어지고, 이러기라도 해야 합니다. 그런데 아무 의욕이 없어서 분노조차 일어나지 않습니다. 심하면 자폐증에 빠집니다.

그런 분들은 사람을 쳐다보지 않습니다. 대인기피증에 걸려서 땅만 쳐다보고 책만 보고 합니다. 그렇게 주위와 소통하지 않으면 기운이 정체되는데, 정체되는 것 이상 나쁜 것은 없습니다.

기운은 그 속성상 흘러야 하는 것입니다. 상대방이 마음에 안 들어도 혼자 가둬놓지 말고 자꾸 교류하고 소통해야 합니다. 편지라도 쓰면서 뭔가 주고받아야 합니다. 그래야 기운이 흐르고 상생相生합니다.

몸을 움직이면 마음도 활성화 돼

우울증의 주 증상은 몸을 움직이지 않는다는 것입니다. 가만히 있지 말고 끊임없이 몸을 움직이는 것이 우울증에서 벗어나는 길입니다.

그러려면 생활을 동적으로 만들어야 합니다. 예를 들어 천주교 수도원에 가보면 하루 종일 닦으면서 끊임없이 몸을 움직입니다. 그분들이 매일 기도만 하고 산다면 다 우울증 환자가 될 것입니다. 독신으로 살고, 외부와 격리되어 있고, 기도하면서 내면으로 파고들기 때문에 우울증 걸리기 딱 좋은 조건입니다. 그렇기 때문에 끊임없이 노동을 하는 것이지요. 닦은 데를 또 닦고 또 닦으면서 몸을 움직이는 것은 마음을 활성화하는 방법입니다.

사실 몸을 움직이는 것처럼 축복이 없습니다. 저는 작가 생활을 하면서 매일 정신노동을 하다 보니까 집안일이 오히려 휴식이 되었습니다. 쉴 때 설거지하고, 쉴 때 밥하고, 쉴 때 청소했습니다. 집안일이 머리를 식히는 좋은 방법이었던 것입니다. 일로서 하면 너무 지겨운데 휴식으로 하니까 취미가 되더군요.

수선대(樹仙臺, 수선재의 명상마을) 주방에서 근무하시는 분들도 한번 그렇게 생각해 보십시오. 본업은 명상인데, 명상하다가 잠시 쉬고 싶을 때 밥하고 설거지한다고 생각하면 너무 즐거울 겁니다. 본업이 밥하는 일이라고 생각하면 너무 지겨울 것이고요. 그러니 밥한다고 우울해 하지 마시고 생각을 바꾸어 보세요. 내가 취미로 밥을 한다, 취미로 설거지한다, 이렇게요. 하루 종일 명상만 하고 있어 보십시오. 그것도 못 견딜 일입니다.

기분관리를 할 줄 알아야 •

기분이 제일 중요하다고 말씀드렸지요? 생각보다 더 중요한 게 기분입니다. 생각을 좌지우지하는 곳은 중단中丹입니다. 교감신경, 부교감신경을 중단에서 조절하는 것이지요.

감정에 따라서 의욕도 생기고 생각도 생기고 합니다. 생각 이전에 감정이어서 감정이 더 중요합니다. 감정을 좀 더 근원적으로 마음이라고 표현하는데, 마음에 따라 다 조절이 됩니다.

아침에 눈을 뜨면 자기 기분관리를 해야 합니다. 괜히 기분이 찌뿌드드하고, 짜증 나고, 귀찮고 하면 기분을 바꾸기 위해서 노력해야 합니다. 기분이 나쁘면 생각도 계속 부정적으로 삐딱하게 가고, 기분이 좋으면 모든 게 긍정적으로 보입니다.

특히 명상하시는 분들은 기분관리를 잘해야 합니다. 도저히 기분이 나지 않을 때는 기분이 나도록 노력하세요. 춤을 춰도 됩니다. 음악을 틀어놓고 그저 흔들어도 됩니다. 제가 예전에 썼던 희곡에 징신과 의사가 음악을 틀어놓고 틈만 나면 흔드는 장면이 나오잖아요? 춤이라는 게 좋은 것이지요. 몸을 흔들면 기분이 전환됩니다. 아니면 노래를 부르거나 들어도 됩니다.

기분을 부추기고 즐겁게 생활하세요. 명상할 때는 가라앉히고 고요하게 해야 하지만, 평소에는 하하호호 하세요. 기분을 부추기는 것이 남을 위해서 하는 일이 아닙니다. 자신을 위해서 하는 일입니다.

우리 명상하시는 분들은 즐거워야 합니다. 잔잔하면서도 미소를 머금은 파장이 나와야 합니다.

2) 순화된 감정표현 방법

세련된 감정표현 •

중단이 발달했다고 하는 것은 감정을 누를 수도 있고 불러일으킬 수도 있는 상태입니다. 무조건 감정을 가라앉힌다고 좋은 것이 아닙니다. 사실은 불감증처럼 아무 감정이 없는 것이 더 문제입니다. 명상을 오래 해서 자연스럽게 감정이 안정되는 것이 아니라 처음부터 아무 느낌이 없다면 마치 자폐증처럼 못 느끼는 것입니다.

인권을 너무 많이 유린당한 아이들 같은 경우에는 나쁜 짓을 해도 분노조차 하지 않습니다. 그것이 좋은 것은 아니죠. 분노할 줄도 알아야 합니다.

결혼해서 매 맞는 여자들 중에서도 그것이 나쁜 것인지 모르고 부당하다고 생각하지 않는 사람이 있습니다. 그것은 있을 수 없는 것이고 부당한 대우를 받은 것인데 화도 나지 않습니다. 감정이 없는 것이 더 문제일 수 있다는 것입니다.

화가 난다고 해서 직접 가서 뺨을 때리면서 화를 표현하라는 뜻은 아닙니다. 다른 방법으로 표현하라는 것이죠. 예를 들어 운동을 한다든가 공을 때린다든가 하면서 다른 대상을 찾아서 분노를 표출하라는 얘기입니다. 당장 그 사람 멱살을 잡고 상대하지 마시고요.

사람이 세련되었다는 표현은 그 사람 머리가 세련되고 옷이 세련되었다는 얘기보다는 그 사람이 감정을 표현하고 자제하는 방법이 세련되었다는 말입니다.

감정사를 표현하는 매너가 중요합니다. 화났다고 해서 가서 부르르 떨며 화났다고 따지고 몇날 며칠 삐지고 투덜투덜 거려서는 안 됩니다. 화를 내되 순화된 방법으로 표현하라는 뜻입니다.

생각을 안 하는 방법 •

너무 화가 날 때는 화를 억지로 억제하지 마시고 차라리 겉으로 표현하세요. 50대에 관한 어떤 책을 보니까 50대에 해봐야 될 일 중에 '싫어하는 사람 대놓고 싫어하기' 라는 것이 있더군요. 인생은 50부터라고 하면서 50대부터는 나를 찾자고 그러더군요. 지금 50대 세대는 그동안에 참 많이 참아왔습니다.

본인이 자신의 감정을 늘 잘 살펴야 합니다. 화가 났는데도 화가 안 난 척하면서 화를 안 내면 그것이 결국 병이 됩니다. 잠재되어 있는 것이 더 무섭습니다.

제일 좋은 방법은 생각을 안 하는 것입니다. 화가 나면 생각을 안 하고 그 생각에 빠지지 않는 것이지요. 누구 때문에 기분이 나빠지면 그냥 잊어버려요. 생각을 안 하는 것이 상책입니다. 그 사람을 위해서 생각을 안 하는 게 아니라 바로 자신을 위해서 안 하는 것입니다.

유명한 연기자 한 분이 인터뷰를 하는 것을 보았는데 자기는 좋은 일만 생각한답니다. 좋은 일만 생각하기에도 바쁜데, 왜 나쁜 일을 생각하느냐고 하면서 인생이 너무 아깝다고 말을 하더군요. 그렇게 철학이 확실하니까 훌륭한 연기자가 될 수 있었던 것입니다. 생각을 안 하면 된다는 것을 명심하세요.

감정과 생각을 승화시키는 자신만의 도구 •

명상을 하다 보면 많은 생각과 감정들이 일어나고 해소가 됩니다. 만약 명상만으로 모두 해소가 되지 않는다면 자신만의 도구를 하나씩 가져야 하고요.

예술이 그런 것입니다. 끊임없이 나오는 생각과 감정들을 예술을 통해 분출시키는 것입니다. 글, 그림, 건축 같은 도구들을 통해서 끌어내고 승화시키는 것이지요. 그것이 바로 자신과의 싸움이고, 자기를 확인하는 과정입니다.

작가들이 읽어주지 않는 책을 끊임없이 써내고, 팔리지 않는 그림을 끝없이 그리는 이유는 자기가 살기 위해서입니다. 그렇게 해소하고 분출시키는 것입니다.

그 에너지를 예술만이 아니라 명상지도에 바칠 수도 있고, 교육, 봉사에 바칠 수도 있는 것이지요. 자신을 위해서 무언가를 할 때보다 남을 위해서 할 때 더 빛이 나기 때문입니다. 생각이나 감정이 끝없이 나온다면, 자신만의 도구를 하나씩 더 만드십시오.

가슴에 무언가가 있다면 아직 할 말이 있는 것입니다. 아직 끄집어내지 못했다는 얘기니까 자신만의 도구를 통해 분출하고 승화시켜 보세요.

실천7. 뇌의 깊은 잠을 위해 뇌의 잠 주기(밤 11시에서 새벽 1시) 전에 잠자리에 들어 숙면을 취한다.

1) 깊은 수면은 건강의 비결

뇌의 잠 주기 전에 잠자리에 들어야 •

잠을 충분히 자야 그 다음날 쓸 수 있는 에너지를 공급받을 수 있습니다. 뇌의 잠-논램(NON REM) 주기인 밤 11시~새벽 1, 2시에 잠을 자지 못하는 것은 건강하지 못한 이유 중의 하나입니다. 10시 30분이 넘으면 불을 끄고 잠이 들도록 노력해서 깊은 수면에 들도록 하십시오. 건강의 비결입니다. 깊은 수면을 통해 건강을 챙기도록 하세요.

수면은 회복

한의학에서는 잠자고 깨는 것을 기운으로 설명한다. 위기衛氣, 즉 몸의 겉을 지키는 기가 낮에 몸 바깥을 돌고 있으면 눈을 뜨고 깨어 있게 되고, 밤에 몸의 안을 돌면 눈을 감고 잠을 자게 된다고 본다. 그래서 낮에 기가 몸의 겉을 돌고 있으면 주로 보거나 듣거나 활동하거나 하는 외부활동에 에너지가 쓰여지지만, 밤에 몸의 안쪽을 돌면 오장육부를 비롯한 내부에 에너지를 축적하게 해준다는 것이다. 그러므로 잠은 곧 휴식이다. 에너지의 공급이다.

인체의 회복 과정 중 40% 이상이 수면 도중에 일어난다. 적당한 수면을 취하지 않으면 다음 날 우리 몸은 70%의 효율성만을 보이며, 이틀 동안 잠을 자지 않는다면 다음날 우리 몸은 오직 30%만의 효율성을 보인다. 하루에 딱 한 시간만 더 잠을 자도 심장질환에 걸릴 확률이 낮아진다는 연구결과가 있으며, 숙면을 취하는 사람이 학습능력이 훨씬 더 뛰어나다는 연구결과도 있다.

깊은 수면 상태에서 분비되는 성장 호르몬은 단순히 키만 크게 하는 것이 아니라 영양분의 흡수를 돕고, 손상된 조직을 치유하며, 골수를 자극하여 면역 세포들의 생성을 활발하게 하여 면역계를 유지하는 데 중요한 역할을 담당한다.

밤이 되어 간뇌의 송과선에서 분비되는 멜라토닌은 잠든 사이 뇌와 몸을 보호하며, 조직 손상과 염증, 노화의 원인이 되는 유해산소 등을 제거하는 기능까지 맡고 있다. 또한 뇌와 혈관, 세포 사이를 자유롭게 이동할 수 있는 능력까지 갖춰 적은 양으로도 뇌의 신경을 보호하고 심장을 비롯한 몸 전체를 지키는 파수꾼 역할을 해낸다.

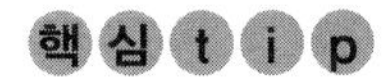

뇌의 잠 주기 전에 잠들어라

미국 코네티컷 대학과 이스라엘 하이파 대학의 공동연구팀은 의미 있는 실험을 했다. 연구팀은 인공위성을 통해 이스라엘 147개 지역을 대상으로 야간 인공조명에 따른 밝기를 측정하고, 이를 유방암의 발병률이 많은 지역과 대조해 보았다. 그 결과를 보면 조도가 가장 높은 마을에 거주하는 여성의 경우 조도가 낮은 마을에 사는 여성에 비해 유방암 발병률이 최대 78%나 높았던 것이다. 또한 불을 켜고 자는 여성의 유방암 발병률이 그렇지 않은 여성보다 40% 높은 것으로 조사되었다. 해가 지고 불빛이 없어야 하는 밤의 불빛이 인체에 악

영향을 미친 것이다.

밤에는 불빛이 없는 상태로 휴식하고 저장하고, 낮에는 불빛 아래서 깨어 있고 활동하는 것이 우리의 생체시계이며, 우주의 원리에 순응하는 방법이다. 그에 어긋나는 생활은 몸과 마음의 불균형으로 이어진다.

수면 역시도 이러한 우주의 변화에 순응해야 효과적이므로 낮이 아니라 밤에 자야 하는 것이다. 밤중에서도 밤 11시에서 새벽 1시에 자는 것이 더 효과적이다. 밤 11시부터 새벽 1시는 자시子時에 해당한다. 자시는 오행으로 보면 수 기운에 해당하는데 겨울과 같은 응축된 기운을 내포하고 있다. 또 저장하는 기운에 해당하는 음陰기운이 가장 왕성한 시각이다. 그러므로 이 시기에 자면 그때의 기운에 맞게 몸 역시도 응축되고 저장하는 기운을 받게 된다. 곧, 몸이나 정신의 피로회복이 빠른 것이다. 또, 밤 11시에서 새벽 1시는 뇌의 잠 주기에 해당하는 시간이라 뇌의 피로회복이나 정보정리가 활발히 일어나는 시간이다.

그러므로 같은 7시간을 자더라도 새벽 1시에서 아침 8시까지 자는 것보다는 밤 10시부터 새벽 5시까지 자는 것이 훨씬 더 개운하고 정신이 맑아진다. 이제부터 효과적인 수면을 위해 10시 반 정도면 수면에 드는 것은 어떨까.

2) 불면증에 대하여

다면증과 불면증 •

잠이 너무 많이 오는 것은 마음의 피로가 많아서입니다. 몸의 피로는 두세 시간 정도의 수면을 취하면 회복되지만 마음의 피로는 그렇지 않거든요. 마음이 피로한 이유는 신경 쓰는 데가 많아서입니다.

반면에 잠이 안 오는 이유는 두 가지인데, 첫째는 놓지 못해서입니다. 생각을 놓지 못해서 잠이 안 오는 것이지요. 그런 분들 중에는 완벽주의적인 사람이 많습니다. 직장 일, 집안 일이 마음이 안 놓여서 잠자리까지 가지고 들어갑니다. '마음이 왜 안 놓이는가?' 완벽하고자 해서입니다. 자존심이 너무 강하고 약점 잡히기 싫어하는 것이지요.

둘째 이유는 심포삼초 기능이 약하여 조절이 안 되어서입니다. 잘 때는 자고 깰 때는 깨야 하는데, 잘 때도 깬 것 같고 깰 때도 자는 것같이 조절이 안 되는 것이지요. 신경이 약해서입니다.

사람으로 태어나서 잠조차 내 마음대로 못 잔다는 것은 비극입니다. 하루에 8시간 정도는 자거나 휴식을 취할 수 있는 시간인데, 그 시간조차 내 마음대로 못하는 것은 무언가 놓지 못하고 부둥켜안고 있기 때문입니다. 안타까운 일이지요. 잘 때는 원 없이 잘 수 있어야 하는데요.

명상은 누우면 금방 잠드는 사람이 잘합니다. 과감하게 탁 던져 버릴 수 있는 사람이 명상을 잘하는 것이지요. 딱 놓아 버리셔야 합니다.

놓지 못하는 사람은 일 못한다는 소리 듣기가 죽기보다 싫은 사람입니다. 일 못한다고 하면 '그래, 나 일 못해' 이러고 자면 되는데, 그 소리가 너무 듣기 싫은 것이지요. 행여 누가 그런 소리를 하면 원수가 되어 죽을 때까지 용서를 안 합니다. 그런 소리를 듣는 자기 자신은 더 용서하지 못하고요.

누가 바보라고 하면 '그래, 나 바보다, 어쩔래?' 이럴 수 있어야 합니다. 어느 한 가지만 잘나면 되는데, 다 잘나고 싶어서 그렇습니다. 누가 못생겼다고 하면 '그래, 나 못생겼다, 어쩔래?' 이러면 됩니다.

일을 할 때는 열심히 하되, 일을 끝낸 후 잘 때까지 연장선상에 있지는 말라는 얘기입니다. 할 때는 하고, 잘 때는 자고, 이래야 합니다. 낮의 일을 밤까지 연장하고 밤의 일을 낮까지 연장하는 분을 보면 대개 원인은 하나입니다. 자존심이 강해서입니다. 놓는 방법은 자존심을 버리고 다 인정하는 것이고요.

주머니에 넣어놓고 자라 •

잠을 잘 때 꿈을 많이 꾸어서 자도 잔 것 같지 않은 경우는 신경이 굉장히 예민해서 몸이 감당을 못하는 겁니다. 잘 때는 걱정거리를 내려놓고 자야 하는데 대책 없이 그걸 가지고 주무셔서 그렇습니다. 주머니를 만들어 거기에 다 넣어두고 주머니가 알아서 하도록 하시고, 본인은 편한 상태에서 주무세요. 깨어 있을 때는 걱정하더라도 잘 때는 탁 내려놓고 자야 합니다.

당장 정리가 안 되는 일은 마음속에 품고 주무시지 말고 주머니 안에 다 넣으세요. 주머니를 두 개 만드셔서 한 쪽에는 밖에서 있었던 일, 사회생활 하시면서 미결 상태인 일을 넣어두시고, 다른 한 쪽에는 가정에서의 일을 넣어두시는 것입니다. 나중에 결재하실 서류처럼 그렇게 정리하는 것입니다.

명상하시는 분들은 매일 나름대로 정리를 하고 주무셔야 됩니다. 마음에 품지 마시고 미결된 사항은 주머니가 알아서 처리하도록 편하게 잠자리에 드셔야 해요. 머리에 담고 가슴에 담고 뒤통수에 담고 몸 안에 지니고 있으면 정리가 안 됩니다. 몸 밖에 있는 주머니가 알아서 하도록 주머니에 넣고 닫아 놓으세요.

마음이 정리되면 맑아지게 됩니다. 옆의 사람도 함께 맑아지고요. 본인이 찌뿌드드하고 우중충하고 정리되지 않은 상태라면 당연히 주변 사람도 영향을 받습니다. 그러니까 항상 정리하는 습관을 가지세요.

쇠, 나무, 돌 등을 양손에 쥐고 자기 •

신경이 예민하신 분들은 손을 쥐었다 폈다 하는 운동을 많이 하십시오. 20~30분 계속 하세요. 차를 타거나, 남하고 얘기할 때도 하시고요. 신경을 강화시키는 동작입니다.

손에는 임맥과 독맥이 모두 있어서 이렇게 하면 몸 전체를 움직이는 효과가 있습니다. 심포, 삼초, 생명력, 면역력, 마음, 신경과 관련된 부분을 편하게 해주고 활성화시킵니다. 손을 많이 쥐었다 폈다 해주세요.

또 쇠나 나무, 돌 같은 것을 양손에 꽉 쥐고 주무셔도 좋습니다. 보석이나 옥 같은 광물들은 오랜 세월 기운이 응집된 상태인 에너지의 보고이지요. 손에 쥐고 있으면 광물들이 숨을 쉬면서 에너지를 뿜어내 몸 안으로 전달시키는 겁니다.

사람들은 참 변하기 쉬운데, 돌이나 나무는 좀처럼 변하지 않는 속성을 가지고 있어서 우직한 기운이 전달됩니다. 손은 우리 몸의 축소판이라고 볼 수 있어서 장심을 통해서 전달이 되면 몸 전체에 전달되는 것과 같습니다. 마음이 약하고, 신경이 예민하신 분들은 집안에 돌이나 나무 같은 것을 두고 기운을 받으시면 도움이 됩니다.

지압과 침으로 상기된 기운 내리기 •

남자 분들에게도 갱년기 현상이 있는데, 그런 경우에는 특별히 근심할 사항이 없는데도 숙면이 되지 않으시더군요.

그럴 때에는 우선 백회에 지압을 하거나 가는 침을 놓고, 양 손등의 합곡과 양 발 위의 태충에 지압을 하거나 가는 침을 놓으세요. 양 팔꿈치 안쪽에 있는 곡지와 양다리 무릎 밑 족삼리를 지압하거나 가는 침을 놓기도 합니다. 또한 중단을 지압하고(침은 안 됨), 양발 복사뼈 뒤에 있는 곤륜을 지압하거나 가는 침을 놓으시고요. 이 세 가지 처방은 상기된 기운을 내리는 역할을 하더군요.[13]

그래도 안 된다면 족탕을 하거나 지압판을 밟으십시오. 양손에 수지 지압봉을 꼭 쥐고 자는 방법도 있습니다. 잠들기 전에 하는 가벼운 도인법도 도움이 될 것입니다. 뇌파훈련기가 있다면 휴식 모드로 해놓고 잠들면 좋더군요. 베갯머리에 라벤더 원액을 조금 뿌리고 자도 도움이 됩니다.

침실은 오로지 잠을 자는 용도로만

침실은 작은 방에 아무런 가구나 짐이 없는 것이 좋으며, 오로지 잠을 자는 용도의 방이 좋습니다. 커튼은 극장의 스크린과 같은 두꺼운 천의 검은색이 좋고요. 명상하는 분들은 인체의 많은 혈이 열려 작은 빛이라도 눈뿐 아니라 온 몸으로 느끼더군요. 베개는 수건을 둘둘 말아 머리가 아닌 목을 베는 것이 좋으며, 턱을 약간 위로 올리고 자는 것이 좋습니다.

그래도 영 잠이 안 온다면 앉아서 명상을 하십시오. 기운이 좋을 때는 며칠 잠을 못 자도 별 지장이 없습니다. 새벽명상을 위해

13) 부록의 '꼭 알아야 할 혈자리'에 자세한 위치를 실음.

반드시 잠을 자야 한다는 강박감을 버리면 편해질 것입니다. 긴장감을 떨쳐내시고 마음을 편히 가지세요.

핵 심 t i p

수면을 위한 생활 조절

잘 자기 위해서는 생활을 조절해야 한다.

첫째, 오후나 이른 저녁에 빨리 걷기와 같은 유산소 운동을 한다. 날마다 운동을 하면 수면의 질을 높여 깊은 잠을 잘 수 있게 한다. 단, 너무 심한 운동은 자제하고 취침 세 시간 전에는 운동을 하지 않는 것이 좋다. 몸을 흥분시키기 때문이다.

둘째, 자기 전에는 먹지 않는다. 취침 네 시간 전에 자신에게 맞는 음식을 적당히 먹어야 한다. 자기 직전에 먹고 자는 사람들이 있는데 그들의 소화기능이 강하기 때문에 별 탈이 없는 것처럼 느껴지는 것이지, 자는 동안에 위속에 음식물이 있다는 것은 인체에 부담을 주기 마련이다. 그러므로 잠자리에 들기 네 시간 전에 식사를 마쳐서 몸이 소화시킬 시간을 주어야 한다.

셋째, 아침에 햇볕을 쬐어 주고 밤에는 주변의 빛을 약하게 한다. 우리의 몸은 빛에 반응한다. 햇볕을 쬐면 몸에서 세로

토닌이 분비되고, 밤에 불빛이 옅어지면 멜라토닌이 분비되어 인체의 생체리듬을 조절한다. 생체리듬에 맞게 몸에 빛을 쬐어주면 생체리듬을 더욱 강화시켜서 밤에는 숙면을 취하고 낮에는 활발히 활동할 수 있도록 해준다.

넷째, 잠자리의 환경을 조절한다. 수면을 취하는 잠자리의 환경은 중요하다. 그곳은 잠을 자고 싶을 만큼 아늑하고 편안한 곳이어야 한다. 좋은 매트리스와 베개를 쓰고, 방 온도를 쾌적하게 맞추자. 방은 어둡게 하고 잘 때는 빛이 없도록 하자. 소음을 제거하는 것도 필요하다. 라벤더 향 등의 향기요법도 도움이 된다.

다섯째, 규칙적인 수면 습관을 들인다. 같은 시간에 자고 같은 시간에 일어나자. 일요일이니까 밀린 잠을 실컷 자자며 늦게까지 자고 나면 일요일 밤에 불면증을 겪은 뒤 한 주 내내 뒤바뀐 수면 패턴으로 고생하기도 한다. 또, 낮잠은 30분 이상 자지 않는다. 점심을 먹고 잠깐 자는 낮잠은 피로를 회복시키고 집중력을 키워주지만 30분 이상 낮잠을 잔다면 밤에 수면장애를 일으킬 가능성이 높다.

여섯째, 이완요법이다. 잘 때는 몸이 이완되어야 편안하게 잠들고 깊은 수면에 들 수 있다. 이완을 위해서는 스트레스를 날려 버려야 한다. 걱정이나 근심거리가 있으면 의식으로 주머니를 만들어서 그 속에 걱정거리를 넣어 두자. 잘 때는 주머니에 넣어두었다가 일어나면 다시 꺼내 생각하는 것이다. 그 것 역시 잘 안 되면 따뜻한 물로 샤워를 하든지, 가벼운 스트레칭 체조를 하면 도움이 된다. 속옷은 타이트하지 않게 입거나, 속옷 없이 잠옷만 입는 방법도 도움이 된다.

일곱째, 잠자리에 누운 지 20분이 지나도 잠이 오지 않으면 일어나 다른 활동을 하자. 그 때는 다른 방으로 가서 조명을 어둡게 한 다음 음악을 듣거나 재미없는 책을 읽다가 졸음이 오면 다시 잠자리에 들도록 한다. 잠이 오지 않는데도 잠자리에 누워 스트레스를 받으며 고통받고 있으면 수면은 고통스러운 것이라는 인식이 형성되기 때문이다.

3. 몸의 안과 밖을 맑고 밝고 따뜻하게 가꾸어 나간다.

실천8. 몸의 구규九竅를 선仙스럽게 관리한다.

1) 인간의 격은 구규 관리에 달려있어

구규를 관리하는 법 •

인간의 격이 높아지려면 인간에게 부여된 구멍을 잘 관리해야 합니다. 인간에게는 구규九竅라 하여 아홉 개의 구멍(여성에게는 생식기를 포함하여 열 개)이 있습니다. 즉 두 눈과 두 귀, 두 콧구멍과 입, 음부와 항문을 말하지요. 인간의 내부를 외부와 연결하는 통로라고 할 수 있습니다. 그 구멍을 선인仙人처럼 관리하면 선인仙人이 되고, 인간처럼 관리하면 인간이 되며, 짐승처럼 관리하면 짐승이 되는 것이지요.

구멍을 선인답게 관리하는 방법은 첫째, 깨끗하게 관리하는 것입니다. 언제나 그 구멍들에 관심을 가지며 청결하게 손질하여야 합니다. 불결하거나 냄새가 나거나 질환이 있으면 안 되지요.

둘째, 단정하게 관리하는 것입니다. 보아야 할 것과 보지 말아야 할 것, 들어야 할 것과 듣지 말아야 할 것, 숨을 통하여 들여보내야 할 것과 말아야 할 것, 입을 통하여 들여보내야 할 것과 말아야 할 것, 해야 할 말과 하지 말아야 할 말, 음부를 통하여 들여보내고 내보내야 할 것과 말아야 할 것, 항문을 통하여 들여보내고 내보내야 할 것과 말아야 할 것 등입니다. 참 쉽고도 어려운 일입니다.

안 해보면 새로운 감각이 열린다 •

인간에게는 열 가지 감각이 있습니다. 다섯 가지는 오감五感, 즉 시각, 청각, 후각, 미각, 촉각을 말합니다. 나머지 다섯 가지는 보이지 않는 것을 보는 시각, 들리지 않는 것을 듣는 청각, 느껴지지 않는 것을 느끼는 후각, 미각, 촉각입니다. 여기서 보고 듣고 느끼는 것은 마음으로 보고 듣고 느끼는 것을 말합니다.

나머지 다섯 가지 감각을 트이게 하는 방법은 기존의 감각을 잠재우고 안 해보는 것입니다. 일단 눈으로 보지 않아 보면 보이지 않는 세계를 볼 수 있고, 귀로 듣지 않아 보면 들리지 않는 소리를 들을 수 있게 됩니다. 변증법이라는 것이 그런 것이지요. 기존에 계속 긍정하던 것들을 부정해보면 또 다른 차원으로 넘어가게 되면서 제 3의 현상이 나타나는 것입니다.

그러면 아주 미세하고 예민한 감각을 갖게 됩니다. 모래 숨 쉬는 소리가 들릴 정도로 감각이 미세하게 발달됩니다. 인간이 가지고 있는 감각이 최대한으로 발휘되는 것입니다.

눈과 귀를 정화시켜주는 예술작품

예술문화란 자신을 거울처럼 비추어 주거나 정화시켜 주어야 합니다. 공감과 소통의 장이며 일종의 커뮤니케이션 방법인데, 말초적인 재미를 위하여 오히려 건전한 소통을 방해하는 작품들도 있습니다.

좋은 작품이란 맑고 가벼우면서도 귀 기울여 들어야 할 한마디가 들어 있는 작품입니다.

예를 들어 사랑에 관한 작품이라면 사랑이란 이 세상에 어떤 것과도 바꿀 수 없는 가치를 지닌 것이란 주제로 그 과정을 리얼하게 그려 고개를 끄덕이게 하는 결론을 내야 하는 것입니다. 만약 선정적이거나 폭력적이고 시간만 낭비하게 하는 콘텐츠라면 나쁜 콘텐츠라고 할 수 있습니다.

특히 명상하시는 분들은 맑게 정화되어 있고 방어막과 껍질을 내려놓고 있는 경우가 많아, 지극히 선정적이거나 폭력적인 것들은 심적 부담을 느끼게 되고 마음의 자국도 더 오래갑니다.

예술은 덧붙이고 탁한 것을 전달하기보다 열어주고 정화시키는 역할을 해야 하는 것입니다. 좋은 예술작품을 골라 보고 듣고 느끼시길 바랍니다.

2) 말에 대하여

함부로 할 수 없는 말 한마디 •

마음의 세계라는 것은 아주 유능한 전문가가 다뤄야 하는 분야입니다. 말 한마디를 해줘도 적시에 해야 되는 것이지요.

그래서 비전문가가 함부로 충고를 하는 것은 '범죄다' 라고까지 말씀을 드립니다. 고도의 테크닉이 필요한 일입니다. 말 한마디 하는 것도 적시에 해야 되는 일인데, 자칫 잘못하면 상처만 내게 되고 마니까요.

제가 며칠 전에 부딪혀서 생채기가 좀 났는데, 잘 낫지 않습니다. 피부에 생채기 난 것도 아무는 시간이 상당히 필요한 거예요. 그런데 가만히 있는 사람을 보기 싫다고 함부로 말하고 자꾸 긁으면 깊은 상처를 받게 되죠. 마음에 한 번 깊은 상처를 입으면 아무는 데 굉장히 시간이 오래 걸립니다.

부메랑이 되어 돌아오는 말 •

암은 어떤 경우이건 자신의 습관과 행동에 대해 방향 전환을 하라는 신호입니다. 암에 걸리면 겸허한 마음으로 오던 걸음을 멈추고 자신의 삶의 태도에 근본적인 전환을 해야 하는 것이지요.

불같은 성향으로 주위 사람들과 마찰을 많이 빚는 분들 중에는 강한 말들과 거기에 실린 에너지가 부메랑이 되어 돌아와 자신의 가슴 어느 한쪽에 왜곡된 에너지의 형태로 박혀버려 암이 되는 경우가 있습니다. 이런 경우에는 자신 안에 있는 화 에너지를 깊이 바라볼 필요가 있고, 깊이 바라보다 보면 뭉쳐 있는 에너지를 풀어낼 방법 또한 떠오를 것입니다.

묵언, 정화되는 과정 •

묵언은 내부를 정화시키는 역할을 합니다. 우리가 하는 말이나 쓰는 글을 가만히 살펴보면 쓸데없는 것들이 많이 덧붙여져 있습니다. 여기저기서 듣고 본 잡다한 것들이 뒤섞여 있는데, 묵언을 하면 내부에서 정화되는 과정을 거치면서 말하는 것이 금방 시가 되고 그림이 됩니다.

묵언을 계속하다 보면 말에 관한 모든 것이 터득됩니다. 말이 어떻게 생성되어 나오는가 하는 것을 자신이 알게 되거든요. 말을 할 때 머릿속에서 생각해서 하는 말이 어떻게 생성돼서 입 밖으로 나오는가 하는 원리를 스스로 알게 됩니다. 나중에는 누가 무슨 말을 한다 하더라도 마음에 걸리지 않게 되는 것이고요.

평소에 생활을 하시면서 점심시간 혹은 집에 오셔서 10시부터 12시까지 하는 식으로 시간을 정해 놓고 묵언하는 방법을 실천해 보시면 좋겠습니다.

3) 회음이 열리지 않도록

72근의 정精을 아껴라 •

인간은 태어날 때 몸을 에너지화할 수 있는 자원을 무한정 부여 받지는 않습니다. 우주와 지구의 에너지는 유한하기에 인간이라고 해서 마냥 받을 수는 없기 때문입니다.

그래서 받는 것이 72근의 정精입니다. '72근 정도 정을 주어서 내보내면 인간이 60 또는 70 평생 동안 지구에 살면서 깨달음에 이를 수 있겠다' 해서 정해진 것입니다. 따라서 인간은 태어날 때 받은 72근을 잘 활용하면 살아 있는 동안 깨달음까지 갈 수 있고, 반면 잘 활용하지 못하면 그냥 살다가 죽는 것이고요.

또 72근 중에 일곱 근은 무덤 속에 가지고 갑니다. 인간의 시체는 땅에 묻히고 나서 100년 정도 흐르면 기화氣化하는데, 다 기화할 때까지 일곱 근 정도가 남아 있습니다. 시체 속에도 100년 동안 최소한의 에너지가 남아 있는 것이지요. 결론적으로 인간은 72

근에서 일곱 근을 뺀 65근을 가지고 살아갑니다.

72근의 정을 아끼라는 말씀을 많이 드렸는데, 제일 많이 분출되는 것은 정자精子입니다. 그냥 나가는 것이거든요. 정 72근을 배출하면 명을 다하고 죽게 됩니다. 수명을 90살을 타고났어도 살아갈 에너지인 정精이 없어서 못 사는 것이지요. 최소한의 에너지만 남긴 채 누워서 살거나 명을 다하지 못하고 죽습니다.

이미 많이 썼는데 나는 어떡하느냐는 분도 계십니다. 다시 주워 담을 수는 없습니다. 남아 있는 것만이라도 잘 보전해서 기화하여 살아가셔야 합니다. 여자도 마찬가지여서 난자 안에 생명이 탄생할 수 있는 모든 에너지가 들어 있습니다. 잘 비축하시기 바랍니다.

가장 좋은 방법은 안 쓰는 것입니다. 나의 정을 기화하여 살기보다는 우주기, 천기를 받아서 쓰시면 됩니다.

회음으로는 정기가 빠져나가 •

아랫배, 자궁, 방광 등의 단전 아랫부분에 이상이 있으신 분들은 그 부분의 탁기를 회음으로 내려서 꼬리뼈 뒤 허벅지로 해서 용천으로 빼내시면 됩니다. 용천(발바닥에 있는 혈)으로는 탁기만 빠져나가기 때문에 마음껏 빼내셔도 되는데, 회음(생식기와 항문 사이에 있는 혈)으로 기운을 빼내면 반은 정기, 반은 탁기가 나가므로 회음으로 빼지는 마시고요.

성관계를 하면 안 좋은 이유 중 하나가 회음으로 정기, 탁기가 반반씩 나가기 때문입니다. 탁기가 빠지면 스트레스가 해소되어 좋은데, 정기도 같이 나가니까 좋지 않은 것이지요.

마음이 땅을 향하면 기운이 내리 흘러 •

어느 회원님의 경우 능력에 비하여 사업이 부진한 이유는 기운이 부족하기 때문입니다. 그릇은 되나 집념이 부족하고 기운이 달리는 것이 문제인 것이지요.

면허만 가진다고 사업이 되는 것이 아닙니다. 면허는 최소한의 조건이며, 그 면허를 가지고 사업을 밀어붙일 수 있는 추진력이 있어야 하는 것이지요. 이 추진력은 힘이 있어야 하는 것이며 힘은 기운이니 바로 명상에서 나옵니다. 명상으로 축기를 하고 그 축기된 기운을 이용하여 자신을 가다듬고 남는 기운을 사업에 쏟아 부어야 하는 것입니다.

기운을 보충하고 하면 단점이 장점으로 바뀔 것입니다. 10년 전 대수술 후 머리카락이 나오지 않는 이유도 기운이 부족한 탓이고요. 기운이 부족하면 매사가 그렇게 진행되는 것이며, 기운이 충실해지고 나면 사업에서부터 모든 것이 풀리는 것입니다.

이분의 경우 기운이 부족해진 원인은 기운이 새어나가기 때문인데, 항상 회음과 항문에 신경을 쓰고 절대로 열리는 일이 없도록 해야 합니다. 기운이 차더라도 위로 넘치도록 할 것이지 아래로 내리 흐르는 일은 없도록 해야 하는 것이지요. 마음이 하늘을 향하고 있으면 기운이 차면 위로 넘치고, 땅을 향하고 있으면 아래로 내리 흐르는 법입니다.

실천9. 명상을 통해 그날의 탁기는 그날 제거한다.

1) 탁기와 활성산소

기氣는 본질 •

저는 과학을 모르는 사람이지만 사람도, 물질도 분해해 가다 보면 산소 몇 퍼센트, 수소 몇 퍼센트로 나뉜다는 얘기를 들었습니다. 그렇게 나누고 또 나누었을 때의 본질이 결국 기氣입니다. 인간을 구성하고 있는 것은 세포인데, 이 세포를 나누면 원자로, 다시 나누면 기氣라고 말할 수 있는 것이지요.

기는 워낙 작고 보이지 않으므로 있는지 없는지 잘 모를 수 있습니다. 하지만 그 실체를 확인하는 방법은 너무도 간단합니다. 기로 구성된 물질이 있다는 것이 바로 기가 있음을 증명해 주는 것이지요.

경락은 기가 흐르는 길 •

우리 몸에는 두 가지 길이 있습니다. 피가 흐르는 길과 기가 흐르는 길입니다. 피가 흐르는 길은 동맥, 정맥, 모세혈관과 같은 핏줄입니다. 기가 흐르는 길은 경락經絡입니다.

서양 의학자들은 의견만 분분할 뿐 경락이 무엇인지, 어디에 있는지 모릅니다. 아까 어떤 회원님께서 봉한 학설에 대해 말씀하시던데, 내용을 들어보니 김봉한이라는 분이 경락에 대해 발견하신 것 같더군요.

경락은 내장 속에 있는 것도 아니고, 살과 내장 사이에 있는 것도 아니고, 피하지방에 있는 것도 아니고, 피부에 있는 것도 아닙니다. 경락은 살갗이 아닌 살 속에 있습니다. 셀cell, 즉 세포 속에 있는 것이 경락입니다. 내장의 경우 점막에 있고요.

그런데 그게 보입니다. 염색 시료 같은 것을 넣고 찍으면 사진에 나타나는 것이지요. 그걸 김봉한 씨가 찍었고, 서울대 물리학부에서 다른 시료를 써서 또 찍었다고 하더군요.

이 경락은 혈관만큼이나 많이 분포되어 있습니다. 기가 있는 곳에 피가 있는 것이라서, 기혈이 같이 한 쌍으로 움직이는 것이라서 몸 안에 경락이 아주 많습니다. 나뭇가지에 맥이 퍼져 있듯이 복잡하게 되어 있습니다.

그런데 명상하시는 분들의 경락은 기존 한의학에서 말하는 경락과는 많이 다릅니다. 간경, 담경, 위경, 방광경…… 이렇게 이름 붙여진 그 경락으로만 기운이 흐르지 않습니다. 대주천이 되어 몸이 바뀌면 경락끼리 서로 다 통하는 것이지요. 물이 흐르다가 물줄기가 세어지면 옆으로도 흐르지 않습니까? 물줄기가 잡히면 천지 사방에 다 통하는 것과 같다고 생각하시면 됩니다.

맑은 기운, 탁한 기운

기운은 맑고 탁함에 따라 정기精氣와 탁기濁氣로 나뉩니다. 정기는 맑고 밝고 온화해서 사람을 편안하게 하는 기운이고, 탁기는 매연같이 탁한 기운입니다.

탁기를 접하면 가슴이 답답하고, 머리가 아프고, 구역질 나고, 뼛속까지 저려 옵니다. 기색氣色을 볼 수 있으면 맑고 탁한 것을 볼 수 있으나, 그럴 수 없으면 느끼는 것이지요.

기가 강하다고 다 좋은 것이 아닙니다. 강하고 탁한 것처럼 피해를 주는 것도 없습니다. 탁하고 약하면 남에게 피해는 덜 주는데 탁하고 강하면 피해가 아주 큽니다.

탁기가 강한 사람과 전화 통화를 하면 탁기가 귀를 통해서 뇌속으로 전달됩니다. 태양혈, 옥침혈을 다 건드려 머리가 금방 아프고, 몸 안으로 들어와 뼛속까지 아프고 저리게 합니다. 이렇게 불쾌한 기운이 탁기이고, 기분 좋은 기운은 정기라고 보시면 됩니다.

탁기는 먼지 같은 것 •

탁기濁氣는 먼지 같은 것입니다. 경락은 그렇게 굵은 길이 아닙니다. 머리카락 한 올 지나갈 정도의 길이지요. 그런 길로 기운이 다니는데 거기에 먼지가 들어가 보십시오. 경락 속 곳곳의 혈을 막습니다.

계속 명상을 하면서 기운을 돌리면 먼지가 있다 하더라도 순환이 됩니다. 허나 명상을 소홀히 하거나 방심해서 단전을 놓치거나 하면 계속 먼지가 쌓입니다. 먼지가 들어가고 또 들어가고 하면서 아예 꽉 막아 버립니다.

특히 기본 경락인 임맥, 독맥이 막히면 급체와 같은 증상이 나타납니다. 의사들이 보면 아주 큰 일 난 상황입니다. 손발이 차고 소통이 안 되니까요.

중풍은 혈이 두세 개 막혔을 때 오는데, 특히 독맥이 막혔을 때 많이 옵니다. 독맥에서 뇌로 올라가는 어느 부위가 꽉 막히면 터지게 마련입니다. 어딘가로 흐르긴 흘러야 하는데 막히니까 옆으로 흐릅니다. 그러다 보면 터져서 뇌출혈이 되고 중풍이 옵니다.

이렇게 급체가 되었을 때 손쉽게 응급처치할 수 있는 방법은 사혈瀉血입니다.

탁기와 활성산소 •

탁기는 의학자들이 말하는 활성산소Oxygen Free Radical와 상통하는 개념입니다. 의학계에서는 활성산소를 인체의 배기가스라 부를 만큼 그 피해를 심각하게 받아들이고 있으나, 일반인들에게는 아직까지 생소한 개념입니다. 많은 의사들은 모든 질병과 노화의 원인이 활성산소에 있다고까지 생각하는 정도이지요.

활성산소를 제거하는 방법은 베타카로틴이나 셀레늄을 많이 섭취하는 식이요법(말린 자두에 많은 양이 들어 있다고 하며 녹황색 야채나 과일 위주의 식사), 운동요법(유산소 운동이나 걷기 등), 정신적인 스트레스를 해소하는 명상요법(우주기와 연결된 단전호흡)이라고 합니다.

활성산소를 측정하여 치료하는 광양자 치료라는 요법을 시행하는 병원도 있다고 하더군요. 독일에서는 광양자 치료가 암 치료 등에 필수과정이라고 합니다.

편집자 주

[편집자 주]

명상의 항산화 효과

흔히 현대의학이 못 고치는 병이 세 가지가 있다고 얘기한다. 암이 첫째요, 당뇨와 혈압병이 둘째와 셋째를 차지한다. 이러한 병들은 성인이 걸린다 하여 '성인병'이라 불렸으나 이제는 그것도 옛말이다. 어린이들 또한 많이 이러한 병에 시달리고 있기 때문이다. 성인병은 현대의학의 최대 현안이 되었다.

처음에는 균형 잡힌 식사법을 행하고 인스턴트식품, 기름에 튀긴 음식, 유가공 식품, 식품 첨가물 등을 피하면 성인병을 예방, 치유할 수 있다고 믿었다. 1977년 미국 상원 특별위원회가 세출한 『영양의료문제연구보고서』가 "18세기의 식사로 돌아가라"고 강조한 것도 이런 맥락에서이다. 사람들은 식이요법으로 성인병을 치료할 수 있을 거라 믿었고, 값비싼 식이요법 요양원들이 속속 생겨났다.

아이러니한 사실은 이렇게 비싼 요양원에 들어간 사람보다, 모든 것을 버리고 깊은 산 물 맑은 곳에 들어가 자연에 몸을 맡긴 사람이 난치병을 극복한 사례가 더 많았다는 것이다. 어떻게 이런 일이 가능했을까? 무엇이 그들을 치료했을까?

차츰 식이요법의 한계가 밝혀졌다. 아무리 철저히 식이요법을 해도 암에 걸릴 사람은 걸린다는 사실이 느러났다. '유산소 운동'이 유력한 치료 수단으로 제기되었으나 이 또한 오래 가진 못했다. 체계적인 식이요법과 운동요법을 병행한 많은 환자들이 성인병에서 벗어나지 못한 채 투병생활을 계속했기 때문이다.

이후 광범위한 설득력을 얻게 된 것이 이른바 '활성산소活性酸素, oxygen free radical' 이론이다. 활성산소는 우리가 호흡하는 산소와는 완전히 다르게 불안정한 상태에 있는 산소이다. 환경오염과 화학물질, 자외선, 혈액순환장애, 스트레스 등으로 산소가 과잉 생산된 것이다. 이렇게 과잉 생산된 활성산소는 사람 몸속에서 산화작용을 일으킨다. 이렇게 되면 세포막, DNA, 그 외의 모든 세포 구조가 손상당하고 손상의 범위에 따라 세포가 기능을 잃거나 변질된다.(활성산소가 꼭 나쁜 영향을 주는 것만은 아니다. 병원체나 이물질을 제거하기 위한 생체방어과정에서 산소 · 과산화수소와 같은 활성산소가 많이 발생하는데, 이들의 강한 살균작용으로 병원체로부터 인체를 보호하기도 한다.)

현대인의 질병 중 약 90%가 활성산소와 관련이 있다고 알려져 있으며, 구체적으로 그러한 질병에는 암 · 동맥경화증 · 당뇨병 · 뇌졸중 · 심근경색증 · 간염 · 신장염 · 아토피 · 파킨슨병, 자외선과 방사선에 의한 질병 등이 있다.

거듭된 임상 실험은 음식 등 외적인 물질에 의해 발생하는 활성산소보다 내적인 스트레스에 의해 발생하는 활성산소의 비중이 더 크다는 것을 밝혀냈다. 문제는 현대의학이 이렇게 유발된 활성산소에 대한 뚜렷한 답을 찾지 못했다는 것이다. 비타민, 미네랄 등 항산화 물질이 의약품으로 개발되고 있으나 그 효과는 미미하다. 식이요법이나 운동요법도 확실한 처방은 되지 못하고 있다.

우리 고유의 명상법 속에는 답이 있다. 우주의 기운을 받아들이면서 단전으로 깊이 호흡하다 보면 경락과 혈이 열리면서 온 몸의 탁기, 즉 활성산소가 빠져나감을 스스로 체험할 수 있다.

정신적 갈등과 번뇌가 주원인 •

탁기는 왜 생기는가? 대개 잡념의 산물로서 정신적 갈등이나 번뇌 때문에 생깁니다. 집중해서 한 가지를 골똘히 생각하면 답이 나오기 전까지는 계속 탁기가 생성되는 것이지요.

육체적으로는 안 좋은 음식이나 오염된 공기 등이 몸속으로 들어가서 배출이 되지 않을 때 생성되는데, 전체 탁기의 비율을 보면 정신적인 것이 80%쯤 되고 육체적인 것은 20% 정도에 불과합니다.

아무리 공기가 나쁘고 음식이 나쁘다 하더라도 그렇게 많이 몸이 상하지는 않습니다. 우리 몸에 자체 정화 작용이 있기 때문이지요. 독소 물질을 지속적으로 먹지 않는 한 배출이 되도록 되어 있습니다.

반면에 정신적인 탁기는 그대로 남아 있습니다. 배출하는 방법을 모르기 때문입니다. 정규 교육에서도 정신적으로 쌓인 것을 배출하는 방법은 가르쳐 주지 못했습니다. 육체적인 배설은 배설기관을 통해서 자동적으로 이루어지는데, 마음은 어떻게 관리하고 해소해야 할지 모르기에 대책 없이 쌓여만 가는 것이지요.

착하신 분들이 오히려 탁기가 상당히 많은 경우가 있습니다. 너무 마음이 착해서 남의 것을 대신 받아서 접수해 놓고 스스로에게는 대책이 없는 것이지요.

세상에서 볼 때는 참 착하다, 법 없이도 살 수 있다, 하는데 자기로서는 착한 게 아닙니다. 자기를 해치기 때문입니다. 너무 마음이 착해서 계속 받아들이는데 해소를 못 시키고 찌꺼기가 남아 있습니다.

겉에 뭉친 탁기, 안에 뭉친 탁기

이번 생의 탁기뿐 아니라 전생前生에서 이어져 온 탁기도 있습니다. 전생의 탁기가 뭉쳐져 켜켜이 한恨으로 남아 있습니다.

형상을 보면 탁기가 겉에 많이 모여 있는 사람이 있는가 하면, 속에 모여 있는 사람이 있습니다. 어떤 사람은 굴뚝에 더께 끼듯이 겉에 탁기가 켜켜이 싸고 있는데, 안으로 들어가면 점점 맑습니다. 반면에 어떤 사람은 겉은 그런대로 맑은데, 안으로 들어갈수록 탁기가 응축되어 어떻게 할 수 없는 상태입니다. 안의 것들은 전생의 탁기이고 밖의 것들은 이번 생의 탁기입니다. 물론 안팎이 다 맑은 게 가장 좋습니다.

겉에 탁기가 많고 안으로 들어갈수록 맑은 분은 전생의 공덕이 많은 분입니다. 근본은 좋은 사람인데 살다 보니 때가 묻은 것이지요. 처음에 보면 탁기가 많은가 보다 하는데 계속 보다 보면 안은 상당히 맑습니다. 그런 분은 닦기가 쉽습니다. 겉의 탁기만 계속 닦아 나가면 되며, 명상에는 별 지장이 없습니다.

반대로 겉은 그럴듯한데 안이 검은 분도 있습니다. 명상으로 기운이 닦여져 그런대로 겉은 맑은데 안으로 들어갈수록 검고 도저히 닦아낼 수 없는 탁기를 지니고 있어요.

이런 분은 명상을 통해 끝까지 닦아내지 않는 한 남에게 오히려 해를 끼치기 쉽습니다. 겉이 멀쩡하니까 그럴듯하게 보이면서 해를 끼칩니다. 명상한다고 도사연道士然하면서 스스로 내세우는 분들을 보면, 대개 겉은 기운이 맑고 장한데 안으로 들어갈수록 탁기가 많이 고여 있는 경우입니다. 다 닦아내지 못하고 겉만 그럴듯합니다. 이런 분은 명상하기가 굉장히 어렵습니다.

배출하지 못하면 병이 된다 •

탁기는 매일 배출해 주지 않으면 몸과 마음에 쌓입니다. 매일 쌓이는 탁기만 있는 게 아니라 태어나서 지금까지 정신적으로 해소하지 못해서 계속 쌓여온 것들, 해결 방법을 찾지 못해 누적되어 온 것들, 질병으로 인해 약 먹고 하면서 쌓인 것들이 다 있습니다.

배출할 방법이 없으면 병으로 발전합니다. 대책이 없으니까 암이나 당뇨 등 치료 불가능한 병이 되는 것이지요. 고여 있다가 그 자리에서 그냥 뭉쳐서 종양이 되기도 합니다.

2) 탁기 제거 건강법

명상으로 매일 배출하라 •

명상을 시작하면 처음에는 기운 받는 데 급급하지만 어느 시점부터는 탁기를 없애고 몸을 맑게 하는 작업을 해야 합니다. 기가 장하기만 해서는 안 되고, 맑은 동시에 장해야 하기 때문입니다.

그래야만 궁극적으로 가고자 하는 곳에 갈 수 있습니다. 탁기인 채로는 도저히 갈 수 없고 맑디맑은 수정 같은 상태가 되어야 합니다. 궁극적으로는 안팎이 같이 맑아져야 합니다. 그러기 위해서는 명상으로 계속 닦아야 하지요.

하루라도 명상을 안 하면 몸속에 탁기가 고이기 시작합니다. 명상을 통해 그날그날의 탁기를 뽑아낸다 하더라도 몸속에 고여 있는 것들이 또 있습니다. 매일 명상하면서 탁기를 배출해야 합니다.

전에는 탁기가 별로 느껴지지 않던 사람도 명상을 하면서 많이 배출하면 주변 사람들로부터 탁하다는 소리를 듣게 됩니다. 명상을 하면 맑아져야지 왜 더 탁해지는가, 궁금한 분도 계시지요? 여태껏 남한테 탁기라는 소리 안 듣고 그런대로 맑게 군계일학群鷄一鶴처럼 살아왔는데 왜 오히려 명상을 하면서 탁기라는 소리를 듣는가?

전에 맑다는 소리를 듣던 분도 명상을 하다 보면 어느 시점에 탁기를 굉장히 많이 발산하게 마련입니다. 명상을 하지 않을 때는 기운이 활성화되지 않아서 고여 있습니다. 연못 밑에 뻘 같은 흙이 고여 있어도 겉은 그런대로 맑은 물로 보이지요? 그런데 연못을 휘저어 보면 구정물이 다 섞여서 탁해집니다.

마찬가지로 명상을 하기 전의 상태는 고여 있는 물과 같습니다. 그러다가 명상을 하면서 기운이 활성화되고, 기운으로 몸을 여러 번 뒤집어엎으면, 몸 안에 있는 탁기들이 다 한 번씩 건드려집니다. 뻘이 파헤쳐지니까 탁기가 엄청나게 발산되는 것이지요. 명상하다 보면 반드시 이런 과정이 있습니다.

탁기를 빼는 다섯 가지 방법 •

탁기 빼는 방법에 대해서 간단히 정리해 드리겠습니다. 명상의 단계에 따라 방법이 다른데, 지금 단계에서는 다섯 가지 방법이 있습니다.

첫째, 온 몸 털기 등의 도인법을 통해 내보내는 방법이 있습니다. 제일 좋은 방법이 용천으로 내보내는 것인데 누우면 내려가지 않습니다. 서서 해야 내려갑니다.

둘째, 독맥 명상 자세로 서서 팔문원의 기운으로 몸을 씻어서 용천으로 내려보내는 방법이 있습니다. 팔문원을 몸 겉으로 느슨하게 감지 말고 계속 조이면서 용천으로 쭉 뽑아내세요. 용천으로는 탁기만 나가기 때문에 기운이 나가는 것에 부담 갖지 말고 마음껏 강하게 내보내십시오.

셋째, 30분 이상 시간 여유가 있으실 때는 지수화풍 명상을 하시길 권합니다. 지수화풍 동작은 천천히 기운을 타면서 해야만 기운이 중화됩니다. 동작을 빠르게 하면 미처 그럴 시간을 갖지 못합니다.

넷째, 장부와 온 몸의 탁기를 중단으로 모은 후 단전으로 내려서 태우는 방법이 있습니다. 세 번 이상 하시면 탁기가 배출되고 몸이 가벼워집니다. 이 방법은 5분, 10분 만에도 할 수 있으니 시간이 없을 때 사용하세요. 기운으로 장부를 닦으면 고여 있던 탁기들이 활성화되어 배출됩니다. 그것들을 중단으로 힘껏 모았다가 단전으로 내리고, 멈추었다 태우십시오.

다섯째, 직하방으로 힘껏 내보낸 다음 축기하는 방법이 있습니다. 이 방법을 쓰실 때는 반드시 내보낸 만큼 축기를 해주셔야 합니다. 이 방법은 적어도 30분 정도 시간 여유가 있을 때 15분 내보내고 15분 축기하는 식으로 하십시오.

탁기를 내보내는 경로 •

앞머리가 아프다 하면 앞머리의 탁기를 임맥으로 쭉 빼서 중단으로 해서 단전까지 내려서 태우세요. 손목이 결린다 하면 기운으로 닦아주신 후 탁기를 빼내어 중단을 거쳐 단전까지 내려서 태우시고요.

뒷머리 등 뒷부분은 임맥으로 빼서 태우기가 좀 어렵습니다. 그럴 때는 독맥으로 빼내어 꼬리뼈와 한쪽 다리를 거쳐 용천으로 쭉 뽑아 주세요.

겨드랑이 날개인 견갑골이 잘 결리시는 분은 심포삼초에 이상이 있는 것입니다. 대개 직장인들이 앉아서 일하다 보면 많이 겪는 증상이지요. 견갑골의 탁기는 꼬리뼈까지 쭉 내려보낸 후 허벅지를 거쳐 용천으로 내보내면 좋습니다.

아랫배, 자궁, 방광 이런 부위가 아프시면 바로 회음으로 해서 앞으로 빼낼 수 있습니다. 그런데 탁기 뺄 때는 꼬리뼈까지 가는 게 좋습니다. 꼬리뼈 뒤로 빼내어 허벅지를 거쳐 용천으로 빼세요.

명상하시는 분들은 이렇게 자기 몸은 자기가 관리할 수 있어야 합니다.

탁기가 빠지면 날아갈 듯 가볍다

탁기는 한 번에 다 나가는 것이 아니라 호흡을 하면서 계속 조금씩 조금씩 나갑니다. 기운은 링거 바늘에서 주사액이 떨어지듯이 들어오고 나가는 것이지, 한꺼번에 확 들어왔다가 확 나가지 않습니다. 몸이 다 열린 상태에서는 기맥이 넓어져서 시원하게 많이 들어오고 많이 나가지만, 처음에는 조금씩 가늘게 들어왔다가 가늘게 나갑니다.

사람을 만났는데 탁기 때문에 너무 힘들고 도저히 대화를 할 수 없는 경우가 있습니다. 그럴 때는 탁기를 중단으로 받아서 단전으로 내려서 계속 태우면서 대화를 하면 영향을 덜 받습니다. 그 자리에서 할 수 없다면 집에 와서라도 방금 말씀드린 방법을 통해 탁기를 배출하시고요.

내 탁기도 주체하기 어려운데 남한테 받은 탁기까지 안고 살 수는 없습니다. 가만히 놓아두면 계속 몸 안에 쌓이므로 반드시 배출하시길 권합니다.

탁기가 빠지면 기운이 없을 수도 있지 않느냐 묻는 분도 계시더군요. 그런데 탁기가 빠졌다 해서 기운이 없진 않습니다. 오히려 목욕한 것처럼 몸이 개운합니다.

대개 지치고 피로한 것은 탁기가 쌓인 것이 원인입니다. 그럴 때 탁기를 쭉 빼면 몸이 약간 나른한 것 같으면서도 개운합니다. 날아갈 듯 가볍습니다. 미련두지 말고 아낌없이 탁기를 빼내세요.

마음으로 맑아지려는 노력 •

선명하지 않은 사람이 있습니다. 남들이 볼 때 속으로 무슨 생각을 하고 있는지 모르겠고, 뭔가 삐져있는 사람입니다. 본인도 자기가 무슨 생각을 하는지 모를 정도로 늘 생각이 뒤죽박죽 엉켜있습니다. 그리고 이런 정리되지 않은 상태가 계속 쌓여갑니다. 귀찮고 피곤하다 해서 자꾸 뭉개다 보면 정리가 되지 않고 쌓여서 탁기의 원인이 됩니다.

이런 분은 자꾸 끄집어내야 합니다. 보고 싶지 않아도 끄집어내야 하고, 봐야 하고, 닦아야 합니다. 매일매일 해결되지 않은 것들을 정리하면서 자기를 정돈해야 합니다. 일기를 쓰든 명상을 통해서든 그날그날의 생각을 정리해야 하는 것이지요. 맑고 선명한 사람은 늘 자기 생각을 정리하는 사람입니다.

그리고 마음을 무심으로 가져 보세요. 늘 중단이 문제입니다. 감정이 많이 실리는 것, 좋고 싫은 것 때문에 탁기가 생깁니다. 감정적인 부분을 배제하면 탁기가 없습니다.

자꾸 화나는 감정에 빠져 있다 보면 화나는 생각만 납니다. 감정이 삐지면 삐진 일만 생각납니다. 기억 장치가 과거부터 현재까지 삐진 생각만 나게 합니다.

자기를 지배하는 감정 상태가 무엇인지 찾아내세요. 예를 들어 외로움이라든가, 사랑으로부터의 상실감이라든가 이런 것들이 있습니다. 그런 감정들이 왜 왔는가? 부모로부터 올 수도 있고, 애인으로부터 올 수도 있습니다. 그걸 찾아내서 무색無色, 미색米色으로 만들어 보세요.

맑으면 선을 베풀 수 있다

탁기를 많이 받다 보면 그걸 견디는 힘이 생깁니다. 단련이 되면 어떠한 강 탁기도 무찌를 수 있는 능력이 생깁니다. 저절로는 안 되고 계속 훈련을 해야 합니다. 고심과 연구를 거듭하다 보면 스스로 탁기를 빼내는 방법을 터득할 수 있습니다.

맑아진 다음에는 누구에게나 힘이 됩니다. 기운이 맑아지면 그 자체만으로도 큰일을 하는 것입니다. 자신이 맑아지고 주변을 맑게 정화해 주는 것이 엄청난 일이기 때문입니다.

맑은 사람과 대화하고 나면 괜히 가슴이 후련해지고 머리가 맑아집니다. 그래서 맑은 사람 주위에는 자꾸 사람이 모입니다. 하루에 열 사람과 전화 통화를 했다면 그 열 사람을 그 순간이라도 정화해 준 것입니다. 맑음만으로도 선善을 베푸는 일이 되는 것이지요.

명상으로 단련하여 맑은 자신을 가지도록 하세요. 자신의 내부에 수정 같은 우주 물질이 가득 채워지도록 하세요. 나의 맑음이 우주의 맑음입니다.

뛰어난 명상의 효과 •

몸이 다 열려서 소통되는 것은 매우 어렵습니다. 처음 명상하러 오시는 분들을 보면 임독맥이 열리신 분은 거의 없어요. 다 막힌 상태에서 오십니다.

다른 곳에서 명상을 많이 하셨다 하더라도 기운이 소통되기가 쉽지 않은데 중단은 거의 막혀 있고, 독맥 부위도 마찬가지입니다. 임맥은 중단이나 승읍, 인중 부위가 잘 막힙니다. 독맥은 대추, 심유, 명문 세 부분이 잘 막히고 회음에서 뒤로 넘어가는 부분도 잘 막힙니다.

그래서 저도 열리기가 참 어렵구나 하는 생각을 하는데, 여기

명상법이 참 좋습니다. 대주천 명상, 독맥 명상[14]을 하시다 보면 생각 이상으로 빠른 시일 내에 열리게 됩니다.

3) 의통 명상법

이상이 있으면 높은 파장이 발산돼

명상에 들어 호흡에 집중하면서 자신의 몸을 가만히 관찰해 보세요. 높은 파장이 발산되는 부분이 있을 것입니다. 이 부분이 이상이 있는 부분입니다. 이상 있는 부위에 높은 파장이 발산되면서 저절로 알아지는 것이지요. 알아냈다면 체조와 명상법으로 이곳을 집중적으로 치료하시면 됩니다.

통증이나 기타 이상이 느껴지는 경우는 본능적으로 알 수 있으므로 굳이 명상으로 확인할 필요가 없습니다.

뇌파를 발사하는 의통 명상법

뇌파란 강력한 것이어서 뇌파를 이용하여 병을 고칠 수 있습니다. 자신의 아픈 부위에 뇌파 즉 파장을 발사하여 치유하는 의통醫

14) 부록에 자세한 명상법 실음.

通 명상이 있습니다. 이 명상을 하다가 의통이 열리면 타인의 병도 고칠 수 있습니다.

아픈 부위는 사람마다 다릅니다. 위장이 아픈 분은 위장으로 파장을 발사하는데, 다른 곳을 거치지 말고 뇌에서 위장으로 바로 파장을 발사하세요. 위장에서 빠져나간 탁기는 용천으로 빼주시고요. 간의 탁기를 내보내기에는 오른쪽 용천이 더 가깝습니다. 좌우 용천을 통해서 내보내고 싶으면 그렇게 하셔도 좋습니다.

머리에 두통이 있고 묵직한 분은, 머리에서 가슴을 거쳐 용천으로 내려 보내세요. 가슴이 답답한 분은 가슴에서 용천으로 내려 보내세요. 허리는 뇌에서 바로 뒤쪽이니까, 허리를 의념하면서 발사하여 뒤쪽 대퇴부를 통해 용천으로 내려 보내세요. 왼쪽 어깨에 통증이 있는 분은 어깨로 바로 파장을 보내어 다리를 거쳐 용천으로 내려 보내세요.

눈이 침침하고 아픈 병이 있다면, 급성일 경우에는 눈으로 바로 발사하고, 만성일 경우에는 눈과 연관이 깊은 간을 치료해 주세요. 귀도 마찬가지입니다. 급성일 경우에는 귀로 바로 발사하고, 해묵은 귓병일 경우에는 귀와 연관된 신장을 치료해 주세요.

코도 마찬가지여서 급성으로 콧물이 많이 나오고 알레르기 때문에 살기 괴롭다 하면 코를 직접 해주시고, 천천히 뿌리를 뽑으려면 폐를 치료해 주세요.

입은 비장, 위장에 해당합니다. 혀는 심장입니다. 혓바늘이 돋고, 백태 끼고, 혀에 열이 많은 증상이 있는 분은 심장을 해주세요. 목구멍, 편도선은 간에 해당합니다.

여러 곳이 복합적으로 아픈 분은 토→금→수→목→화의 순서로 해주세요. 항상 비위장의 기운을 먼저 바로잡아야 합니다. 그 다음에 폐대장, 신장방광…… 이런 순서로 고쳐주세요.

어떤 증상이 너무 심하고 절실하다 싶으면 그 부위부터 고쳐주세요. 몸의 병이 5년, 10년 되면 오장육부가 다 상합니다. 목극토, 토극수, 수극화 이런 식으로 한 바퀴 돌고, 두 바퀴 돌고, 세 바퀴 돌면서 계속 칩니다. 어떤 한 부위만 아프다고 볼 수가 없지요. 이 경우 주 증상이 나타나는 부위부터 먼저 치료하세요. 좀 견딜 만하다, 하지만 몸의 컨디션은 안 좋아진다, 할 때는 토 기운을 받으면서 비위장부터 치료하시고요.

실천10. 하루를 감사한 마음으로 시작하고, 깊은 호흡을 통해 정리하는 습관을 갖는다.

1) 하루를 감사한 마음으로 시작하기

감사하는 이유 •

아름다움을 좋아하는 저는 아름다움을 발견할 때마다 감사함에 눈물이 글썽입니다. 가식을 싫어하는 저는 어린아이와 같은 순수함을 느낄 때 감사함으로 인하여 감전된 듯 온몸이 찌릿해집니다. 진리를 좋아하는 저는 있는 그대로의 사실과 지혜를 발견할 때 감사함으로 전율합니다.

이 모든 것을 가능케 한 모든 이들의 노고에 감사합니다. 귀 밝고, 눈 밝고, 부단히 깨어 있는 자신에 감사합니다. 지금 이 자리에 그들과 함께 존재하고 있음에 감사합니다.

한 분이 명상일기에 [조물주님은 인간이 왜 감사하는 마음을 갖기를 원하시는가? 인간은 왜 감사해야 진화할 수 있는가? 요즘의 제 화두입니다. 이 원리를 확실히 알아야 잘 감사할 수 있을 것 같아서입니다.」라고 썼더군요. 웃었습니다. 그 다음에는 찡하더군요. 생각이 감정을 지배하는 그 분의 특성과 고민이 생각나서입니다.

기운(하단)이 감정(중단)을 지배하고, 감정이 생각(상단)을 지배하는 순서가 조물주님이 인간을 창조하신 구조입니다. 그 분은 거꾸로 살아가자니 얼마나 힘들 것인지요. 좋은 생각을 가지려면 좋은 감정 상태를 유지해야 하고, 좋은 감정 상태를 유지하려면 좋은 기운을 받아야 합니다. 맑은 기운이 맑은 감정을 낳으며, 맑은 감정이 맑은 생각을 낳습니다.

이것이 우리가 호흡을 통해 명상하는 이유입니다. 그래서 머리가 아프면 감정을 지배하는 기분을 바꾸어야 하며, 가슴이 답답하고 꿀꿀하면 기운을 바꾸어야 합니다.

기분을 바꾸는 방법은 수없이 많습니다. 기분을 나쁘게 하는 방법을 거꾸로 하면 되는 것이지요. 기운을 바꾸는 방법도 수없이 많습니다. 탁해지는 방법을 거꾸로 하면 되는 것이지요.

반반 중에서 감사함을 끄집어내야 •

인간은 원래 반반입니다. 반은 동물, 반은 신입니다. 동물의 속성과 신성을 같이 가지고 있는 것이지요. 한 사람이 여러 가지 면을 한꺼번에 가지고 있는데, 그 중에서 어떤 점을 끌어내면 그 사람을 사랑하게 되고, 어떤 점을 끌어내면 그 사람을 미워하게 된다는 얘기입니다.

그래서 '선善'이라는 것은 가운데 자리인 중용에서 약간 긍정적인 방향으로 가는 것이라고 말씀드렸습니다.

반반 중에서 자신이 감사하는 것을 끄집어내야 합니다. 감사함을 끄집어내면 본인이 행복하고 편안하고 맑고 밝고 따뜻해질 수가 있는데, 모두 같이 있는 데서 감사함을 찾아내지 못하고 원망을 찾아내어 '하느님 왜 나를 이렇게 만드셨습니까?', '부모님 나를 공부도 못 시킬거면서 왜 낳으셨습니까?' 한다면 계속 퇴화할 수밖에 없습니다. 그 선택이 별로 먼 데 있지 않다는 것이지요. 아주 가까이에 있습니다.

감사, 엔도르핀보다 수천만 배 강력한 치료제 •

황진이 선인의 몸에서 향내가 났다고 합니다. 선향仙香이라고, 명상하는 사람에게서 나오는 향이라고 합니다. 명상에 들어 무심無心으로 들어가면 엔도르핀의 수천만 배인 그런 파장이 나온다는 것이지요. 그걸로 인해서 병도 고칠 수 있다는 얘기입니다.

반대로 좋지 않은 파장, 미움, 원망, 갈등, 이런 것은 엔도르핀의 정반대입니다. 독약의 수십만 배 되는 강력한 독을 내뿜는다고 합니다. 마음의 조화에서 약도 나오고 독도 나오는 것이지요.

그러니 마음이 얼마나 무서운 것인가요? 마음의 힘이 어떻다는 것을 저는 알거든요. 마음으로 다 되는 것입니다. 그러니까 이제 마음을 고쳐보세요.

명상마을에 계시는 분 중에 계속되는 질병으로 인해 마음이 어둡고 무거운 분이 계십니다. 하지만 아픈 몸으로도 명상을 할 수 있고, 더구나 명상마을에서 지낼 수 있다는 혜택이 너무나 고맙고 즐겁다고 생각한다면 순간에 좋아질 수 있습니다.

그간의 어두웠던 마음을 걷어버리고 밝고, 가볍고, 감사한 마음으로 살아가시기 바랍니다. 황진이 선인의 말씀에 나오는 엔도르핀보다 수천만 배 강력한 효력이 있는 ☆☆☆의 존재를 믿고 스스로 생성하게 되시기 바랍니다.

이 물질의 생성은 원망하는 마음을 버리고 매 순간 감사하는 마음을 지니는 것만으로 가능한 일입니다.

아침이 하루를 좌우한다 •

새해가 되면 첫날 마음가짐이 어떠한가에 따라 한 해 전체에 영향을 미칩니다. 새해 첫날은 각별한 의미가 있는 날입니다. 그 날의 기분이 일 년을 좌우하기 때문에 새해 첫날을 어떻게 보내느냐에 따라서 그 기운이 쭉 지속되는 것이지요.

하루의 기운도 마찬가지입니다. 그 날 아침에 눈뜨자마자 결정됩니다. 아침에 눈을 뜨고 일어나서 무슨 생각을 했고 무슨 일을 했는가 하는 것이 하루를 끌고 가는 것이지요. 또 한 달의 운도 마찬가지로 그 달의 첫날, 눈뜨고 일어나면서 무슨 생각을 하고 무얼 했느냐에 따라 좌우됩니다. 그렇게 처음을 어떻게 시작하느냐가 중요한 것입니다.

2) 면역력을 길러주는 단전호흡

우주기와 면역력

a) 지기, 천기, 우주기

기운은 맑고 탁함에 따라 정기와 탁기로 나눈다고 말씀드렸는데, 어디서 오는 기운이냐에 따라서는 지기地氣, 천기天氣, 우주기宇宙氣로 나눌 수 있습니다.

지기地氣는 지구에서 나오는 기운입니다. 인간이 지구에서 생활함에 있어 반드시 필요한 기운입니다. 지구에서 존재하는 한 지기에서 벗어날 수 없으며, 지기 없이는 살아갈 수 없습니다. 살아 있는 한 30% 정도는 지기를 받아야 하지요.

지기는 상당히 강렬합니다. 그래서 지기를 받으면 힘 있고 든든한 느낌이 듭니다. 몸에 힘을 기르는 데는 지기 이상 좋은 게 없습니다.

하지만 문제점은 지기가 많이 오염되어 있어 맑지 않다는 것입니다. 지기의 질이 많이 떨어졌을 뿐만 아니라 너무 오염되어 있습니다. 현대인들이 힘들어하는 것도 좋은 지기가 충당이 안 되기 때문입니다. 영양 결핍의 지기를 계속 마시기에 힘들 수밖에 없는 것이지요.

명상을 하실 때도 선별하지 않은 상태에서 마구잡이로 오는 지기로 축기하지는 말라고 당부드립니다.

천기天氣는 지구가 속한 태양계에서 나오는 기운입니다. 지구가 속한 태양계의 목화토금수, 목성, 화성, 토성, 금성, 수성, 이런 오행의 기운을 일컫는 것입니다. 지기와 우주기의 중간에 위치하고 있는 기운입니다.

천기는 감미로운 봄바람 같은 기운입니다. 착착 감기고 따뜻하고 편안하게 해줍니다. 마음을 깨우고 사랑을 피우는 기운입니다.

축기는 지기로도 할 수 있지만, 혈과 경락을 여는 것은 천기 이상의 기운으로만 가능합니다. 어떤 회원님이 말씀하시기를, 전에 다른 곳에서 명상할 때 기운이 많이 축기가 되어도 계속 중단이 막히고 독맥이 답답한 한계를 느꼈다고 하더군요. 그 이유는 기운의 질이 그다지 높지 않아서입니다. 혈을 열 수 있는 기운이 아니라서 그런 것이지요.

혈을 여는 것은 고도로 정화된 기운입니다. 몸의 혈은 기운으로 세차게 퍼붓는다고 해서 열리는 게 아니라 정화된 기운이어야 열리는 것입니다. 맑은 기운이어야만 먼지 쌓인 것을 닦아내고 막힌 혈을 열 수 있습니다. 전에 다른 곳에서 명상을 많이 하고 오신 분들을 보면 십중팔구 임독맥이 막혀 있습니다. 지기를 받았기 때문이지요.

우주기宇宙氣는 무한한 우주에서 내려오는 기운입니다. 구체적으로 말하면 우주의 레벨에 속한 별들, 북극성과 북두칠성의 3성과 4성, 헤로도토스 등의 진화된 별, 그리고 우주의 정점에 있는 기氣적인 공간에서 내려오는 기운입니다.

우주기를 받아들일 때의 느낌은 시원합니다. 각성시킬 때 서늘하지요? 정신이 번쩍 나게 하는 시원하고 서늘한 기운입니다.

우주기는 영靈을 깨우고 영력을 키우는 기운입니다. 그러기에 깨달음을 얻으려면 우주기가 반드시 필요합니다. 또한 우주기는 면역력과 직결되는 상화相火의 기운이기도 합니다.

전에 우주기가 와 닿기 어렵다는 말씀을 드렸지요? 지기나 천기에 많이 길들여져 있는 상태에서는 우주기가 와 닿기가 어렵습니다. 그래서 우리 명상에는 기변법氣變法이라는 과정이 있습니다. 지기, 천기, 우주기를 다 받을 수 있는 기반을 조성하는 과정이지요.

[편집자 주]

지기, 천기, 우주기의 청탁

기운을 맑고 탁함에 따라 정기精氣와 탁기濁氣로 구분한다면, 어디서 오는 기운이냐에 따라서는 지기地氣, 천기天氣, 우주기宇宙氣로 구분한다. 양자의 관계를 표로 정리하면 아래와 같다.

	지기 (지구에서 나오는 기운)	**천기** (지구의 태양계에 존재하는 기운)	**우주기** (우주에서 내려오는 기운)
정기	맑은 지기 : 오염되지 않은 청정 자연의 기운	맑은 천기	우주기는 절대적으로 맑은 기운으로서 모두 정기이다.
탁기	오염된 지기 : 공해나 인간 거주로 인해 오염된 자연의 기운	오염된 천기 : 금성, 수성, 태양 등에 자외선 같은 오염 물질이 많기 때문	×
인간에게 미치는 영향	• 힘을 길러 준다 • 욕심이 생기게 한다 • 생육하고 번식하게 한다	• 사랑을 꽃피운다 • 따뜻하고 편안하게 해 준다 • 혈을 열고 병을 치료하는 데 좋다	• 마음을 비워준다 • 상화(相火)의 기운으로서 면역력을 높여준다. • 영을 깨우고 지혜를 기르는 데 좋다

b) 우주기와의 연결 고리가 끊어지면

얼마 전 호주로 여행을 다녀왔는데, 남반구의 오존층이 많이 파괴되어 천기 면에서 취약한 상태에 있더군요. 산소가 결핍되어 몸도 많이 나른하고요. 산소량이 부족한데 어떻게 건강을 유지할 수 있을지 걱정되었습니다.

생물체가 유지되는 것은 산소 때문입니다. 모든 생물체는 산소와 이산화탄소로 유지됩니다. 동물은 산소를 들이마시고 이산화탄소를 내보내는 작용으로, 또 식물은 반대로 이산화탄소를 들이마시고 산소를 내보내는 작용으로 생명을 유지합니다. 그런데 호주는 산소량이 극도로 적어서 그런 면에서 취약했습니다. 그래서 건강을 유지하기가 어려운 상황이었고요.

건강을 유지하려면 운동이나 도인법을 통해서 몸의 경락과 혈을 여는 게 필요합니다. 하지만 완전히 건강해지려면 자신의 경락이 모두 천기화天氣化 되어야 합니다.

내경, 외경 이런 말씀을 드렸었지요? 몸에만 경락이 있는 게 아니라 우주에도 경락이 있습니다. 내경內經이 몸 안의 기경팔맥이라면, 외경外經은 우주의 기가 흐르는 경락입니다. 우주의 기가 흐르는 외경과 연결이 되어야만 인간은 어느 정도 건강을 찾을 수 있습니다.

몸에 병이 왜 생기는가 하면 우주기와의 연결고리가 떨어졌기 때문입니다. 이런저런 이유로 너무 몰두해서 땅만 바라보거나 너무 인간관계에 몰두하거나 하면 우주기와의 연결고리가 떨어집니다.

아무리 운동을 많이 하고 또 편안한 마음을 가진다 하더라도 우주기와 우리 몸이 연결되지 않으면 완전한 건강은 얻기 어렵습니다. 왜냐하면 인간은 원래 우주의 축소판이기 때문입니다. 우주의 축소판이기 때문에 원래의 기운을 찾아야만 건강을 회복할 수 있습니다. 병이 오고, 하나를 극복하면 새로운 병이 또 오고…… 이러는 것은 자체 내의 기운이 한계에 다다랐기 때문이지요.

똑같은 병균이나 세균이 온다 하더라도 어떤 사람은 병에 걸리고 어떤 사람은 건강한 것은 자체 내의 면역력에 달려있습니다. 그러한 면역력을 좌우하는 것이 상화相火의 기운인데, 곧 우주기를 이르는 것입니다.

c) 우주기와 연결된 단전호흡

명상을 하는 우리는 웰빙을 하는 사람들입니다. 웰빙well-being은 '잘 있다'는 뜻입니다. 잘 있다……. 어떻게 잘 있느냐? 마음이 편해야 하고, 몸이 건강해야 하고, 정신은 맑아야 합니다. 그것이 웰빙입니다.

마음과 정신은 다릅니다. 마음은 가슴에 있고 정신 즉 생각은 머리에 있습니다. 생각은 맑아야 하고, 마음은 편안해야 하고, 몸은 건강해야 합니다. 그것이 웰빙입니다.

웰빙을 하는데 어떤 방법으로 하는가? 호흡을 통해서 합니다. 어떤 호흡인가? 깊은 호흡입니다. 맑고 청량한 우주기로 하는 호흡입니다. 우주기는 어떤 기운인가? 깨달을 수 있는 기운이고 비워지는 기운입니다. 면역력을 좌우하는 상화의 기운입니다.

우리는 그렇게 우주의 기운으로 하는 깊은 호흡으로 웰빙을 합니다. 호흡을 통해 몸의 건강을 도모하고, 마음을 편안하게 하고, 정신을 맑게 합니다.

d) 요가와 어떻게 다른가?

'웰빙하면 요가' 이렇게 떠올리는데 요가에서 단전호흡을 하지는 않습니다. 챠크라라고 해서 우리 몸에 신성을 깨우는 일곱 부분이 있다는 건 알지만, 그 중 하나가 단전이라고 말할 뿐 단전이 크게 중요하다는 걸 모릅니다. 그래서 기운을 어디에 가두지를 않습니다.

요가가 제일 중요하게 여기는 것은 기운의 흐름을 막히지 않게 자연스럽게 흐르게 하는 것입니다. 기운의 유통, 자연스러운 흐름, 막히지 않는 흐름을 중요시합니다. 그렇게 하면 편안해지니까 거기에만 관심을 갖습니다. 뭘 해보려고 하지는 않지요. '단전을 통해서 우주로 가겠다' 이런 생각이 없기 때문에 단전에 대한 개념은 없습니다.

요가는 복식호흡을 합니다. 가슴에서 하는 호흡은 얕은 호흡이지만, 깊이 호흡을 하다 보면 복식호흡을 하게 됩니다.

그런데 기운을 가두지 않으면 뭘 해볼 수는 없습니다. 어딘가에 가둬야만 동력이 될 수 있고 에너지가 될 수 있거든요. 기운을 모아 뭔가 해보겠다 할 때는 기운의 저수지인 단전이 필요합니다.

단전호흡이란? •

a) 단전호흡이란?

단전호흡이란 정확히 배꼽 아래 단전으로 호흡하는 것을 말합니다. 다른 곳에서 명상을 배우신 분들 중에서 더러 흉식호흡이나 복식호흡을 하는 분이 계신데, 그렇게 하면 명상의 끝이 길지가 않아서 어느 정도까지 가면 더 이상 진전이 없습니다. 그러니 반드시 단전호흡을 해주시기 바랍니다.

단전이라는 곳은 '가운데'에 있습니다. 좌우로 가운데 있을 뿐만 아니라 상중하에서도 정확히 가운데 있습니다. 단전은 그 자체로 우주인데, 우주는 좌우로도 상중하로도 치우치지 않는 가운데 자리입니다. 너무 높지도 너무 낮지도 않고, 좌측으로 기울지도 우측으로 기울지도 않는 가장 보편적인 감정, 보편적인 진리를 상징하는 것이지요.

정확한 단전의 위치는 사람마다 다릅니다. 몸 내부적으로는 백회에서 회음까지 관통하는 중맥의 깊이입니다. 명문혈과 관원혈의 중간이 단전 부위입니다. 여자를 기준으로 보면 자궁과 방광 사이에 있습니다.

가끔 보면 배의 겉부분에 단전이 심어지는 분도 계십니다. 자꾸 의식으로 내리세요. 단전은 배꼽 아래 겉부위가 아니라 안쪽으로 깊이 들어간 부위입니다.

단전의 높이와 깊이

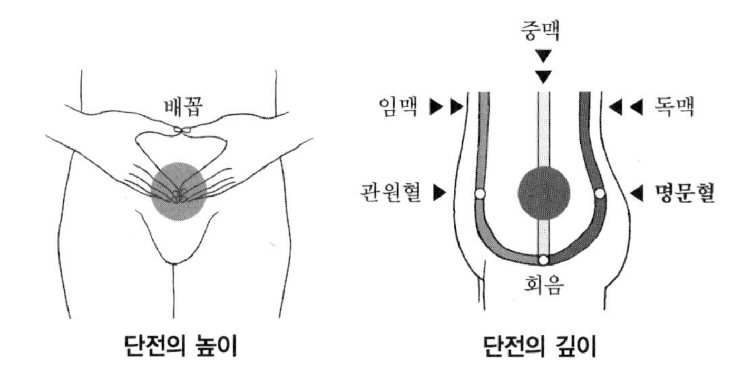

단전의 높이　　　　단전의 깊이

- 단전의 높이 : 배꼽에서 양손의 엄지손가락 끝을 가로로 마주 대고, 나머지 손가락을 자연스럽게 모아 역삼각형을 만들면, 검지와 중지 사이에 생기는 마름모꼴의 지점이다.
- 단전의 깊이 : 관원혈과 명문혈 사이, 중맥의 깊이이다.

b) 단전은 기운의 저수지

단전은 저수지입니다. 항상 어딘가로부터 모이는 곳이 저수지잖아요? 단전도 기운의 저수지이기 때문에 배를 들락날락 안 해도 그냥 기운이 모입니다. 다 열리면 피부나 혈로 기운이 들어와서 자연스레 모이는 곳이 단전입니다.

헌데 물은 졸졸 돌아다니면 힘이 되지 않습니다. 어딘가에 가둬야만 동력이 될 수 있고 에너지가 될 수 있는 것이지요. 힘은 집중하는 데서 나오고, 집중을 하려면 집중의 구심점이 있어야 합니다. 그것이 단전이 필요한 이유입니다.

그런데 축기를 하려면 비어 있어야 합니다. 텅 비어 있을 때 가장 축기가 잘 되거든요. 단전은 항아리 모양으로 생겼는데, 그 속이 텅 비어 있을 때 제일 집중이 잘 되고 축기가 잘 되는 것이지요.

c) 호흡은 풀무질과 같다

가만히 있어도 기운이 모인다면 호흡은 왜 하는가? 풀무질을 하는 것입니다. 빨리 모이라고 기운을 활성화하는 것입니다. 가만히 있어서 모이는 것보다 호흡을 하면 기운이 빨리 모입니다.

분명히 코로 호흡을 하는데 기운은 폐 끝이 아니라 단전으로 모입니다. 코로 호흡하니까 기운이 폐로 들어와야 할 것 같은데 넘어서서 단전까지 옵니다. 온 몸의 혈을 통해 기운이 들어와서 단전에 모이는 것이지요. 그러니까 우리가 코로 호흡하는 게 아닙니다.

단전에 기운이 저절로 모이니까 단전에 의식을 안 둘 때가 있지요? 그러면 생각이 달아납니다. 생각이 달아나지 않도록 호흡하는 일에 열중해 주세요. 호흡에 집중하지 않고도 생각이 달아나지 않을 정도가 되려면 굉장히 오래 걸립니다.

풀무질을 하다가 안 하면 불꽃이 사그라지는 것과 마찬가지입니다. 잠시 의식을 안 두어서 사그라졌다면 제자리로 돌아가서 불을 때십시오.

d) 겨자씨만 한 씨를 심어

단전은 기운 주머니인데 처음에는 크기가 자궁만 합니다. 주먹만 한 크기입니다.

호흡을 하면 그 주머니에 겨자씨만 한 씨가 생깁니다. 그리고 계속 호흡을 하면 이 씨앗이 착상을 합니다. 정자와 난자가 만나서 자궁 안에 착상을 하듯이 자리를 잡는 것이지요. 착상을 하면 단전 벽에 씨가 심어지고 그게 점점 자라면서 커집니다. 아기가 자라면 자궁이 커지는 것과 같습니다.

3개월, 6개월, 1년…… 계속 단전호흡을 하면 단전이 살구 크기 정도까지 자랍니다. 아주 열심히 했다 하더라도 그렇게 크지는 않습니다.

처음부터 단전을 너무 크게 생각하는 경향이 있는데 아주 작다고 생각하세요. 내가 지금 단전에 씨를 뿌렸다…… 씨를 뿌리면 우선 땅에 자리를 잡아야 되잖아요?

아기를 가진 것처럼, 착상시켜 키우는 마음으로, 단전을 키우시면 좋겠습니다. 처음부터 큰 아이가 뱃속에 들어가 있는 것이 아니지요. 열 달이 지나야 아이가 다 자라서 나오게 됩니다. 마찬가지로 단전도 점차 호흡을 한 만큼 커집니다. 나중에 축구공만큼 커지면 믿을 만한 상태라고 말씀드릴 수 있으나, 숨 좀 쉰다고 해서 처음부터 축구공만 하지는 않습니다.

배우는 분이 마음이 급하거나, 지도하는 분이 급하게 유도하거나 해서 미처 단전이 자리 잡기도 전에 기운을 돌리는 경우가 많더군요. 조금 호흡하다가 벌써 운기하고 혈을 열고 하면서 마음이 바쁩니다.

다른 곳에서 10년 이상 호흡수련을 한 분도 계십니다. '나는 단전호흡을 10년 이상 했기 때문에 단전이 어느 정도 클 것이다' 하고 자신만만해 합니다. 그런데 살펴보면 단전이 제대로 형성되어 있지 않습니다. 미처 충분히 크기도 전에 성급하게 단전을 활용하려 했기 때문입니다. 본인의 과오가 아니라 잘못 지도를 받았기 때문이지요.

그러니 단전이 생겨서 자리를 잡을 때까지는, 크기가 살구 정도라도 될 때까지는 기운이 오가는 것에는 일절 신경을 쓰지 마세요. 단전을 채우는 일에만 열중하시면 됩니다.

e) 단전은 크기보다 내력이다

단전은 마냥 크다고 좋은 것이 아니라, 처음에는 작은 것이 좋습니다. 작은 겨자씨만 한 것에서부터 차근차근 다져지면서 커지는 것이 좋아요.

내력이 다져진 다음에 커지는 것이 순서입니다. 단전이 커야 좋다고 생각해서 키우려고만 하다 보면 마치 풍선처럼 충실해지지 못하고 부실해집니다. 기운이 응집되면 광물질 같은 상태가 되는데 그렇게 커져야 힘을 발휘합니다. 초기에는 단전을 무리해서 키우려고 애쓰지 마시고, 차곡차곡 키운다는 마음으로 하시는 것이 좋습니다.

f) 빵빵하게 축기가 되면

축기는 호흡수련의 시작이자 끝입니다. 건강이든 능력이든 돈이든 기운이 장해야 끌어올 수 있습니다. 기운이 약하면 놓칩니다. 그러니 우선 양질의 기운을 가져와서 빵빵하게 축기를 하세요. 일단은 강해야 합니다. 무언가 있어야 찾아 먹을 수 있습니다.

단전이 빵빵하면 의욕이 생깁니다. 아침에 일어나면 아이디어가 떠오르고 의욕이 샘솟습니다. 그게 축기 100점일 때의 상태입니다. 99점일 때도 그렇지 못한데 100점을 넘으면 그때부터 매일 아침에 눈 뜨면 기분이 상쾌하고, 빵빵하고, 의욕이 샘솟습니다.

똑같은 말도 단전이 빵빵하면 즐겁게 노랫소리로 들리고 단전이 시원찮으면 짜증 나게 들립니다. 자기 탓입니다. 닥쳐오는 일이 너무 많은데, 내가 피곤하고 탁기가 많으면 신경질이 납니다. 단전에 기운이 빠지면 마음이 인색하고 가난해지는 것입니다. 반대로 단전이 빵빵하면 '무겁고 힘든 자여 내게로 오라, 내가 해결해 줄 테니' 하는 너그러운 마음이 생깁니다.

축기되는 순서를 보면 우선 하단, 중단, 상단에 축기가 됩니다. 상중하 단전은 모두 하나로 연결되어 있어서 윗저수지에 물이 고이면 저절로 내리흐르는 것처럼 차오릅니다. 그 다음에는 근육, 오장육부, 뇌 속, 뼛속, 골수까지 다 축기가 됩니다.

g) 혈은 꽃이 피듯이 열린다

우리 명상은 호흡과 의식이 같이 가는 것입니다. 마음이 굉장히 중요하지만 마음으로 깨달으려면 너무 힘듭니다. 몸이 갖춰진 다음에 마음이 따라와야지, 마음이 갖춰진 다음에 몸이 따라오는 것은 힘듭니다.

몸이 갖춰져서 하단에서 축기가 되고, 기운이 차 올라오면, 꽃이 피듯이 혈이 열립니다. 안에서 힘이 뻗어 나와 기운의 힘으로 꽃이 피는 것입니다. 꽃이 바람 분다고 피는 것이 아니듯 바깥에서는 아무리 혈을 열어도 소용이 없습니다. 작은 도움은 될 수 있겠지만 결국 꽃은 안에서 피어나오는 것이지요.

기운의 힘으로 하단에서부터 축기가 되고, 하단의 이쪽저쪽 혈들이 모두 열리고, 중단이 열리고, 상단까지 차오르면, 잃어버렸던 감각이 다 살아나면서 깨달음이 옵니다. 상단이 터지면서 깨달음이 오는 것이지요.

깨달음은 기적인 현상입니다. 기운으로 몸이 충만하고 혈이 다 열리면 기운의 힘으로 깨달음이 저절로 옵니다. 몸이 갖춰지면 오지 말라고 해도 오는 것이 깨달음입니다. 꽃은 뿌리에서부터 핍니다. 필 수 있는 조건을 갖추면 핍니다. 그러기 전에는 어떤 현상이 나타나도 일시적인 것이고 허상입니다.

단전호흡의 방법 •

a) 단전호흡법 : 와공臥功

와공臥功은 기운 소비가 가장 적은 수련법으로서, 자체 내에서 가동을 시켜 축기하는 방법입니다. 단전을 자리 잡게 하는 데 좋은 방법이며 단전호흡을 처음 시작한 분은 100일 동안 매일 이 와공을 하면서 단전을 자리 잡는 것이 좋습니다.

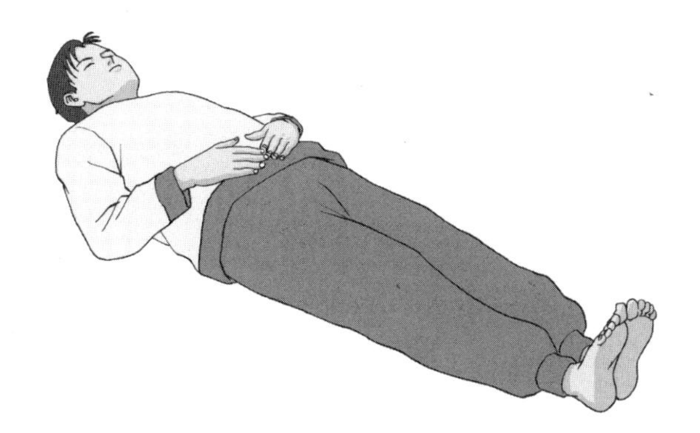

① 가급적 바닥에 고루 닿도록 눕습니다. 바닥은 약간 딱딱한 곳이 좋습니다. 맨 바닥에 담요 한 장 정도가 좋으며 이불을 깐 상태는 부적합합니다. 베개는 베지 않는 것이 좋고 가벼이 머리를 눕힙니다. 정 불편하면 얇은 책을 한 권 정도 베도록 합니다.

② 누운 상태에서 양 엄지발가락을 서로 붙이고 손은 가볍게 단전에 올려놓습니다. 온 몸을 이완하되 의식으로 항문을 조여 기氣가 새나가지 않도록 합니다.

③ 아랫배 단전을 오르락내리락 하며 단전호흡을 시작합니다. 숨을 들이쉬면서 단전 부위를 부풀리고 숨을 내쉬면서 꺼뜨립니다. 배 전체에 힘을 주지 말고 단전 부위만 힘을 가하는 것이 요령입니다.

④ 호흡의 비결은 '날숨'에 있습니다. 내 몸에 있는 나쁘고 탁한 기운, 잡생각들을 충분히 다 내보내면 비워진 상태에서 반동으로 맑은 기운이 들어옵니다. 아주 원 없이 길게 날숨을 하세요. 그리고 들이쉴 때는 온 우주를 들이쉰다고 생각하면서 깊이 들이쉬세요.

⑤ 처음 호흡을 할 때에는 몸과 마음을 비워내기 위해 날숨과 들숨을 7:3 정도로 약간 길게 하되, 차츰 날숨과 들숨의 비율을 고르게 5:5가 되도록 조절하세요.

⑥ 숨을 멈추는 지식止息은 기운을 정체시키고 몸에 무리를 주므로 하지 않는 것이 좋습니다. 호흡 길이도 자신이 할 수 있는 만큼만 하면 됩니다.

b) 단전호흡법 : 좌공坐功

좌공坐功은 집중하고 천기나 우주기로 축기하는 데 좋은 자세입니다. 앉는 자세에 따라 반가부좌와 결가부좌가 있습니다.

명상할 때 앉아있는 자세를 보면 비뚤어져 있는 분들이 많습니다. 본래 반가부좌는 자세를 바로잡기 위해 하는 것입니다. 앉았을 때 한쪽 어깨가 올라와 있다 하면, 올라와 있는 그쪽 다리를 올려주는 것입니다. 자세가 비뚤어져서 왼쪽 어깨가 올라와 있다 하면 왼쪽 다리를 올려주는 것입니다. 자기 스스로는 잘 보지 못하니까 옆 사람이 자세를 봐주면 좋습니다. 편안하게 앉아있을 때 어깨를 봐주고, 올라온 어깨를 바로잡아 주면 됩니다.

① 반가부좌나 결가부좌를 하고 척추를 꼿꼿이 펴고 앉습니다. 백회와 회음이 일직선이 되도록 상체를 세우고 고개는 5도 정도 위로 향합니다. 이 때 머리를 앞으로 빼거나 숙이지 않아야 합니다. 정면을 향하여 곧고 바르게 앉아주세요.

② 왼손 엄지손가락이 위로 가도록 양손을 깍지 끼고 단전에 편안하게 붙입니다. 깍지 낀 자세는 기운이 새어 나가는 틈이 없는 자세입니다. 이런 자세를 취하면 단전으로 기운이 모입니다.

③ 어깨는 펴고, 입은 다물고, 혀는 입천장에 붙여도 되고 안 붙여도 되나 붙이는 게 좋으면 붙이세요.

④ 기운을 받고자 하면 호흡을 강하게 하시고, 기운을 받기보다는 파장을 가라앉히고 고요해지고 싶으시다면 천천히 길게 들이쉬고 내쉬세요.

[편집자 주]

반가부좌 자세

좌우 불균형이 없는 경우에는 왼쪽이 양이므로 왼 발이 위로 가도록 하여 앉는다. 이 때 오른쪽 발바닥을 왼쪽 허벅지에 붙게 하고, 왼쪽 발등은 오른 허벅지와 붙게 하여 몸 안의 기운이 밖으로 새나가지 않도록 한다.

왼발을 허벅지까지 완전히 올리는 것이 어려우면 조금 내려서 정강이 부근에 걸친다. 그리고 왼 발과 오른 발을 교대로 위로 올라가도록 하여 균형을 잡는다.

c) 명상 자세의 중요성

'하늘과 땅 사이에 기둥을 세우라'는 말씀을 드린 적이 있습니다. 그것이 공工입니다. 공工은 하늘과 땅을 연결해 주는 것인데, 하늘과 땅을 연결하려는 노력이 바로 공부입니다. 우리 몸에도 그렇게 공工을 세워야 합니다.

천목[15]을 가로지르고, 중맥[16]을 통해서 세로로 위와 아래를 연결하고, 골반을 통해 가로질러서 공工을 세우는 것이지요. 이것을 제대로 세워야 잘 된 자세입니다. 그동안 호흡에 대해 많이 강조해서 수련생들이 다 안다고 생각했던 부분인데, 오래된 회원들도 자세가 비뚤어진 분들이 많으시더군요.

집 지을 때 주춧돌을 바로 놓고 기둥을 똑바로 세우고 서까래를 걸어야 집이 잘 올라갑니다. 주춧돌과 서까래가 비뚤어졌는데 거기다 기둥을 세우면 그 집이 무너지지 않습니까? 마찬가지로 자세가 굉장히 중요합니다.

명상할 때 앉는 자세는 결가부좌가 가장 좋습니다. 허리를 곧게 세우는 것이 중요합니다. 가슴은 약간 앞으로 나오게, 턱은 약간 위로, 척추는 곧게 세워 허리를 똑바로 펴고 앉는 것이지요.

땅바닥에 닿는 부분은 엉덩이의 뾰족한 부분인 꼬리뼈가 닿는 것이 아니라 회음이 닿아야 합니다. 항문하고 생식기 가운데 부분이 회음이죠. 회음이 바닥에 닿는 것이 가장 정확히 앉는 방법입

15) 인체의 뇌 속에 있으며 백회혈과 눈의 교차선상에 위치한 혈穴이다.
16) 백회에서 천목을 거쳐 중단 안쪽, 단전 안쪽까지 일직선으로 관통하는 맥으로 인체의 정중앙을 흐르는 맥이다.

니다. 이렇게 주춧돌을 잘 놓고 나서 똑바로 앉아야 기둥이니 서까래가 제대로 서는 것입니다.

제대로 앉기만 하면 벌써 명상의 반을 하는 거예요. 자세가 바르지 않으면 건설이 안 되는 것입니다. 제일 중요한 것은 자세입니다.

d) 명상할 때 앉는 자세

명상할 때 앉는 자세는 가부좌 또는 반가부좌를 원칙으로 하고 있으나 이 자세가 골반을 비틀리게 하여 만병의 근원이라고 주장하는 이들도 있습니다. 또 한편으로는 다리를 꼬는 자세가 근육을 역근하여 오히려 근육의 발달에 좋다고 주장하는 이도 있습니다. 어떤 주장이 맞는지요? 만일 가부좌 등이 장점에 비하여 단점이 많다면 명상할 때 자세는 어찌해야 되는지요?

수련생들의 명상할 때 앉는 자세는 가부좌나 반가부좌를 떠나 척추를 바로 세우고 바로 앉는 것이 가장 중요합니다. 백회, 중단, 단전, 회음의 축을 세워 단전의 한가운데 중심에 우주기운이 꽂히게 하는 것이 중요한 것이지요. 자신의 중심축과 우주의 중심축의 초점이 일치되어 축기가 되고 나면 가부좌 혹은 결가부좌로 인해 골반이 비틀리게 되어 만병의 근원이 된다는 주장과는 전혀 무관하게 되는 것입니다. 골반이 비틀어지게 되는 이유는 명상할 때 바른 자세를 취하지 않기 때문입니다.

또 명상할 때 다리를 꼬는 자세는 근육의 발달에 좋다기보다 근육을 쉬게 하는 의미가 더 큽니다. 수련 시 팔, 다리, 어깨, 그리고 얼굴 등 모든 부분에 힘을 빼고 긴장을 풀고 가장 편안한 자세에서 척추를 세우는 것이기에 근육의 발달과는 무관한 것이지요.

단 척추를 세우고 앉는 데 있어서 결가부좌의 자세로 앉는 것이 무리가 오는 경우, 반가부좌 자세로 앉되 왼쪽과 오른쪽을 번갈아 가면서 앉도록 하여 불균형이 강화되지 않도록 하는 것이 좋습니다.

결가부좌 자세를 취해 회음이 바닥에 닿도록 하는 것이 호흡자세로는 최상이라 하나, 무리하게 자세를 취해 계속 다리에 신경이 쓰이게 하지는 마시고요. 오히려 척추를 반듯하게 세워 자신의 단전을 의념하고, 자신의 단전의 중심과 우주의 중심의 축을 바로 일치시키려는 노력을 강화시켜 잡념이 일지 않는 상태에서 집중하는 힘을 기르는 것이 바람직합니다.

모든 자세 명상은 이러한 우주와 일치되는 상태에 이르게 하고 머무르게 하는 방편입니다. 우주의 중심축에서 흐르는 정수는 치우치지 않는 몸과 마음의 바른 자세 가운데 백회, 중단, 그리고 단전으로 관통하며 흐르는 것입니다.

e) 단전에 집중하기

명상의 자세가 중요하다는 말씀을 드렸는데, 그 다음으로 중요한 것이 단전에 집중을 두는 것입니다.

날숨을 쉴 때는 의식을 날숨에 두고, 들숨을 쉴 때는 의식을 들숨에 두어야 합니다. 다만 이것은 상당히 훈련이 된 다음에 가능한 것이라서 처음에는 잘 안 됩니다. 그러므로 처음에는 호흡에 의식을 싣기보다 한 점에 고정되게 의식을 집중하면서 숨 쉬는 일에만 신경을 써야 합니다.

단전에 집중이 잘 안 되면 하단 축기법에서 가르쳐 드린 것처럼 단전에 가운데 손가락을 대고 호흡하는 것도 좋은 방법입니다. 가운데 손가락 끝은 수지침에서 보면 백회인데, 백회와 단전이 일직선으로 닿으면 상당히 좋은 효과를 보는 것이지요. 기운이 새나가는 부분이 없는 것입니다.

단전에만 의식을 집중하기 위해서는 역시 자세를 바르게 하는 것이 중요합니다. 결가부좌 자세는 구속을 시키는 자세이기 때문에 신경이 흐트러지지 않아서 집중하기에 좋습니다.

예전에는 정신을 집중할 수만 있으면 반가부좌 자세도 좋다고 했으나, 명상을 지도하다 보니 집중이 굉장히 힘든 과제여서 차라리 구속하는 자세인 결가부좌가 더 낫다고 생각한 것입니다. 그러나 명상이 진전되어 집중의 정도가 일정 수준에 달하면 몸을 구속하는 자세가 아닌 자연스럽고 편안한 자세에서 명상이 더욱 잘 됩니다.

f) 단전호흡의 요령

단전호흡 할 때의 요령은 '단전 외의 부분은 없다' 라고 생각하는 것입니다. 오직 단전만 있는데 '단전이 중심이다' 라고 생각하세요.

호흡을 하면서 어떤 의념을 같이 해야 하나요? 예를 들면 우주의 기운이 들어오고 있다거나 하는 상상을 해야 하나요?

의식을 단전에 두고 숨 쉬는 일에만 열중하세요. 단전으로 들이쉬고 내쉬는 일을 아주 정성스럽게 하세요. 아무것도 하지 않으면서 숨만 쉬는 것이 가장 빠른 길입니다. 다른 것을 상상하지 마세요.

집중할 수만 있다면 참 쉬운데 호흡하다가 자꾸 생각을 놓칩니다. 생각이 다른 데로 갑니다. 그러니 다른 생각을 하지 말고, 아예 동물처럼 들이쉬고 내쉬는 데만 의식을 집중하십시오.

집중이라는 것은 정확하게 어떤 시점에 어느 한곳에 기운을 모으는 것입니다. 아무 생각 없이 그냥 무심으로 호흡하는 것이 좋다는 말도 있는데, 초보자가 그렇게 하면 생각이 자꾸 달아나서 잡념만 하다가 호흡을 마치게 됩니다.

중급 단계에 올라가면 집중을 하기 위해 호흡과 의식을 같이 묶어 기를 보내고, 팔문원을 돌리고 하는 훈련을 합니다. 하지만 초급 단계에서는 호흡과 축기만 하시면 됩니다.

저는 경추에 통증이 있는데 경추로 기운을 보내도 됩니까?

기운을 이리저리 보내고 몸에 퍼지는 것을 즐기기도 하는데, 처음에는 내 몸에 단전만 있다 생각하면서 호흡만 하세요. 내 안에는 지금 단전만 있다, 내 안에 아주 조그마한 단전의 씨 하나가 들어 있는데 그것을 잘 키워야겠다, 이렇게 생각하세요.

나중에 그것이 점점 커져서 힘이 좋아지고 기운이 몸을 돌아다니면, 뼈가 어긋난 것만 아니라면, 자연히 교정이 됩니다. 통증은 대개 뼈보다는 주변의 신경이나 근육에 문제가 있는 경우가 많거든요. 시간은 좀 오래 걸리지만 신경이나 근육의 병을 고치는 데는 기운 이상 좋은 것이 없습니다. 그 때까지 기다리면서 지금은 단전을 키우는 일에만 전념해 주세요.

호흡은 길게 해야 좋습니까?

처음에는 호흡을 고르는 일부터 합니다. 자기 호흡량만큼 정확하고 고르게 들숨, 날숨을 해야 합니다. 예를 들어 들숨이 30초면 날숨도 30초를 합니다.

호흡하는 모습을 보면 '훅' 하고 크게 한 번 들이쉬었다가 '훅' 하고 빠르게 내쉬는 분이 있는가 하면, 들숨은 '훅' 하고 깊게 들이쉬는데 날숨은 끊어지거나 몇 번에 나눠서 쉬시는 분도 있습니다. 사실 들숨, 날숨을 고르게 쉰다는 게 어렵지요.

아주 천천히 들이쉬고 천천히 내쉬는 것이 기본입니다. 시간 비례를 똑같이 해서 천천히 들이쉬고 천천히 내쉬세요. 의식은 아무것도 생각하지 말고 오로지 호흡하는 일에만 집중하시고요. 열심히 들이쉬고 열심히 내쉬는 것이 요령입니다.

호흡하다가 지식(止息, 들숨과 날숨 사이에 숨을 멈추는 것)을 하는 분이 가끔 계시는데 우리 명상에서는 지식을 하지 않습니다. 명상하다 보면 필요에 의해서 들이쉬는 숨을 많이 해야 할 때가 있고 내쉬는 숨을 많이 해야 할 때가 있습니다. 그 때는 제가 따로 말씀을 드리겠습니다. 보통 때는 정확하게 시간 배분을 하시기 바랍니다.

저는 호흡을 일정하게 하기가 어려워서 숫자를 세는데 그런 것은 어떻습니까?

숫자를 세거나 시계를 보거나 하는 머리 쓰는 일은 하지 마시고, 오로지 호흡하는 일에만 열중하셔야 합니다.

정리하면 단전호흡은 처음에는 고르게 하고, 그 다음에는 집중하고, 그렇게 하면 축기가 되는 것입니다. 고르게 하고, 집중하고, 축기하면 기본이 됩니다.

저는 순환기계가 안 좋은데 어떻게 호흡을 해야 합니까?

순환기계가 불량하면 평소의 호흡보다 더 조용히 하셔야 합니다. 호흡을 조용히 함으로써 안정되는 것이지요. 안정된 상태에서 호흡을 계속하여 파장을 가라앉히세요. 평소에도 그 상태가 유지되도록 하시고요. 순환기계는 심장이나 혈관 계통이므로 특히 조용히 하셔야 합니다.

단전으로 호흡을 하려고 배를 좀 부풀려서 힘을 주다 보면 명치 부위에도 힘이 전달되는데 맞습니까?

그렇지 않습니다. 복부만 풍선처럼 내밀어야 합니다. 풍선을 어느 한 쪽을 막아놓고 다른 부분을 부풀리면 그 쪽만 크게 불어나잖아요? 이렇듯 다른 곳은 막고 복부만 내미는 것이 제일 좋습니다. 전체적으로 부풀리는 게 아니라 단전만 부풀리는 것이지요. 가능하면 단전만 내미세요.

그러면 굳이 배를 많이 부풀릴 필요가 없겠군요. 아랫배만 나오면 되니까요.

그렇지요. 배 아래만 힘을 줘야지 전체적으로 힘주지 마세요. 그렇게 하면 떨리고 오장육부가 긴장해서 호흡을 잘 못합니다. 아랫배만 내보내면 그런 일이 없습니다. 아랫배에만 힘을 주는 연습을 하시되, 어려울 테니 처음부터 많이 부풀리려고 하지는 마세요.

[편집자 주]

흉식호흡, 복식호흡, 단전호흡 비교

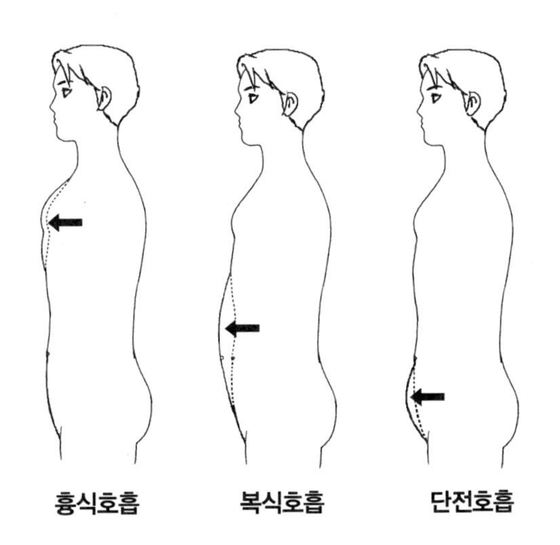

흉식호흡 : 가슴으로 숨 쉬는 호흡이다. 늑골이 움직이므로 늑골호흡이라고도 부르는데, 늑골의 개폐운동에 따른 기압

의 차이로 공기가 드나든다. 흉곽과 어깨를 들썩이면서 숨 쉬는 것을 볼 수 있으며, 평소에 어깨나 목이 잘 결리고 긴장이 잘 안 풀리는 사람은 이 호흡법이 원인이기가 쉽다.

복식호흡 : 배 전체로 숨 쉬는 호흡이다. 호흡할 때 배가 앞뒤로 움직여서 언뜻 보면 배에 공기가 들어가 있는 것처럼 보이므로 복식호흡이라고 부른다. 그러나 실제로는 횡격막이 아래위로 움직이고 있어서 그 움직임에 따라 폐의 내외압력의 변화로 밖에서 공기가 드나든다. 복식호흡을 하면 폐활량이 늘 뿐 아니라, 횡격막 운동으로 내장이 마사지를 받아 혈액순환이 좋아지고 내장의 기능이 좋아진다. 직립보행을 하게 된 결과 일어나기 쉬운 내장하수나 울혈을 제거하고, 내장 전체의 혈액순환을 개선할 수 있다.

단전호흡 : 정확히 단전으로 숨 쉬는 호흡이다. 배 전체를 움직이는 복식호흡과 달리 아랫배 단전 부위만을 넣었다 부풀렸다 하면서 호흡한다. 이렇게 호흡을 함으로써 단전丹田에 기운을 모을 수 있다. 복식호흡과 마찬가지로 폐활량이 늘고 혈액순환이 좋아지는 것은 물론이거니와 기적氣的인 변화가 가능해진다.

---

g) 호흡과 식사

식사 후에는 가급적 호흡을 하지 않는 것이 좋습니다. 식후에

호흡을 하면 몸속에서 기가 엉켜 순환이 되지 않는 경우가 있습니다. 적어도 한 시간 이상 지난 후 호흡하는 것이 바람직합니다.

호흡은 식사와 식사의 중간 시점에 하는 것이 가장 좋습니다. 위에서 음식이 소화되어 장으로 내려가고 장에서도 별 부담 없는 상태일 때, 즉 온 몸의 어느 부분에도 무리가 없는 상태일 때가 호흡에 가장 적합합니다.

소화가 잘 안 될 때는 힘 있는 호흡을 하여 기반을 조성하고 나서 호흡에 들면 좋습니다. 힘껏 들이마셔서 배에 힘을 주고, 한참 멈추었다가 내쉬고…… 이런 동작을 5분 정도 한 후 다시 하기를 3~5회, 많이는 10회 정도 하십시오. 그런 다음 평상시 호흡을 하면 됩니다.

h) 호흡이 안 되는 이유

호흡이 안 되는 것은 대개 불안해서입니다. 초조하고 근심, 걱정이 많으면 가슴 부위에 기운이 뭉칩니다. 잡념이 많으면 호흡이 위로 올라가기 때문입니다. 숨 쉴 때만이라도 잊어버릴 수 있다면 호흡이 잡힙니다.

호흡을 파도치듯이 여러 번에 걸쳐 하는 분도 있는데, 그렇게 하면 축기가 되지 않고 파장이 내려가지 않습니다. 한 번에 한 호흡만 하셔야 합니다. 한 호흡도 불안해서 제대로 못하는 것은 생각이 여러 번 끊기기 때문입니다. 마음이 편안해져야 합니다.

에너지가 없어서 호흡이 안 되는 분도 있습니다. 자동차에 비유하면 연료가 없는 상태와 같습니다. 일을 많이 하고 신경을 많이 써서 숨 쉴 기력조차 없는 상태인 것이지요. 이런 분은 영양 관리를 하면서 푹 쉬세요. 짐을 내려놓고 아주 편한 상태로 쉬세요.

몸에 병이 있어서 호흡이 안 되는 분도 있습니다. 이런 경우는 먼저 병을 고쳐야 합니다.

i) 축기의 비결

제가 단전호흡을 할 때, 계속 비운다고 생각하면 편안한데요. 단전에 축기를 한다고 생각하면 굉장히 답답해지거든요. 더 안 되는 것 같고요. 그래서 이렇게 했다가 저렇게 했다가 하는데, 계속 비우기만 해도 되나요?

축기는 '축기해야겠다' 하고 매이며 하는 게 좋은 방법이 아닙니다. 호흡의 비결은 비우는 데 있다고 말씀 드렸듯이, 자꾸 비우고 버리면 축기가 됩니다. 날숨을 잘 하면 축기가 됩니다.

그리고 100% 날숨을 한다 해서 기운이 100% 다 나가는 게 아닙니다. 내가 날숨 위주로 호흡을 했더니 기운이 다 빠져서 죽겠다, 이러진 않는다는 것이지요. 나가다가 모이는 기운이 있습니다. 불필요한 기운, 찌꺼기 기운, 탁기가 나가고 나면 진기眞氣가 모이게 되어 있어요.

그러니 축기에 매이지 마세요. 그냥 계속 버리다 보면 되는 것입니다. 꼭 필요한 기운은 아무리 나가라고 해도 안 나갑니다. 엄마 젖 같은 진기, 진액, 백회혈로 받는 우주기는 아무리 내보내려 해도 안 나갑니다.

걱정하지 말고 다 내보내세요. 다 내보내면 남는 것이 있습니다. 다 내보내고 남은 기운만 가지고 축기해도 됩니다. 한 가지 조심할 것은, 회음혈로는 진기가 나간다는 것입니다. 용천혈이나 장심혈로는 탁기만 나가고 진기는 안 나가지만 회음혈은 그렇지 않습니다. 그러니 회음혈은 조심하셔야 합니다.

단전호흡 시 단전이 따뜻해지는 것은 어째서인가요?

기가 모이기 때문입니다. 기가 모여 압축이 되면 스스로 열을 발생합니다.

j) 단전관리 하는 법

호흡을 하면서 늘 단전관리를 해 주십시오. 단전관리를 못하면 밑 빠진 독에 물 붓듯 명상을 오래 해도 소용이 없습니다. 돈을 아무리 많이 벌어도 보관할 곳이 없어 길에 놓아두면 그 돈이 소용없어지는 것과 같습니다. 한 푼을 벌어도 보관할 곳이 있어야 합니다.

마음공부에서 가장 중요한 것은 홀로 서는 것인데, 홀로 서기의 근본은 단전관리입니다. 관리하는 방법은 '마음은 누군가와 주고받는 게 아니다' 이렇게 생각하면서 늘 단전 안에 자기 마음을 가두는 것입니다.

단전은 마음을 담는 그릇이므로 마음이 새는 곳이 있으면 단전이 샙니다. 마음이 새는 원인은 남의 일에 참견하는 것입니다. 참견하지 말고 자신의 일과 명상만 하면 단전관리를 할 수 있습니다.

제일 나쁜 것은 화내는 것입니다. 화火라는 것은 다 태워버리는 것입니다. 기라는 것은 태워버리면 없어지지 않습니까? 그냥 날아가 버립니다. 어렵게 지은 집도 불 한 번 나면 후딱 타 버리잖아요? 건설은 어렵지만 파괴는 쉽습니다.

그러니 늘 단전 안에 자기 마음을 가두고 단전관리를 하세요. 세밀하게 자신의 단전을 살펴보고 작은 구멍이라도 철저히 막으세요. 그래도 기운이 새면 단전강화 명상법을 하시고요.

단전의 강화 정도에 따라 단전에 들어갈 수 있는 기운의 양이 결정되고, 그 양에 따라 단전의 역량이 결정됩니다. 단전의 크기가 우주만 하면 우주 크기의 일을 할 수 있으며, 지구만 하면 지구 크기의 일을 할 수 있습니다.

단전이 크면 남과 만나서 이야기할 때 상대방이 자기 단전 안으로 들어옵니다. 기운의 향기로 덕을 입히는 것이지요. 자기 마음을 상대에게 주거나 상대의 마음을 가져오지 않으면서 그렇게 하는 것입니다.

3) 호흡을 통한 정리

명상이란 자기 자신을 정돈하는 것 •

아침명상은 축기를 위주로 하고, 저녁명상은 정리를 위주로 하십시오. 축기하기도 바쁜 마당에 어떻게 또 정리를 하는가? 이렇게 생각하실 분도 계실 텐데, 이 명상은 버리는 명상이 주가 되기 때문에 버리면 또 그만큼 채워집니다.

뒤죽박죽 정리되지 않은 채로 잠자리에 들면 그것이 계속 쌓입니다. 본인 스스로 무슨 생각을 하는지 정리되지 않았기 때문에 상대방이 무슨 생각을 하는지, 상대방이 어떤 사람인지도 모르게 됩니다.

반면에 일기를 쓰면서 혹은 명상을 하면서 그날 있었던 생각을 정리하면 본인 스스로 정리된 상태에서 자게 되고 늘 마음이 맑아지게 됩니다.

명상이라는 것은 그렇게 정돈하는 것입니다. 가구 같은 것만 정돈하는 것이 아니라 해결되지 않은 생각을 정리하면서 자기 자신을 정돈해야 하는 것입니다.

탁기가 배출되면서 정리된다

명상할 때 그날따라 탁기가 심한 경우가 있어요. 며칠 동안 스트레스가 많았던 것이지요. 탁기가 나오면서 스트레스가 해소되고 생각이 정리됩니다.

탁기가 나온다는 것은 업이 해소된다는 것과 같은 뜻입니다. 탁기가 나오면서 며칠 동안의 스트레스가 정리되면 금생의 탁기가 나오기 시작하고, 금생의 탁기가 정리되고 나면 전생의 탁기가 나오는 것입니다. 그렇게 탁기가 나오면서 정리되는 것입니다. 탁기는 자꾸 빼내셔야 합니다.

매듭짓고 결론을 지어라 •

무슨 생각이 떠오르면 떠오르는 대로 대책 없이 놔두지 말고 어떤 식으로라도 매듭지어야 합니다.

명상을 하다 보면 과거에 했던 잘못이나 대화를 하다 마음속에 걸렸던 것들이 생각납니다. 그러면 명상을 하시면서 쌓여 있는 것들을 하나하나 꺼내보아야 합니다. '미안했다', '그때는 억울했다' 마음속으로 정리하고 매듭지으면서 반 정도 해결하십시오. 그 다음에는 당사자들과 풀어야 합니다. 말로 해결하고 사과하면서 푸는 것처럼 좋은 것이 없습니다. 당사자가 없다면 혼자 '참 미안했다, 잘못했다' 하고 해결을 보시면 됩니다.

잡념은 끊임없이 나옵니다. 그것들을 명상 중에 해결해야 하고 명상 중에 해결을 못하면 꿈에서라도 해결을 해야 합니다. 떠오르는 대로 생각만 하지 마시고 결론을 내야 한다는 말입니다.

파장은 전달되는 것이기 때문에 내가 미안한 마음을 갖고 있으면 상대방에게서 전화가 와서 그때 무슨 일이 있었는데 풀자고 말하기도 합니다. 그러니까 마음만 먹어도 해결이 가능한 것입니다. 맺힌 것은 항상 내 마음에 맺힌 것이고 그것이 상대방에게 전달이 되는 것이니까요. 내가 풀면 상대방은 저절로 풀리는 것입니다.

하루에 한 가지씩 해결하기

하루에 한 가지씩 해결하십시오. 어떤 날은 기분 좋아서 한꺼번에 다 하고, 어떤 날은 내팽개치면 질서가 없어서 정신없어집니다. 그러면 머리 아프고 스트레스가 생겨서 옆에 있는 사람도 덩달아 스트레스가 전염됩니다. 깨끗하게 정리하고 하루에 한 가지씩만 해결하십시오.

평론하시는 서울대 국문과 교수님이 계시는데 저서가 몇 백 권이나 됩니다. 남의 작품을 읽고 평론을 한다는 것이 결코 쉬운 일은 아닌데, 어떻게 그렇게 많은 책을 쓸 수 있었냐고 여쭸더니 자기는 매일 20매를 쓴다고 대답하시더군요. 더 쓰면 리듬이 깨져서 병나고, 덜 쓰면 내일 더 써야 한다는 것에 대한 스트레스 때문에 병나서 매일 20매씩 쓴다고 하시더군요.

하루에 원고지 20매면 한 달이면 600매, 두 달이면 1,200매죠. 1,200매 정도면 책 한 권이 나오는 것입니다. 두 달에 책 한 권이 나오면 1년에는 6권이 나오는 것입니다. 끊임없이 작품이 나오면 성취가 되는 것입니다. 하루에 한 가지가 그렇게 무서운 것입니다.

명상도 오늘은 잘되니까 아침부터 10시간씩 하면 내일은 당연히 지치게 됩니다. 그러지 마시고 꾸준하게 같은 톤으로만 하셔도 충분히 성취가 됩니다.

그러니까 주변 정리는 하루에 한 가지씩만 하시면 됩니다. 기존에 하는 일들이 있기 때문에 두 가지만 되어도 벅찹니다. 기존의 일에 덧붙여 하는 것은 하루에 한 가지씩만 하셔도 한 달이면 30

가지가 해결나는 것입니다. 그러면 스트레스를 안 받고 편하고 즐겁게 하실 수 있습니다.

부록

부록1

1. 인간 창조 원리
2. 육기六氣

부록2

1. 하단, 중단, 상단
2. 꼭 알아야 할 혈자리
3. 수공하는 법
4. 독맥 명상
5. 대추천 명상
6. 사혈

부록3

명상학교 수선재

1. 수선인의 건강지침
2. 수선인의 행동지침

부록 1

1. 인간 창조 원리

인간이란 과연 무엇일까요? 조물주가 인간을 창조할 때 어떤 프로그램으로 창조를 했을까요?

우선, 생명이 탄생하는 과정을 말씀드리겠습니다. 하늘이 나에게 베푸는 것을 덕德이라고 말합니다. 덕을 많이 지니고 계신 분들은 그만큼 베풂이 많았던 것인데 덕이라는 것은 원래 타고난 것이어서 후천적으로 만들기가 상당히 어렵습니다.

또 땅이 나에게 베푸는 것은 기氣라고 말합니다. 대개 기는 하늘에서 연결된다고 생각하기 쉬우나 알고 보면 땅이 베푸는 것이지요.

하늘에서 내려온 덕이 땅에서 베푸는 기와 결합해서 만들어진 상태를 생生이라고 합니다. 그렇게 생生이 되면 그 때부터 구체적으로 명命을 받아서 생명生命이 탄생합니다.

그런데 인간이 생명으로 탄생할 때는 10가지 요소가 필요합니다. 조물주가 인간을 만들 때 '적어도 이런 점들은 구비해야만 동물과 대비되는 인간이 될 수 있다' 해서 다음 10가지를 주는 것이지요.

처음 주어지는 것은 정精입니다. 일단 몸이 있어야 합니다. 정은 생명의 근원이 되는 물질을 말합니다.

다음으로 주어지는 신神은 영靈이라고도 부르는데, 남자의 정과 여자의 정이 만나 결합해서 만들어지는 생명력입니다. 음의 정과 양의 정이 결합해서 생성해 내는 생명력을 신이라고 합니다. 이러한 정신精神은 사람을 사람답게 구분 지을 수 있는 첫 요소입니다.

정신이 구비되면 혼魂과 백魄을 줍니다. 전에 혼魂은 땅에서 연결되는 것이고 영은 하늘에서 오는 것이라고 말씀드렸지요? 그런데 이 혼은 영을 따라서 왕래하는 것입니다. 백魄은 정精 곧 몸을 따라서 드나드는 것이고요.

다음으로 마음, 심心을 줍니다. 마음이란 사물을 주재하는 힘을 말합니다. 마음이 근본자리라는 말을 많이 하는데 사물을 주재하는 힘이기 때문입니다.

다음으로 의지意志가 주어집니다. 뜻 의意, 뜻 지志 자입니다. 의意라는 것은 심心 속에 기억하여 두는 것을 말합니다. 마음속에 많은 스쳐가는 것들이 있을 때 그것을 기억하는 것이 바로 의입니다. 지志는 기억한 것을 오래 간직하는 것을 말합니다. 다시 말하면 의는 마음속에 기억하는 것, 지는 그것을 오래 간직하는 것입니다.

다음으로 사려思慮를 줍니다. '사려 깊다' 할 때의 사려입니다. 앞에서 의를 오래 유지하는 것이 지志라고 했죠? 사思는 지에 근거하여 사물의 변화를 관찰하는 것을 말합니다. 려慮는 사에 근거하여 깊이, 멀리 내다보는 것입니다.

마지막으로 지智라는 것이 주어집니다. 지智 곧 지혜는 려慮에 근거하여 사물의 변화를 처리하는 것을 말합니다.

지혜와 지식이 어떻게 다르냐 하면 지식은 '알 지知' 자를 쓰는데 지혜는 '지혜 지智' 자를 씁니다. 지식은 남의 것을 아는 것, 내 것으로 만드는 것이고, 지혜는 본인이 스스로 터득해서 사물의 움직임을 주재하는 것, 내가 행하는 것, 주도하는 것입니다. 주도하다 보면 앎이 생깁니다. 그것을 지혜智慧라고 합니다.

이렇게 열 가지가 다 주어지면 그때서야 비로소 '사람'이라고 해서 내보냅니다.

헌데 이 10가지 요소들이 그대로 떠다니면 역할을 잘 못하기 때문에 우리 몸의 오장육부 속에 넣어 둡니다. 말하자면 각 장부를 주무 부서로 정해 놓는 것이지요.

구체적으로 살펴보면, 정精은 하단이 관장합니다. 신神은 심장이 관장합니다. 또 혼은 간이, 백은 폐가 관장하고 심은 중단이 관장합니다. 그 다음에 의는 비장이 관장하고 지, 버티는 힘은 신장이 관장합니다. 그리고 사려는 좌우 양쪽 뇌가 관장하고 지혜는 상단이 관장합니다.

인간을 구성하는 10가지 정신적 요소

구분	의미	주관장부	비고
정(精)	생명의 근원이 되는 물질	하단	몸
신(神)	영(靈)이라고도 부르는데 남자의 정과 여자의 정이 만나 결합해서 만들어지는 생명력 ▶ 하늘에서 오는 것	심장	화
혼(魂)	신 또는 영을 따라서 왕래하는 것 ▶ 땅에서 연결되는 것	간장	목
백(魄)	정(精) 곧 몸을 따라서 드나드는 것	폐장	금
심(心)	사물을 주재하는 힘	중단	마음/사랑
의(意)	심(心) 속에 기억하여 두는 것	비장	토
지(志)	기억한 것을 오래 간직하는 것	신장	수
사(思)	지(志)에 근거하여 사물의 변화를 관찰하는 것	좌뇌	
려(慮)	사(思)에 근거하여 깊이, 멀리 내다보는 것	우뇌	
지혜(智慧)	려(慮)에 근거하여 사물의 변화를 주관하는 것	상단	지혜

인간 창조 원리는 어떤 학설이 아니기 때문에 증명할 길은 없습니다. 또 지혜라는 것은 굳이 증명할 필요가 없지요. 지식은 남에게 설명하기 위해 가설을 내세워서 검증하고 증명을 해야 하지만, 지혜는 그냥 듣고 '아, 그렇다' 하고 수긍하면 되는 것입니다. 그것을 학문화하고 포장을 많이 할 필요는 없습니다.

포장을 많이 하면 할수록 본질은 더욱 왜곡되는데, 지금까지의 학문은 계속 그렇게 발전해 왔습니다. 본질보다는 본질을 포장하는 데 치중하고, 남에게 설명하기 위한 방법론에 치중한 것이지요. 그러다 보니 오히려 본질을 볼 수 없는 상태가 되었습니다.

전에 어떤 분이 피라미드에 대하여 강의를 한다고 해서 찾아간 일이 있었습니다. 정신세계원에서 했는데 처음 30분 정도는 굉장히 흥미진진했지요. 도입부에서 가설을 몇 가지 세우고 풀어나가는데 '아, 뭔가 나오겠구나' 하고 기대에 차서 얘기를 들었습니다.

그런데 설명을 듣다 보니 피라미드가 도저히 뭔지 모르겠다는 얘기였어요. 이래서 모르고, 저래서 모르고, 하는 과정을 장장 네 시간 동안 계속 설명을 하더니 결론은 피라미드가 뭔지 모르겠다는 것이었습니다.

왜 모르는가? 설명할 길이 없기 때문에 모르겠다, 검증되지 않기 때문에 모르겠다, 이렇게 얘기하더군요. 자기만 모르는 것도 아니래요. 자기는 한 20년 정도 공부를 한 사람으로서 모르는데, 러시아의 어떤 분은 40년을 연구했는데도 모른다고 하더군요. 지구상에 있는 과학자 중에서 피라미드가 무엇인지 아는 사람은 하나도 없다는 것을 증명하기 위해, 그렇게 대여섯 가지 가설을 세워서 '이것도 아니다, 저것도 아니다' 이렇게 얘기한 것이지요.

제가 하도 허망해서 집에 와서 명상을 했습니다. 답이 간단하게 나오더군요. 피라미드는 현존하는 지구 인류 이전의 인류가 사용하던 '기氣의 렌즈'였습니다. 저는 과학의 문외한이기 때문에 어떻게 해서 렌즈인지 설명할 길은 없지만, 지구에서 타별에 기운을 보낼 수도 있고 받을 수도 있는 장치였습니다.

오목 렌즈, 볼록 렌즈 아시죠? 렌즈로 햇빛을 모으면 타기도 하죠. 피라미드의 구조 자체가 기운을 모을 수도 있고 멀리 보낼 수도 있는 오목 렌즈, 볼록 렌즈의 기능을 하는 장치였습니다.

건축술이 하도 좋다 보니까 지진에도 안 무너지고, 지구가 많이 뒤집어엎고 했는데도 자취가 남아있는 것이지요. 아마 남기려고 했을 겁니다. 지금의 인류가 호기심을 가지고 들여다보고 연구할 수 있는 여지를 만들어 주기 위해 그렇게 건축을 잘 했던 것 같습니다.

기의 세계라는 것은 그렇게 빠르지만 증명할 길이 없습니다. 허무맹랑할 수도 있는데, 그것을 구체적으로 학문화하여 설명을 하려면 또 수십 년, 수백 년이 걸리기 때문에 그렇게 하지는 않습니다. 명상하는 사람이 거기까지 할 수는 없습니다. 해당 학문하는 분들이 그런 영역을 해 주시면 좋을 것입니다.

그냥 '알아듣는 사람만 알아들어라' 이런 것이 기의 세계입니다. 기존의 것들을 다 버리고, 포장지를 다 버리고, '나는 본질만 알겠다', '기가 말하고자 하는 언어, 파장을 내가 직접 몸으로 느껴서 지혜로써 터득하겠다' 이런 방법이 가장 빠릅니다. 하나하나 연구하려 하다가는 세월을 거기에 다 바쳐도 안 될 겁니다.

제가 말씀드리는 내용이 많이 황당할지라도 일단 본질적인 단서를 제가 드리고 있는 것이니, 그것을 화두 삼아 본인들이 더 연구하시기 바랍니다. 포장지는 싹 빼고 제가 드리고자 하는 본질만 받으시면 와 닿기가 쉬울 것입니다.

2. 육기六氣

육기六氣란 과연 무엇인가? 기운인가? 기능인가? 의견이 분분한데, 육기는 여섯 가지 기능입니다. 인간 창조 원리에서 말씀드린 10가지 요소가 정신적인 부분에 관한 것이었다면, 몸을 유지하기 위한 기능으로서 주어진 것이 육기입니다.

첫째는 정精 · 기氣, 두 번째는 진津 · 액液, 세 번째는 혈血 · 맥脈, 이렇게 세 가지를 두었습니다.

정精은 쌀 미米 변에 푸를 청靑이 결합된 글자입니다. 정이라 하면 몸을 얘기하는데 여기서 말하는 정은 좁은 의미의 정입니다. 남녀가 교합해서 물체를 만들어 내기 이전에 형성되는 것, 정자라고 말씀드릴 수 있습니다.

기氣 또한 좁은 의미의 기입니다. 음식물을 섭취해서 영양분이 고루 몸에 퍼지게 되어서, 마치 안개이슬이 만물을 적시듯 형체를 빛나게 하고 원활하게 하는 기능이 기입니다.

진津은 땀을 의미합니다. 인체가 수분으로 구성되어 있지요? 70% 이상 수분이고 나머지는 다른 물질인데, 피하에서 만들어지는 땀을 배출함으로써 수분조절과 체온조절을 합니다. 땀이 없으면 건강을 유지하기가 참 어렵습니다. 인체가 36도 5부잖아요? 인간이 체온이 참 높습니다. 몸을 따뜻하게 유지할 필요가 있는데 그 기능이 곧 진입니다.

액液은 영양분이 흡수되어 온 몸에 퍼지면, 뼈, 관절, 뇌수에 분비되어 뼈와 관절과 뇌의 활동을 원활하게 하는 기능입니다.

혈血은 음식물을 섭취해서 그 영양분이 몸 안에 골고루 퍼지게 하는 기능입니다.

맥脈은 마치 제방처럼 온 몸의 정기가 몸 밖으로 흐트러지지 않도록 조절하는 기능입니다.

이렇게 정精 · 기氣, 진津 · 액液, 혈血 · 맥脈은 인체를 구성하는 여섯 가지 기능이지요. 육기에 고장이 나면 당장 큰 병은 아닙니다. 그래서 병원에 안 가는데, 몸이 서서히 시들어서 나중에는 죽게 됩니다.

주체할 수 없이 땀 난다고 병원에 가지는 않지요? 그리고 요즘은 너무나 중병이 많아서 병원에 가서 '땀이 많이 나옵니다' 하소연해도 의사들이 '그냥 대충 사시죠' 라고 대답합니다. 기운이 솔솔 빠져나가 기진맥진 되어서 병원에 가도 마찬가지로 '그냥 사시죠' 라고 말합니다.

허나 심한 병증이 나타나지는 않아도 육기의 작용이 원활치 못하면 서서히 몸이 시듭니다. 생기生氣를 잃고 시들어서 결국에는 질병에 걸리는 것이지요.

이러한 것을 어떻게 아는가? 몸에 여러 가지 신호가 옵니다.

정精이 많이 소진되면 귀가 먹먹해집니다. 청력이 떨어지고 귀가 먹먹해지는데 심해지면 이명까지 연결됩니다. 이런 상태가 되면 '내가 정을 많이 손실했구나', '몸에서 정이 많이 빠져나갔구나' 하고 알아채시기 바랍니다.

기氣가 많이 빠져나가면 눈이 침침해지고 시력이 떨어집니다. 노인이 되어 눈이 침침해지고 시력이 떨어지면 '내가 기를 많이 소진했구나' 하고 알아채시기 바랍니다.

진津, 땀에 대해 고장이 나면 주체할 수 없이 땀이 흘러나옵니다. 조절 능력이 없어서 시도 때도 없이 식은땀을 흘립니다. 잘 때도 식은땀을 흘리고, 덥지도 않은데 괜히 땀을 흘리고, 땀에 범벅이 됩니다.

액液, 액에 이상이 있으면 뼈 부딪히는 소리가 납니다. 뚝뚝뚝뚝하면서 관절에 이상이 오고, 잘 넘어지고, 잘 삡니다. 액이라는 게 기름칠과 같습니다. 기름이 부족하면 찍찍찍찍 기계 돌아가는 소리가 나면서 원활하지 않잖아요? 뇌수가 부족하면 가동이 안 되어 누가 뭘 물어보면 한참 생각했다 대답합니다. 원활하게 잘 돌아가지 않아서 더딘 현상이 나타나는 것이지요.

혈血, 혈에 이상이 있으면 얼굴색이 누렇고 초췌해집니다. 몸속에 점막이 많이 있는데, 입 속이나 눈 안쪽의 점막을 보면 허옇게 핏기가 가십니다.

맥脈, 맥에 이상이 있으면 맥이 뛰는 것이 공허해집니다. 한의사들이 진맥하면서 '이런 맥 가지고 어떻게 사셨어요? 사는 게 용하네' 이런 얘기를 하지요?

이런 증상들이 모두 신호입니다. 병원에 가기 전에 자기 몸 상태를 자꾸 관하시고 관심을 가지고 치료하세요.

그럼 육기는 어디에서 만들어져 기능을 담당하는가? 각각 저장하는 장부가 있습니다.

정精을 저장하는 곳은 신장입니다. 그래서 신장 기능을 원활하게 하면 정을 잘 보전할 수 있습니다.

기氣를 저장하는 곳은 폐입니다. 명상하는 분은 폐와 밀접한 관련이 있어서 폐의 기능이 원활하지 않으면 호흡을 잘 할 수 없습니다. 기초 호흡이 잘 안 되면 명상이 깊이 들어 갈 수 없고요. 폐가 기를 관장하는 장부이므로 폐를 잘 관리하세요.

진津, 땀을 관리하는 장부는 심포삼초입니다. 그래서 땀이 비 오듯 쏟아지고 시도 때도 없이 땀 흘리는 분은 심포삼초 기능을 강화해야 합니다.

액液을 관리하는 장부는 비장입니다. 그러니 뇌수, 골수, 이런 액이 원활하지 않은 분은 비장을 잘 관리하세요.

혈血을 저장하는 장부는 간입니다. 혈이 만들어지는 곳은 비장이지만 저장하는 곳은 간이기 때문에 간을 잘 보호하세요.

맥脈을 저장하는 장부는 심장입니다. 혈관을 쟀을 때 벌떡벌떡 뛰는 것이 맥이잖아요? 그런데 그냥 피만 지나가면 벌떡벌떡 뛰는 건 없습니다. 그저 흐를 뿐이지요. 맥은 여기에 기氣가 가세했을 때 생기는 것입니다.

항상 '기혈氣血' 이라고 얘기하잖아요? 혈은 혈로서만 존재할 수 없고 항상 기가 도와줘야만 원활하게 온 몸을 두루 돌 수 있다는 것이지요. 그랬을 때 생기는 것이 맥이고, 맥을 저장하는 곳이 바로 심장입니다. 맥이 끊어지면 죽습니다.

육기(六氣) : 몸을 유지하기 위한 6가지 기능

구분	의미	저장장부	오행	이상 증세
정(精)	정자 (좁은 의미의 정)	신장	수	귀가 먹먹해지고 청력이 떨어짐
기(氣)	음식물을 섭취하여 형체를 원활히 하는 것 (좁은 의미의 기)	폐	금	눈이 침침해지고 시력이 떨어짐
진(津)	땀	심포삼초	상화	땀을 많이 흘림
액(液)	뼈, 관절, 뇌의 활동을 원활하게 하는 것	비장	토	뼈가 부딪히는 소리가 나고 관절에 이상이 생김
혈(血)	영양분을 몸 안에 골고루 퍼지게 하는 것	간	목	얼굴색이 누렇게 되고 핏기가 없음
맥(脈)	온 몸의 정기가 몸 밖으로 흐트러지지 않도록 조절하는 것	심장	화	맥이 뛰는 것이 공허함

부록 2

1. 하단, 중단, 상단

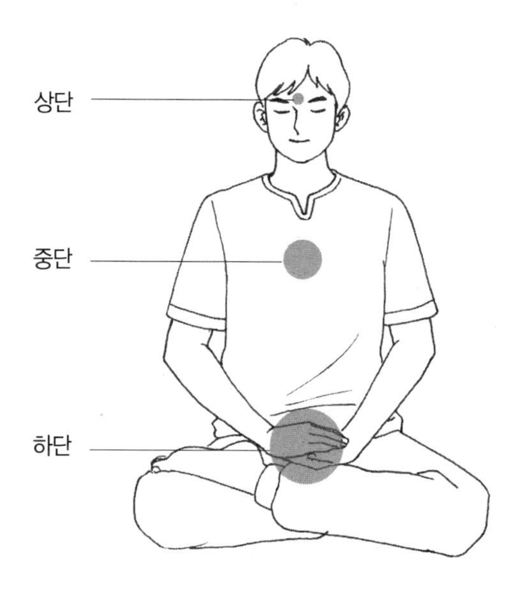

A. 하단下丹

일반적으로 '단전'이라 하면 하단전下丹田을 가리킨다. 하단전은 기운이 쌓이는 기운의 저수지이자 정精을 관장하는 곳이다.

흔히 임맥任脈에 속하는 관원혈關元穴이 단전이라고 잘못 알고 있는 경우가 많으나, 단전의 정확한 위치는 우리 몸의 정중심(상하, 좌우)이다. 명상할 때는 이를 '단전 안쪽'이라고 부르는데, 명상을 통해 단전이 커지면 배 전체가 단선이 되기도 한다.

기적氣的으로 보면, 단전은 속이 비어 있는 둥근 항아리 모양이다. 본인의 마음이 치우치면 갖가지 치우친 모양이 되기도 하는데, 한쪽으로 비뚤어진 모양, 위가 가늘고 아래가 넓은 모양, 깔때기처럼 위가 넓은 모양 등이다.

단전은 우주이다. 중단만 해도 흔들림이 좀 있다. 감정적인 측면의 마음이 많아서 비바람이 불고 날씨가 계속 달라지는 하늘의 상태이다. 그러나 우주는 완전히 흔들림이 없는 그런 상태이다. 깊은 마음이며 흔들림이 없는 근본이다.

B. 중단中丹

양 젖꼭지를 연결한 중간 지점에 위치한 혈로서, 한의학에서는 단중(전중)이라고 부르는 혈자리이다. 중단은 마음心을 관장하는데 중단이 곧 마음이다.

기적으로 보면, 중단은 아무런 모양이 없다. 통로처럼 되어 있으며 앞뒤 위아래로 그냥 비어 있다. 허나 보통은 중단이 막혀 있는 경우가 많은데, 이때는 벌집처럼 보인다.

중단이 막히는 것은 마음의 문제이다. 마음이 폐쇄적인 상태일 때 중단이 막힌다.

중단이 관장하는 장부는 무려 8개나 된다. 심장, 소장, 심포, 삼초뿐만 아니라 위장, 비장, 간, 담까지 12개 중에 8개가 마음 곧 중단과 직결되는 장부이다. 중단이 막히면 머지않아 임맥이 막히고 또 독맥이 막힌다. 기운이 돌지 않고 가라앉는다. 부단히 돌아보며 갈고 닦아야 하는 이유이다.

C. 상단上丹

상단은 인간의 생각을 어느 방향으로 보낼 것인지를 결정한다. 일종의 통제기Controller의 역할로서 단순히 기의 송출 여부에 대한 결정만이 아니고, 어떤 색의 기운을 얼마만 한 속도와 강도로 어떻게 보낼 것인지에 대한 세부적인 제반 사항을 결정하는 것이다.

일종의 통제본부Control Center로서의 역할이다. 이 역할은 체내에서 기운을 운용할 때도 동일하다. 이 상단은 눈에서 뒤통수까지의 중간 지점 약간 뒤에 위치하고 있으며, 이 상단이 직접 외부의 기운을 수신하고 내보내며, 강도를 조절하는 역할을 하는 것이다. 상단은 지혜智慧를 관장한다.

D. 하단, 중단, 상단을 완성하는 과정

상중하 단전은 모두 연결된 하나로 보면 된다. 윗저수지에 물이 고이면 저절로 내리 흐르게 되어 모두 연결되는 것과 같다. 기가 모여 흐르는 순서는 하단전 → 중단전 → 상단전의 순이다.

단전호흡의 과정을 보면 (1)잡념 제거, (2)하단 축기, (3)중단 축기, (4)하단 완성, (5)중단 완성, (6)이 모든 것의 기로 상단을 완성하는 것이다.

중단이 열리는 증상은 따끔따끔하거나 후끈후끈하게 되는 것이며 그 단계를 넘기면 포근하고 편안하게 된다. 하단 축기는 기운의 결집이나, 중단 축기는 방향의 결정이다. 하단 완성은 기의 출입이 자연스레 이루어질 수 있는 상태이고, 중단 완성은 기가 뻗고 멈춤이 자유로운 상태이다. 이 모든 것이 되고나면 그 다음 단계인 영적인 능력 개발의 준비가 끝난 것이며 이 후의 명상법은 개별적으로 전수한다.

남자는 하단에서 축기하여 하단으로 방향을 정하여 벗어나는 것이다. 기운은 모든 것이 하단 위주이나 기술적인 면에서는 상단에 의존하는데, 남자는 하단, 상단, 중단의 순서이나 여자는 하단, 중단, 상단의 순서이다. 이런 순서의 차이는 생리적으로 여자는 가슴으로 느끼고 남자는 머리로 느끼는 등 근본적인 차이를 가지고 있기 때문이다.

하단이 잘 발달하면 정精을 발산하지 않고 그냥 기화氣化시킨다. 중단(사랑)이 잘 발달하면 이랬다저랬다 마음이 흩어지지 않고 중심을 잡는다. 상단(지혜)이 잘 발달하면 생각이 바로 서서 어떤 말을 들어도 왔다 갔다 하지 않는다.

하단, 중단, 상단이 완성되면 자신의 삶을 자신의 뜻대로 조절할 수 있다.

2. 꼭 알아야 할 혈자리

A. 명상인이 알아야 할 중요 혈穴자리

여기서는 명상인이 꼭 알아야 할 중요 혈자리와 경락을 설명하고자 한다. 주의할 점은 수선재 명상에서 설명하는 혈자리와 한의학 상의 혈자리는 일치하지 않을 수 있다는 것이다.

또한 한의학에서는 혈자리가 머리카락 굵기 정도로 가늘다고 하나, 이는 명상을 하지 않는 보통 사람을 한의학적으로 관찰했을 때의 얘기이다. 명상하는 사람의 혈은 매우 크다. 그리고 혈과 혈이 통한다. 옥침과 옥침, 백회에서 태양, 인당 등의 혈이 서로 통하는 것이다.

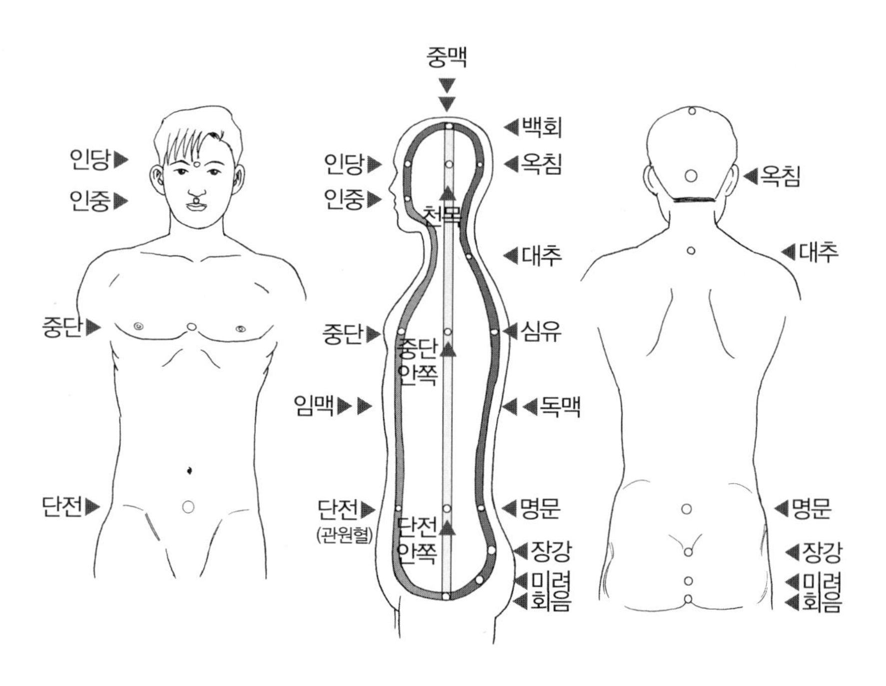

1. **단전**丹田 : 앞 장의 '하단, 중단, 상단' 편 참조

2. **회음**會陰 : 임맥에 속하며 남자는 음낭근부와 항문사이의 중간 지점, 여자는 항문과 후음순연합의 중간 지점에 위치한 혈이다. 회음으로는 정기와 탁기가 반반씩 나가므로 명상 시 기운을 빼지 않는다.

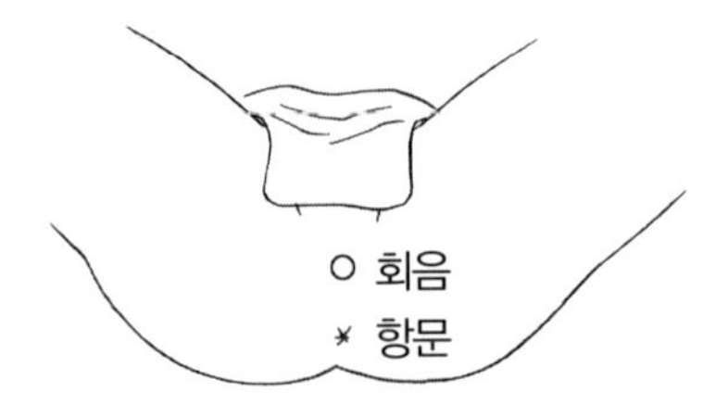

3. **미려**尾閭 : 독맥督脈에 속하는 혈로서 꼬리뼈 끝과 항문 사이에 위치한다.

4. **장강**長强 : 독맥에 속하는 혈로서 꼬리뼈 안쪽에 위치한다. 한의학에서는 항문과 꼬리뼈 끝과의 중간지점에 위치한다고 다르게 설명하므로 주의할 것.

5. **명문**命門 : 독맥에 속하는 축기에 중요한 혈로서 하단의 반대편 등 쪽에 위치한다. 생명의 문 또는 생명의 근본이라는 뜻이며, 성기능과 생식기 계통, 호흡기 계통과 밀접한 관계가 있다. 한의학에서는 2번 요추와 3번 요추 사이, 쉽게 설명하면 배꼽 반대편 등 쪽에 위치한다고 다르게 설명하므로 주의할 것.

6. **심유**心兪 : 중단 반대편 등 쪽에 위치한 쌍 혈이다. 한의학에서는 2개의 좌우 쌍혈이라고 말하나, 명상을 하다 보면 그 2개를 포함할 정도의 커다란 하나가 된다. 따라서 명상하면서 혈자리를 닦을 때는 하나로 의념한다. 한의학 상 방광경膀胱經에 속하는 혈로서 제5흉추극돌기 아래 양방兩方 각 1.5촌寸에 위치한다.

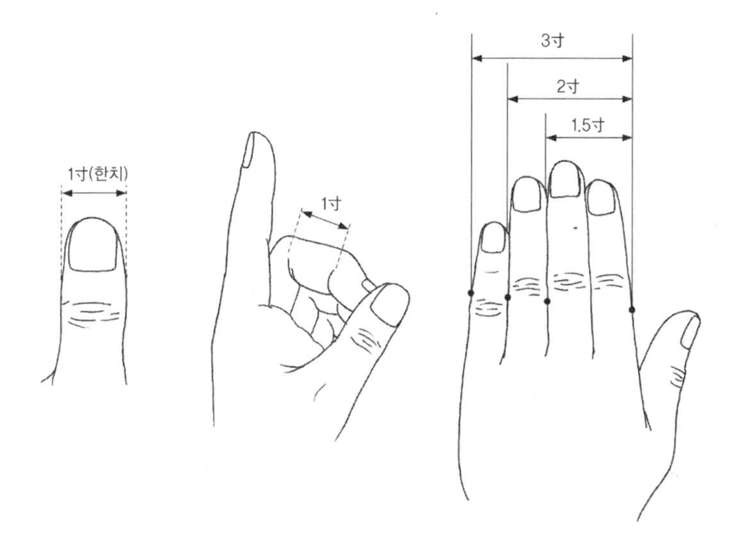

등신촌법 : 몸의 치수를 자신의 손을 기준으로 재는 방법

7. **대추**大椎 : 독맥에 속하는 혈로서 육양경六陽經이 모두 만나는 중요한 혈로서, 제7경추극돌기 아래에 위치한다.

8. **옥침**玉枕 : 방광경에 속하는 혈로서 백회 후하後下 4.5촌寸에서 양방 각 1.5촌에 위치한다. 한의학에서는 좌옥침, 우옥침의 쌍혈이라고 말하나, 명상을 하다 보면 그 2개를 포함할 정도의 커다란 하

나가 된다. 따라서 명상하면서 혈자리를 닦을 때는 하나로 의념한다. (필요시 좌, 우로 구분하여 의념할 때도 있다.)

9. **백회**百會 : 머리 정중앙선과 양 이첨耳尖을 연결할 때의 교차점에 위치한 혈이다. 파장을 바꾸어주는 안테나가 설치되어 있으며 기운이 들어오는 통로 역할을 한다. 한의학 상 삼양三陽, 니환궁泥丸宮이라 불리는 독맥의 혈이다. 수족 3양경, 독맥, 간경이 만나는 혈이기도 하다.

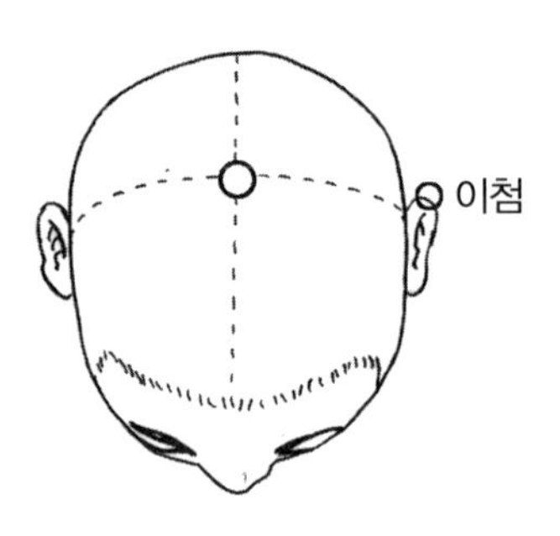

10. **태양혈**太陽穴 : 뇌신경의 3,4번 신경이 있는 자리이다. 3,4번 뇌신경은 안구를 움직이는 근육을 통제하는 신경이다. 한의학에서는 눈 옆 오목하게 들어간 자리가 태양혈이라고 말하므로 주의할 것.

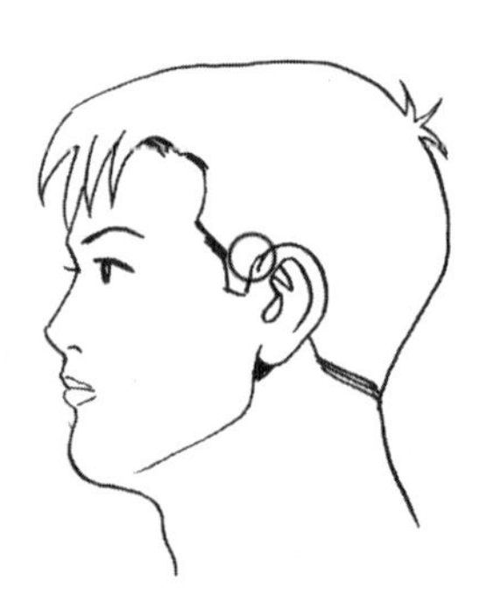

11. **인당**印堂 : 두 눈썹 사이의 중간 지점의 약간 위에 위치한 혈이다. 천목이 기운을 제어하는 곳이라면, 인당은 기운을 사출하는 곳이다.

12. **인중**印中 : 인중구人中溝의 위로부터 1/3 되는 곳에 위치한 혈로서 한의학 상 독맥에 속하는 수구水溝이다.

13. **중단**中丹 : 앞 장의 '하단, 중단, 상단' 편 참조

14. **장심**掌心 : 손바닥 정중앙에 위치한 혈로서 수선재 명상에서는 장심을 통하여 기운과 파장을 받는 경우가 많으므로 장심개혈이 대단히 중요하다. 또한 처음에는 장심혈 부위만 장심이지만, 명상을 하다 보면 점점 커져서 손바닥 전체가 장심이 된다. 한의학 상으로는 심포경心包經에 속하는 노궁혈勞宮穴이다.

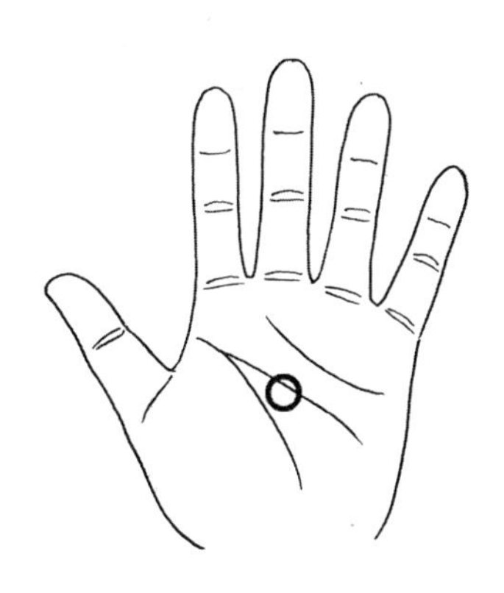

15. 용천涌泉 : 발바닥 길이를 3등분했을 때 앞 1/3 지점의 중심에 위치한 혈로서 정기는 못 나가고 탁기만 나가는 곳이기에 탁기는 반드시 용천혈로 배출한다. 처음에는 용천혈 부위만 용천이지만, 명상을 하다 보면 점점 커져서 발바닥 전체가 용천이 된다. 한의학 상 신경腎經에 속하는 혈자리이다.

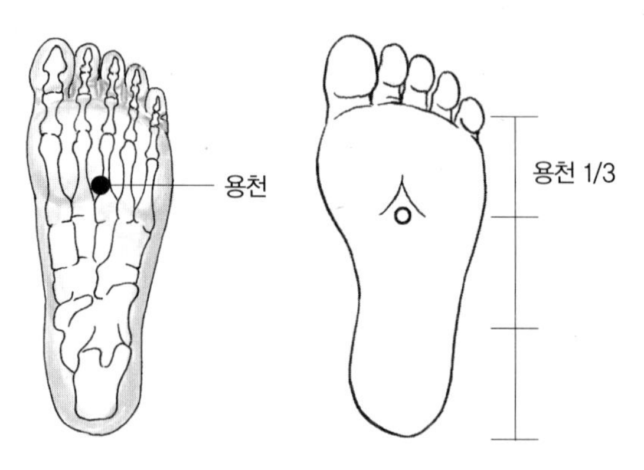

16. 천목天目 : 백회와 눈의 교차선상에 위치한 혈이다. 영안靈眼 또는 제 3의 눈이라고 불리는 곳으로 뇌 속에 있다. 우주의 기운과 정보를 직접 받아들이는 곳이므로, 이곳이 개발되면 제3의 눈이 열리고 우주의 메시지를 받는 등 영적인 능력이 생긴다. 친시 수신이나 텔레파시 대화도 이곳이 열렸을 때 가능하다.

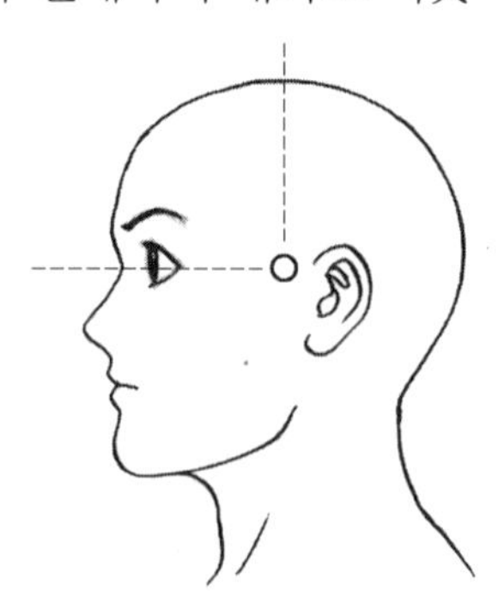

B. 침과 뜸에 쓰이는 혈 자리

곡지曲池 : 팔꿈치를 구부리고 손바닥을 반대편 젖가슴에 댄 자세에서 팔꿈치 가로무늬(주횡문) 위쪽 끝나는 곳이 곡지이다. 수양명대장경의 합合혈이며 토土에 속한다. 반신불수, 상박신경통, 고열, 편도염, 결막염 등에 쓴다.

족삼리足三里 : 슬개골 밑 바로 바깥쪽으로 움푹 들어간 곳이 외슬안外膝眼인데 이 외슬안에서 직하 3치寸내려와 만져지는 경골에서 바깥쪽으로 1치寸이다. 족양명위경의 합合혈이며 토土에 속한다. 급성 및 만성 위염, 곽란, 구강질환, 복막염, 현훈, 안질환, 만성신경쇠약 등에 쓴다.

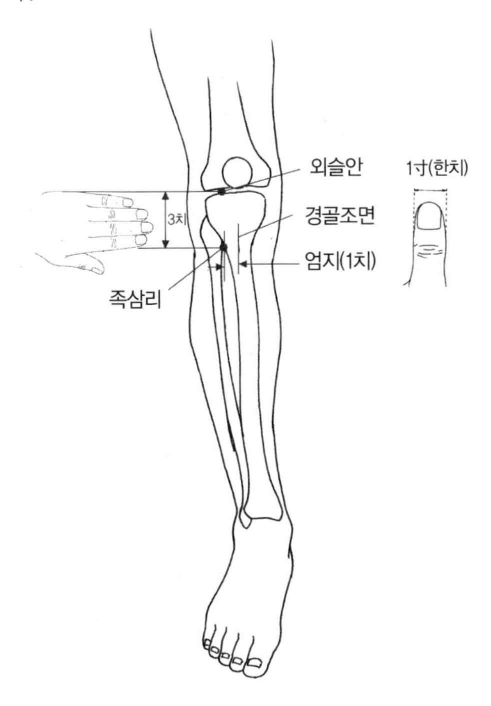

기해氣海 : 배꼽의 중앙과 치골 위를 잇는 선을 5등분해서 배꼽 아래로 1.5/5점 되는 부위다. 임맥에 속한다. 생식기질환, 진기부족, 대하증, 불임증, 월경부조, 신경쇠약증, 소화장애 등에 쓴다.

수도水道 : 배꼽의 중앙과 치골 위를 잇는 선을 5등분해서 배꼽 아래로 3/5점 되는 부위인 관원의 좌우로 2치寸되는 부위다. 족양명위경에 속한다. 신장염, 방광염, 월경부조, 난소염, 고환염 등에 쓴다.

합곡合谷 : 엄지손가락을 둘째손가락에 붙일 때 생긴 금 끝에서 다시 제2 중수골 쪽으로 0.3치寸되는 곳에 있다. 누르면 몹시 압통이 생기는 곳이다. 수양명대장경의 원原혈이다. 두통, 감기, 치통, 편도염, 구내염, 요골신경마비, 구토, 설사, 신경쇠약 등에 쓴다.

태충太衝 : 발등에서 제1, 제2 중족골이 갈라진 사이이며 발가락 사이로부터 2치寸 위에 있다. 족궐음간경의 원原혈이자 수兪혈이며 토土에 속한다. 자궁출혈, 장출혈, 변비, 산비대, 불면증, 결막염, 생식기병 등에 쓴다.

족임읍足臨泣 : 넷째와 다섯째 발가락 사이에 손가락 끝을 대고 가볍게 밀고 올라가면 약간 위로 힘줄이 걸린다. 그 힘줄을 넘어서 조금만 더 밀고 올라가면 함요처가 생기는데 바로 이곳이다. 족소양담경의 수兪혈이며 목木에 속한다. 결막염, 이명, 전신마비, 월경불순, 늑막염, 담석산통 등에 쓴다.

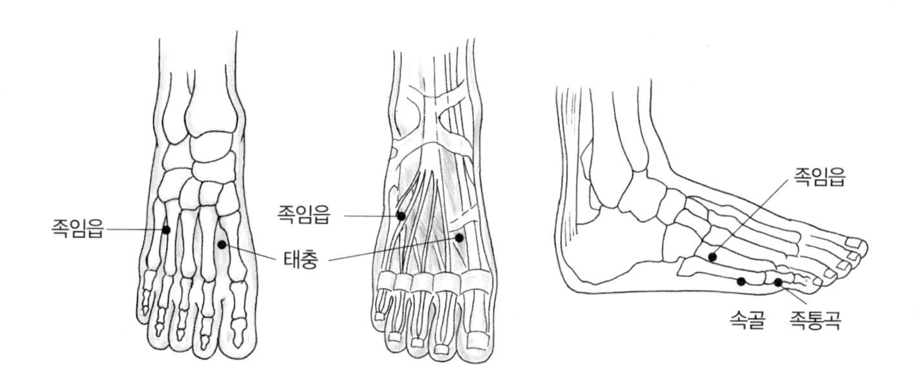

곤륜崑崙 : 발목 바깥 복사뼈의 가장 높이 튀어나온 부위와 아킬레스건의 중간점에 있다. 쏙 들어가는 부위다. 족태양방광경의 경經혈이며 화火에 속한다. 두통, 현훈, 방광염, 요통, 고혈압 등에 쓴다.

태백太白 : 제1중족골두의 후하방後下方에 쏙 들어간 부위이다. 중족골과 단무지굴근 사이에 오목한 부위다. 족태음비경의 원原혈이자 수兪혈이며 토土에 속한다. 구토, 설사, 부종, 황달, 천식, 하지신경통 등에 쓴다.

족통곡足通谷 : 새끼발가락 외측에서 취혈한다. 새끼발가락과 발의 관절 사이에 있는데 새끼 발가락을 안으로 구부렸을 때 나타나는 횡문橫紋의 끝에 해당한다. 족태양방광경의 형滎혈이며 수水에 속한다. 코피, 뇌출혈, 자궁출혈, 두통, 요통 등에 쓴다.

속골束骨 : 제5중족골 머리의 후하방의 오목한 부위이다. 족통곡에서 볼록한 관절을 넘은 후에 있다. 족태양방광경의 수俞혈이며 목木에 속한다. 두통, 이롱, 후두신경통, 어지럼증, 결막증 등에 쓴다.

태연太淵 : 엄지손가락 쪽 팔목 위를 눌러가다 보면 약간 툭 튀어나온 뼈가 있는데 이것이 요골 경상돌기이다. 이 뼈 안쪽으로 눌러보면 함요처가 있고 맥이 뛰고 있다. 이곳이 태연이다. 수태음폐경의 원原혈이자 수俞혈이며 토土에 속한다. 천식, 백일해, 각혈, 오한발열, 늑간신경통, 결막염 등에 쓴다.

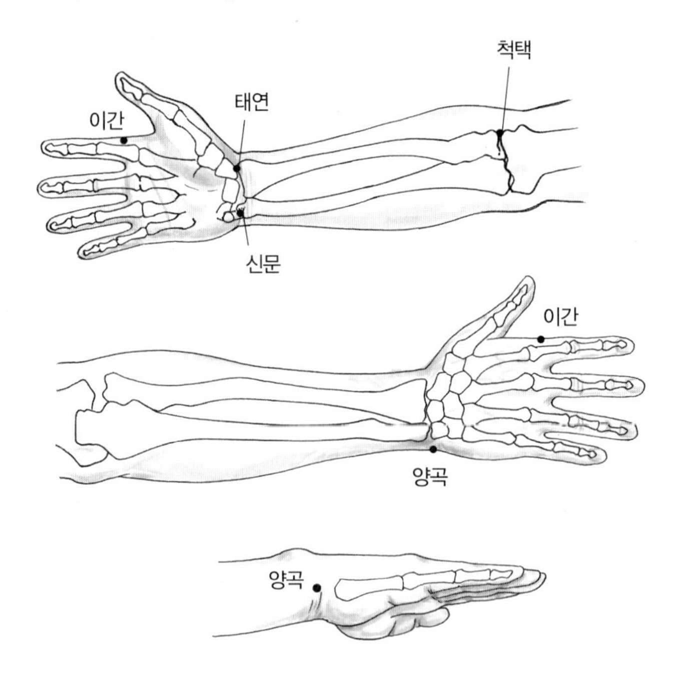

이간二間 : 둘째손가락 제2중수골관절 앞의 엄지손가락 쪽에 있는 횡문橫紋 끝에 있다. 수양명대장경의 형滎혈이며 수水에 속한다. 소아경련, 인후염, 치통, 편도선염 등에 쓴다.

척택尺澤 : 팔꿈치를 약간 구부린 자세로 팔꿈치관절 횡문橫紋 위를 만져보면 딱딱한 힘줄인 상완이두근건이 잡힌다. 이 힘줄의 바깥쪽을 손끝으로 눌러보면 움푹 들어간 함요처가 있는데 이곳이 척택이다. 수태음폐경의 합合혈이며 수水에 속한다. 감기, 기관지염, 인후염, 코피, 야뇨증, 부종, 반신불수, 상박신경통 등에 쓴다.

양곡陽谷 : 손목 바깥쪽 척골 경상돌기 바로 밑의 오목한 부위다. 수태양소장경의 경經혈이며 화火에 속한다. 이명, 이롱, 치통, 구내염, 음위증, 월경통 등에 쓴다.

신문神門 : 손바닥 쪽 팔목 횡문橫紋 새끼손가락 쪽 끝이다. 이 끝을 누르면 움푹 들어간 곳이 나타나는데 이곳이다. 수소음경심경의 원原혈이자 수兪혈이며 토土에 해당한다. 신경쇠약, 건망증, 두통, 불면증, 히스테리, 정신병, 코피, 토혈, 변비, 협심증 등에 쓴다.

음곡陰谷 : 90도 정도 무릎을 굽혔을 때 무릎 안쪽에 생기는 횡문橫紋 끝에서 반건양근건과 반막양근건 사이에 있다. 족소음신경의 합合혈이며 수水에 속한다. 요도염, 자궁출혈, 대하, 질염, 음위증 등에 쓴다.

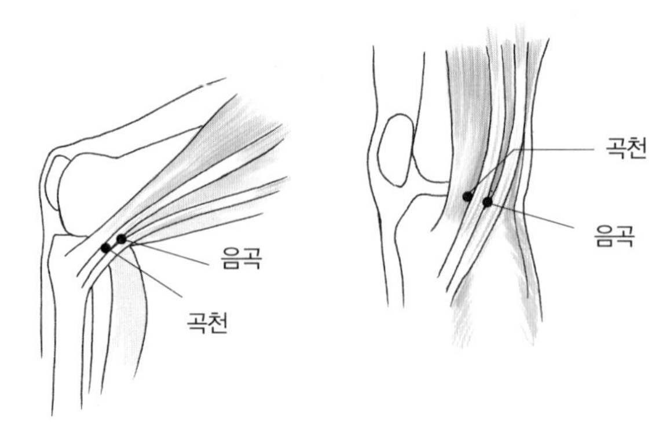

곡천曲泉 : 장딴지가 넓적다리에 닿도록 무릎을 완전히 구부렸을 때 나타나는 무릎의 횡문橫紋 안쪽 끝에 있는 함요처이다. 봉장근과 얇은 살(박고근) 사이에 있는 오목한 부위다. 족궐음간경의 합合혈이자 수水에 속한다. 무릎관절통, 음부소양증, 월경부조, 불임증, 배뇨장애, 방광염, 치질, 신경쇠약, 설사 등에 쓴다.

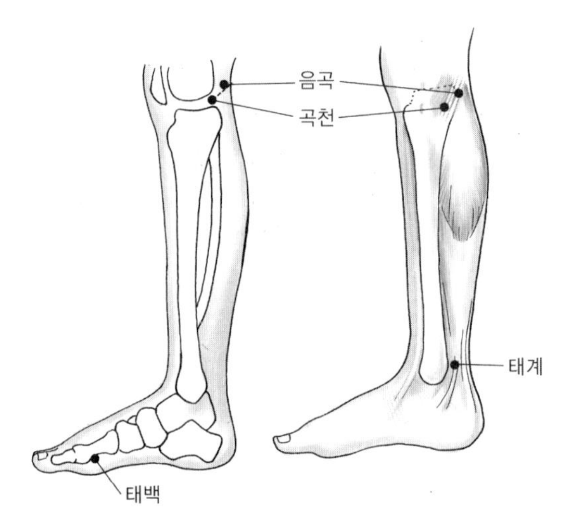

양보陽輔 : 바깥복사뼈의 중심으로부터 4치寸 올라간 곳으로 비골의 앞기슭에 있다. 족소양담경의 경經혈이자 화火에 속한다. 천식, 오한발열, 하지신경통, 반신불수, 협통, 편두통, 편도염 등에 쓴다.

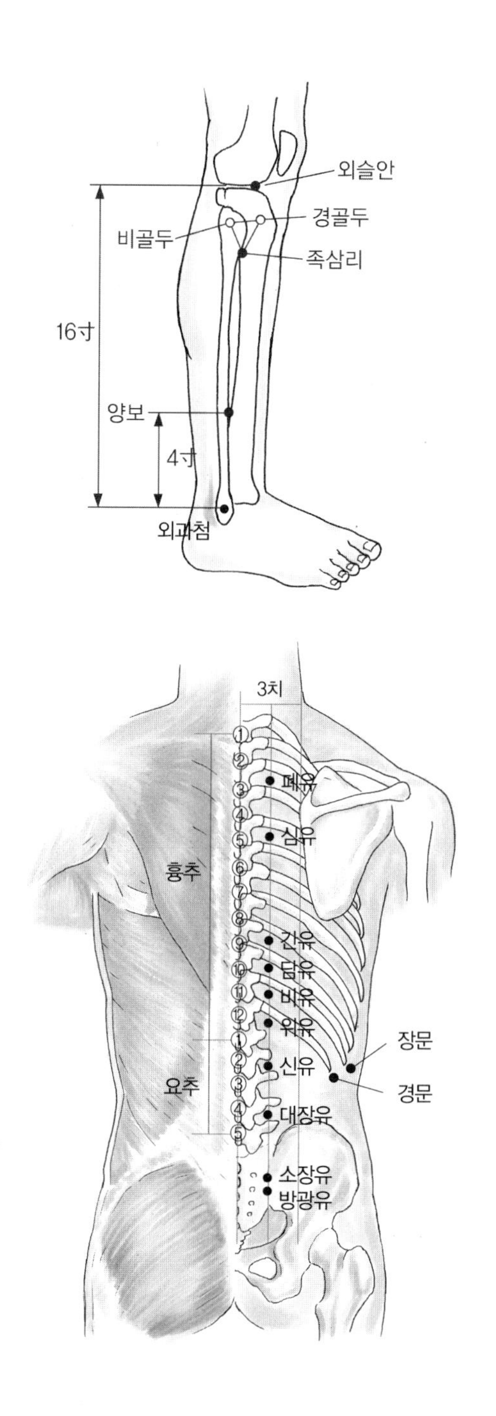
외슬안
경골두
비골두
족삼리
16寸
양보
4寸
외과첨
3치
①
②
폐유
③
④
⑤
심유
흉추
⑥
⑦
⑧
⑨
간유
⑩
담유
⑪
비유
⑫
위유
①
장문
②
신유
요추
③
경문
④
대장유
⑤
소장유
방광유

폐유肺兪 : 제3,4 흉추극돌기 사이에서 양 옆으로 1.5치寸이다.

심유心兪 : 제5,6 흉추극돌기 사이에서 양 옆으로 1.5치寸이다.

간유肝兪 : 제9,10 흉추극돌기 사이에서 양 옆으로 1.5치寸이다.

담유膽兪 : 제10,11 흉추극돌기 사이에서 양 옆으로 1.5치寸이다.

비유脾兪 : 제11,12 흉추극돌기 사이에서 양 옆으로 1.5치寸이다.

위유胃兪 : 제12 흉추극돌기와 제1요추극돌기 사이에서 양 옆으로 1.5치寸이다.

신유腎兪 : 제2,3 요추극돌기 사이에서 양 옆으로 1.5치寸이다.

대장유大腸兪 : 제4,5 요추극돌기 사이에서 양 옆으로 1.5치寸이다.

소장유小腸兪 : 높이는 제1선골공仙骨孔 높이이고 정중선인 독맥에서 좌우로 1.5치寸되는 부위이다.

방광유膀胱兪 : 높이는 제2선골공仙骨孔 높이이고 정중선인 독맥에서 좌우로 1.5치寸되는 부위이다.

중부中府 : 쇄골 아래에 손끝을 대고 외측으로 밀고 나가면 쇄골외단外端에 이르러 움푹 들어간 곳이 나타난다. 이곳이 운문雲門인데, 이곳의 직하 1치寸되는 곳이다. 폐의 모募혈이다.

장문章門 : 제11늑골단肋骨端의 바로 밑이다. 팔꿈치를 구부리고 팔을 옆구리에 붙였을 때 팔꿈치 끝이 닿는 곳이기도 하다. 비장의 모募혈이다.

경문京門 : 제12늑골단肋骨端의 바로 아래다. 신의 모募혈이다.

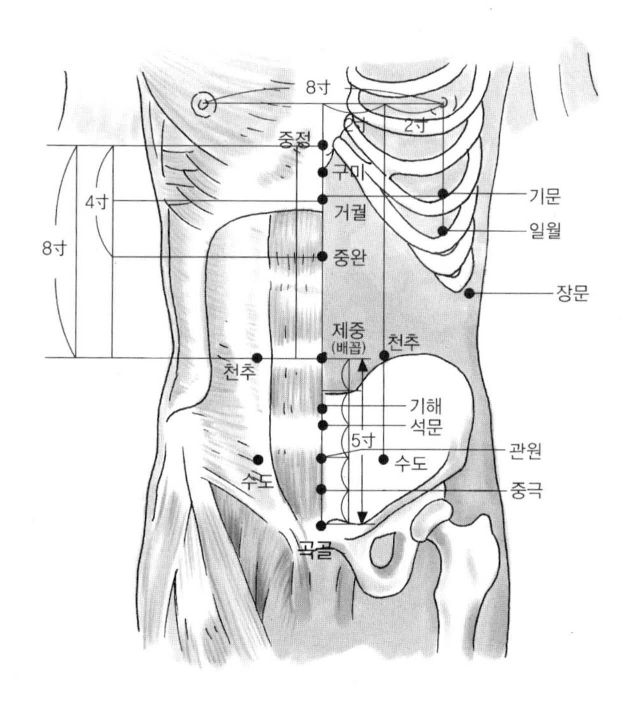

기문期門 : 거궐혈 양쪽 3.5치寸되는 곳이다. 제6늑간肋間의 안쪽 끝이 되기도 한다. 간의 모募혈이다.

거궐巨闕 : 배꼽의 직상방 5치寸, 중완 직상방 2치寸이다. 심의 모募혈이다.

일월日月 : 기문期門혈 직하 제7늑골肋骨아래다. 담의 모募혈이다.

천추天樞 : 배꼽의 양옆 2치寸되는 부위다. 대장의 모募혈이다.

중완中脘 : 배에서 가슴으로 더듬어 올라가다 양쪽 갈비뼈가 만나 쏙 들어간 곳(검상돌기)과 배꼽 사이의 중간점에 있다. 배꼽의 4치寸 위이기도 하다. 위의 모혈募穴이다.

관원關元 : 배꼽의 중앙과 치골 위를 잇는 선을 5등분해서 배꼽 아래로 3/5점 되는 부위다. 소장의 모혈募穴이다. 일명 단전이라고도 한다.

중극中極 : 배꼽 중앙과 치골 위를 잇는 선을 5등분해서 배꼽 아래로 4/5점 되는 부위다. 방광의 모혈募穴이다.

C. 꼭 알아야 할 중요 경락

1. **임맥**任脈 : 기경팔맥奇經八脈 중의 일경맥一經脈으로 육음경六陰經

과 연계되어 있고, 육음경을 통솔하고 관할하므로 음맥지해陰脈之海라고 한다. 회음혈에서 시작하여 복부 및 흉부의 정중선을 따라 직상하고 승장혈에서 끝나며 독맥과 만난다.

(육음경六陰經 = 비경脾經, 폐경肺經, 신경腎經, 간경肝經, 심경心經, 심포경心包經)

2. **독맥督脈** : 기경팔맥奇經八脈 중의 일경맥一經脈으로 육양경六陽經과 연계되어 있고, 육양경을 통솔하고 관할하므로 양맥지해陽脈之海라고 한다. 미려혈에서 시작하여 척추를 순행하고 은교혈에서 끝나며 임맥과 만난다.

(육양경六陽經 = 대장경大腸經, 위경胃經, 소장경小腸經, 방광경膀胱經, 삼초경三焦經, 담경膽經)

3. **대맥帶脈** : 한의학에서는 배꼽 주위를 한 바퀴 되는 맥이라고 말하나, 수선재 명상에서는 단전에서 명문으로 도는 맥을 말한다. 처음에는 가늘게 연결되어 있으나 명상을 하다 보면 점점 굵어져 나중에는 혁대만큼 굵어진다.

4. **중맥中脈** : 백회에서 천목을 거쳐 중단 안쪽, 단전 안쪽까지 일직선으로 관통하는 맥脈이다. 수선재 명상에서 아주 중요한 맥으로 중맥이 완전히 열리면 기둥형태로 기장氣場이 형성된다. 직경 1cm, 5cm, 10cm, 1 m, 2m …… 이렇게 대나무 관처럼 형성되는데, 중맥이 열리는 만큼 기장도 크게 형성된다.

3. 수공하는 법 •

수공收功은 기운을 거두어들이는 동작으로서, 명상을 하면서 자신의 주변에 형성된 기운을 거두어 단전으로 끌어내리는 것이다.

명상 중 급한 용무로 명상을 멈추어야 할 때는 반드시 수공을 하고 호흡을 가다듬은 후 평상 상태로 돌아가는 것이 좋다. 수공 없이 평상 상태로 돌아가면 그때까지 명상했던 것이 날아가 버린다. 책을 읽다가 덮지 않고 끝내 버린 것과 같은 이치이다.

명상을 시작할 때도 수공을 하는데, 이때의 수공은 단전에 갇혀 있던 기운을 온 몸으로 보내어 활성화하는 의미가 있다.

수공하는 법

1) 양 팔을 좌우로 넓게 펼친 후, 머리 위로 끌어올리며 주변에 형성된 기운을 거두어들인다. 이 때 손바닥이 위를 향해야 한다.

2) 머리 위에서 양 손바닥을 마주 붙인다.
3) 합장한 손바닥을 중단 앞까지 끌어내린다. 거두어들인 기운이 중맥을 통해 중단까지 내려간다고 의념한다.
4) 상체를 숙여 90도로 인사한다. 거두어들인 기운이 단전까지 내려간다고 의념한다.
5) 앉은 자세에서도 같은 방식으로 하면 된다.

4. 독맥 명상 : 탁기 제거 명상법

독맥 명상은 기운으로 독맥을 여는 명상법이다. 몸의 앞뒤를 흐르는 임독맥 중 주로 독맥의 혈을 집중적으로 여는데, 온 몸의 탁기를 씻어내려 몸을 맑게 정화하는 효과가 크다.

독맥 명상 자세

독맥 명상 하는 법

1) 양발을 어깨넓이로 나란히 벌리고 팔은 자연스럽게 늘어뜨린다.
2) 앞 발가락에 무게 중심을 두고 15도 정도 몸을 앞으로 기울인다.
3) 고개는 반듯하게 하여 5도 정도 위를 본다.
4) 이 상태에서 단전호흡을 하면서 발바닥 용천혈을 통해 탁기가 빠져나간다고 강하게 의념한다.

5. 대주천 명상 : 혈을 여는 명상법

경락은 몸에만 있는 것이 아니라 우주에도 있다. 내경內經이 몸 안의 기경팔맥이라면 외경外經은 우주의 기가 흐르는 경락이다.

대주천 명상은 내경에 속하는 우리 몸의 혈과 경락을 여는 동시에, 외경에 흐르는 기운을 받아들일 수 있는 유통 경로를 여는 명상법이다.

대주천이 되면 혈이 열리면서 마음이 열리고, 마음이 열리면서 모든 사람을 포용할 수 있다. 이 과정에서 몸의 좌우 불균형 또한 해소된다.

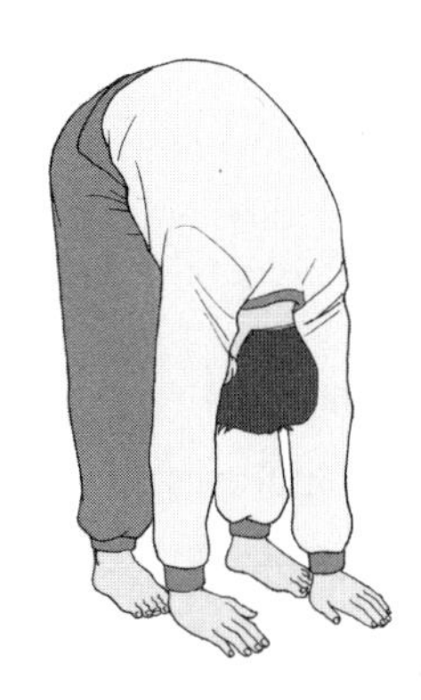

1번 자세　　　　2번 자세

대주천 명상 하는 법

1번 자세 : 먼저 다리를 어깨넓이로 벌리고 온 몸의 힘을 뺀 상태에서, 기운을 타면서 양 팔을 가볍게 앞으로 들어 올려, 귀 옆까지 오도록 한다. 팔꿈치는 구부러지지 않도록 반듯이 펴고 손목은 뒤로 90도로 젖힌다.
의식을 단전에 두고 단전호흡을 한다. 장심과 백회로 기운을 받고, 그 기운을 당겨 단전에 축기한다. 1번 자세를 통해 천기와 우주기를 받을 수 있다.

[참고]

다리는 어깨넓이로 벌리고 서되, 마른 분은 발끝이 바깥쪽을 향하게 하고 살찐 분은 안쪽을 향하게 한다. 또한 임맥을 더 열고자 하는 분은 양 팔을 약간 앞으로 하고, 독맥을 더 열고자 하는 분은 약간 뒤로 젖힌다.

2번 자세 : 1번 자세에서 팔은 편 채 천천히 허리를 숙여서 상반신을 구부린다. 손바닥이 바닥에 닿도록 하는데, 이 때 손목과 손바닥의 경계선이 발끝에 닿을 듯 말 듯하게 한다.
무릎은 쭉 펴고 고개는 자연스럽게 늘어뜨린다. 상체에 힘이 들어가면 안 된다. 이 자세에서 의식을 단전에 두고 호흡한다. 2번 자세를 통해 지기地氣를 받을 수 있다.

[참고]
손바닥이 바닥에 닿지 않으면 무리하지 말고 자연스럽게 떨군다. 대신 무릎은 구부리지 않아야 한다. 처음에는 바닥에 손이 닿지 않더라도, 대주천 명상을 계속 하다 보면, 혈이 열리고 몸이 유연해지면서 닿게 될 것이다.

[유의 사항]
- 1번 자세에서는 배꼽 위 상반신의 혈이, 2번 자세에서는 배꼽 아래 하반신의 혈이 중점적으로 열린다. 또한 2번 자세에서는 상체의 힘을 완전히 빼고 앞쪽으로 깊이 숙일수록 혈이 많이 열린다.
- 1번 자세와 2번 자세를 동일한 시간으로 한다. 처음에는 무리하지 말고 할 수 있는 만큼 하되 점차 시간을 늘려 30분/30분까지 하면 좋다.
- 대주천 명상 후에는 와공을 하여 기운을 모으는 것이 좋다.
  예) 대주천 (20분+20분) + 와공 (20분) : 같은 시간을 할당.

6. 사혈 : 급체 시 응급처치법

몸의 취약한 부분에 탁기가 들어가 막으면 기운의 급체와 같은 현상이 생긴다. 특히 독맥이 막히면 중풍이나 뇌출혈이 오기 쉬운데, 기운이 제 길로 흐르지 못하고 옆으로 새기 때문이다. 이럴 때 손쉽게 응급처치 할 수 있는 방법이 사혈(瀉血, 치료 목적으로 피를 몸 밖으로 빼는 것)이다.

사혈하는 법

(1) 오른손을 먼저 사혈하고 왼손을 나중에 사혈한다. 오른쪽이 음이고 왼쪽이 양인데, 음을 먼저 열어야 하기 때문이다. 또한 손바닥을 먼저 사혈하고 손등을 나중에 사혈한다. 손바닥이 음이고 손등이 양이기 때문이다.

(2) 사혈침이 없으면 바늘로 해도 되며, 바늘 끝을 불로 구워 소독한 후 한다.

(3) 아래 그림의 번호 순서대로 사혈하면 된다.

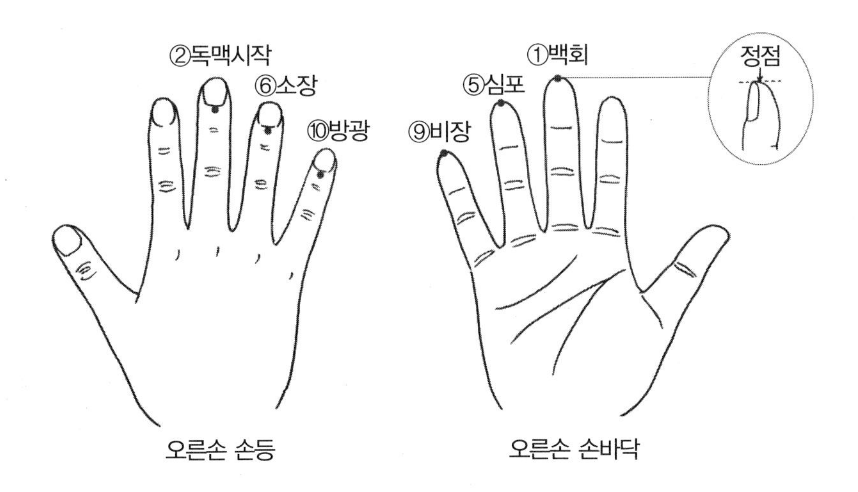

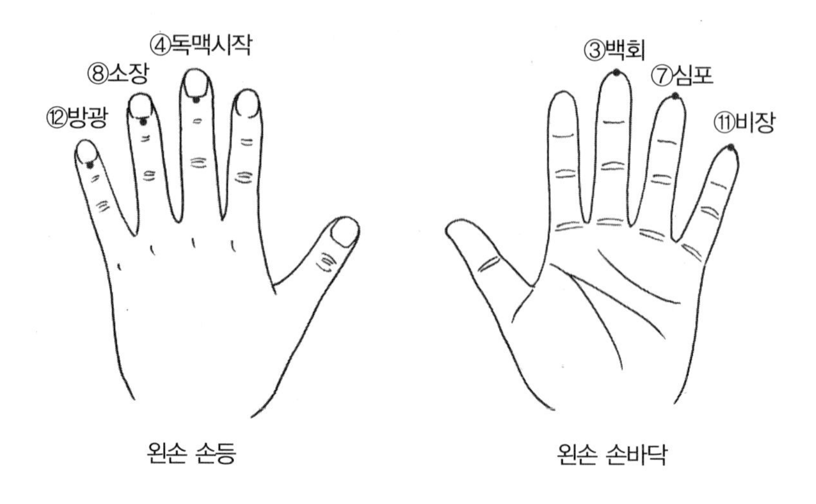

왼손 손등 왼손 손바닥

사혈은 가끔씩 한 번 하는 것은 좋으나 자주 하면 몸에 무리가 된다. 피는 한 번 뽑아내면 새로 만드는 데 시간이 오래 걸리기 때문이다. 또한 어혈瘀血같이 나쁜 피라 할지라도 빼내는 게 능사가 아니다. 몸의 순환이 잘 되기만 하면 정화되어 다시 쓰여질 수 있기 때문이다.

참고로, 부항 요법을 할 때도 마찬가지로 사혈 부항보다는 건식 부항을 하는 것이 좋다. 건식부항만으로도 건강 효과는 충분하기 때문이다.

부록 3
명상학교 수선재

1. 수선인의 건강지침

가. 수선인의 건강

정의 : 건강이란 보람 있는 삶을 위해 몸과 마음이 조화된 상태를 말한다.

실천 1. 자신의 건강을 스스로 돌볼 수 있는 능력을 갖춘다.

나. 수선인의 건강지침

A. **정의: 몸의 균형을 위해 노력한다.**

실천 2. 바른 자세로 하는 걷기나 절 명상을 생활화한다.

실천 3. 체질 식사를 하려고 노력하되, 어떤 음식이든 감사한 마음으로 먹는다.

실천 4. 근육과 골격을 바로잡는 교정운동, 마사지를 실천한다.

실천 5. 필요시 침, 뜸, 뇌파훈련, 속청, 부비동 청소를 활용한다.

B. 정의: 좋은 감정 상태를 유지한다.

실천 6. 매사에 긍정적인 자세를 갖는다.

실천 7. 순화된 방법으로 감정을 표현한다.

실천 8. 뇌의 깊은 잠을 위해 뇌의 잠 주기(밤 11시에서 새벽 1시) 전에 잠자리에 들어 숙면을 취한다.

C. 정의: 몸의 안과 밖을 맑고 밝고 따뜻하게 가꾸어 나간다.

실천 9. 몸의 구규를 선스럽게 관리한다.

실천 10. 명상을 통해 그날의 탁기는 그날 제거한다.

실천 11. 하루를 감사한 마음으로 시작하고, 깊은 호흡을 통해 정리하는 습관을 갖는다.

2. 수선인의 정체성과 행동지침

가. 수선인

정의 : 마음은 넉넉하게, 물질은 소박하게 살고자 하는 사람들

실천 1. 맑은 표정으로 밝게 웃으며 따뜻한 인사를 전한다.

나. 수선재

정의 : 수선인을 길러내는 집

실천2. 수선재 본부나 지부 또는 수선인이 생활하는 가정은 맑은 표정으로 밝게 웃으며 따뜻한 인사를 전하는 사람들로 가득하다.

다. 수선인의 행동지침

A. **정의 : 자신은 귀한 존재이며 우주의 일부로서 존재하는 사람임을 인식한다.**

실천3. 거울을 볼 때마다 자신을 격려하며 타인뿐 아니라 하늘에, 땅에 동식물에게 다정한 인사를 전한다.

실천4. 거짓을 말하지 않는다.

실천5. 자신이 진정 하고 싶은 일을 알며 그 일을 하면서 산다.

실천6. 걷기를 생활화하며 걸을 때는 생각하지 않는다.

B. 정의 : 자연에 폐를 끼치지 않는다.

실천7. 자연친화적인 자재로 지은 작은 집에서 살며 가전제품의 사용을 줄인다.

실천8. 사망 시에는 화장을 하고 재를 물이나 흙에 뿌림으로써 곧바로 자연으로 돌아간다.

실천9. 자신이 버린 쓰레기는 집밖으로 내보내지 않으려고 노력한다.

실천10. 음식을 먹을 때마다 감사하는 마음을 갖는다.

C. 정의 : 타인은 나만큼 소중하다.

실천11. 가족을 포함한 타인의 일에는 본인의 의견을 존중하며 자신의 의견을 강요하지 않는다.

실천12. 사후 장기기증을 약속한다.

실천13. 육식을 즐기지 않는다.

실천14. 어른과 모든 상처받은 이들을 존중하며 이들을 위하는 구체적인 활동을 실행한다.

D.정의 : 인간과 우주의 창조 목적은 진화이며 지구는 학교임을 인식한다.

실천15. 인간은 경험을 통해 배우는 것으로 충분하다는 생각을 가지므로 생로병사에 초연하며, 길흉화복에 연연하지 않는다.

실천16. 자신의 선악과를 발견하면 같은 과오를 되풀이하지 않는다.

실천17. 이와 관련한 선서의 내용을 관심 있는 이들에게 정성껏 전한다.

실천18. 우주의 기운으로 하는 깊은 호흡을 생활화한다.

※ 명상학교 수선재에 대한 보다 상세한 내용은 홈페이지를 참조하세요.

www.suseonjae.org, tel : 1544-1150

[참고문헌]

『척추변형을 바로잡는 정체운동』, 이남진 저, 물병자리.

『척추를 바로잡아야 건강이 보인다』, 최중기 저, 바른몸만들기.

제선 한의원의 체질섭생표

『빛과 소금』 1994년 8월호 1996년 3월호. 온정

『나는 침뜸으로 승부한다』, 구당 김남수 저, 정통 침뜸 연구소.

『코골이, 축농증 수술 절대로 하지마라』, 이우정 저. 지형.

『수면 혁명』, 대한수면연구회 저. 북스캔

『EBS 지식채널 건강. 3: 건강 잠재력 생체시계의 비밀』, EBS 생체시계의 비밀 제작팀, 장혜진, 지식채널.

『알렉산더 테크닉』, 백희숙 백현숙 저, 네츄로 메디카.

『황제내경』, 여강출판사.

『동의보감』, 허준 저.

『신동의학사전』, 동의학사전 편찬위원회, 여강출판사.

『수암치유요법』, 수암 옥유미, WORLD SCIENCE.

『나의 체질은 무엇인가?』, 주석원, 씨앗을 뿌리는 사람.